AGATHA CHRISTIE

O MISTERIOSO CASO DE STYLES

O PRIMEIRO MISTÉRIO DE
HERCULE POIROT

AGATHA CHRISTIE

O MISTERIOSO
CASO DE STYLES

O PRIMEIRO MISTÉRIO DE
HERCULE POIROT

Tradução
Ive Brunelli

GLOBOLIVROS

The Mysterious Affair at Styles Copyright © 1920 Agatha Christie Limited. All rights reserved. AGATHA CHRISTIE, POIROT and the Agatha Christie Signature are registered trade marks of Agatha Christie Limited in the UK and/or elsewhere. All rights reserved.

Translation entitled *O misterioso caso de Styles* © 2014 Agatha Christie Limited.
Copyright da tradução © 2014 by Editora Globo

Todos os direitos reservados. Nenhuma parte desta edição pode ser utilizada ou reproduzida — em qualquer meio ou forma, seja mecânico ou eletrônico, fotocópia, gravação etc. — nem apropriada ou estocada em sistema de bancos de dados, sem a expressa autorização da editora.

Texto fixado conforme as regras do novo Acordo Ortográfico da Língua Portuguesa (Decreto Legislativo nº 54, de 1995)

Título original: *The Mysterious Affair at Styles*

Editora responsável: Ana Lima Cecilio
Editoras assistentes: Erika Nogueira Vieira e Juliana de Araujo Rodrigues
Revisão: Lucimara Carvalho
Capa e ilustração: Rafael Nobre / Babilônia Cultura Editorial
Diagramação: Jussara Fino

CIP-BRASIL. CATALOGAÇÃO NA PUBLICAÇÃO
SINDICATO NACIONAL DOS EDITORES DE LIVROS, RJ

C479n
Christie, Agatha, 1890-1976
O misterioso caso de Styles: o primeiro mistério
de Hercule Poirot/Agatha Christie;
tradução Ive Brunelli. – 1. ed.
São Paulo: Globo, 2014.

Tradução de: *The Mysterious Affair at Styles*
ISBN 978-85-250-5703-7

1. Ficção policial inglesa.
I. Brunelli, Ive. II. Título.

14-10791   CDD: 823
                             CDU: 821.111-3

1ª edição, 2014 - 8ª reimpressão, 2023

Direitos de edição em língua portuguesa para o Brasil adquiridos por
Editora Globo S.A.
Rua Marquês de Pombal, 25 — 20230-240 — Rio de Janeiro — RJ
www.globolivros.com.br

Para minha mãe

Sumário

INTRODUÇÃO, POR JOHN CURRAN 9

O MISTERIOSO CASO DE STYLES 17

"O ÚLTIMO ELO" — VERSÃO ORIGINAL NÃO PUBLICADA 271

O MISTERIOSO CASO DE STYLES: UMA INTRODUÇÃO

por John Curran

Em *Uma autobiografia*, escrita já no fim de sua vida, Agatha Christie explica como criou *O misterioso caso de Styles*, seu primeiro romance publicado cerca de cinquenta anos antes. Tudo começou com um desafio imposto por sua irmã Madge: "Aposto que você não é capaz de escrever uma boa história de detetive". Na época, Agatha trabalhava na farmácia de um hospital e possuía conhecimento profissional sobre venenos. Esse fato, aliado à chegada de refugiados belgas da Primeira Guerra Mundial à sua cidade natal, Torquay, no sul da Inglaterra, serviu de estímulo para Agatha arquitetar tanto seu método de assassinato como o pano de fundo para a ação do detetive.

Não foi sua primeira investida literária nem foi ela o primeiro membro da família a ter aspirações literárias. Sua mãe Clara e sua irmã Madge escreviam e Agatha já era autora de um "longo e monótono romance" (segundo suas próprias palavras, num programa de rádio, em 1955), além de alguns contos e escritos esparsos. Embora o estímulo para escrever uma história de detetive tenha provavelmente sido uma aposta feita com a irmã, havia naturalmente um talento inato em Agatha para que pudesse idealizar e escrever um livro tão bem-sucedido.

Apesar de ter iniciado *O misterioso caso de Styles* em 1916 (a história se passa em 1917) e de tê-la concluído sob o incentivo da mãe durante um período de reclusão de duas semanas no Moorland Hotel, o livro permaneceu inédito por quatro anos. Sua publicação exigiu uma determinação constante por parte da autora porque mais de um editor recusara o manuscrito. Finalmente, em 1919, John Lane, cofundador da Bodley Head Ltd., marcou um encontro com ela, em Londres, para discutirem a publicação. Mas, mesmo nessa ocasião, o esforço foi enorme.

O contrato de John Lane para *O misterioso caso "em" Styles*,[*] datado de 1º de janeiro de 1920, tirava vantagem da inexperiência de Agatha em relação ao mundo editorial. Em sua autobiografia, ela explica que "não tinha nenhum preparo para analisar contratos e nem ao menos para pensar na existência deles". Seu deleite diante da perspectiva de publicação, em combinação com a certeza de que ela poderia seguir então uma carreira literária, levou-a a assinar um contrato para a produção de seis livros. Ela receberia *royalties* de dez por cento somente após a venda de duas mil cópias no Reino Unido, ficando comprometida com a

---

[*] O título correto em inglês é *The Mysterious affair at Styles* (preposição "at", que normalmente recebe a tradução "em" no português). Aqui, neste ponto do original em inglês, o título aparece com a preposição "of" entre aspas (*The Mysterious Affair 'of' Styles*). Certamente John Curran quer chamar a atenção para o pequeno erro na redação do título original em inglês, que certamente constou do contrato. Curiosamente, em português, o livro foi traduzido como *O Misterioso Caso de Styles* ("de" e não "em"). Resolvemos inverter, na presente tradução, o uso dessas preposições, para causar o mesmo efeito pretendido por Curran em inglês. [N.T.]

10 AGATHA CHRISTIE

criação de mais cinco títulos que resultaria em muita correspondência ao longo dos anos seguintes.

As leituras prévias de *Styles* eram promissoras, apesar de algumas incertezas e desconfianças. Um relato vai direto às considerações comerciais: "A despeito de suas limitações evidentes, Lane bem poderia comercializar esse romance... Há algo de novo nele". Uma segunda avaliação é mais entusiástica: "É, no conjunto, muito bem narrada e bem escrita". E outra especula sobre as potencialidades de seu futuro, "caso ela continue a escrever histórias de detetive, pois possui um talento evidente para isso".

Os leitores ficaram muito impressionados com a personalidade de Hercule Poirot — "a personalidade exuberante de M. Poirot, uma variação muito bem-vinda do 'detetive' romântico"; "um agradável homenzinho encarnado no detetive belga outrora famoso." Embora Poirot certamente tivesse implicado com o uso da expressão "outrora famoso" para descrevê-lo, ficou claro que sua presença foi um fator marcante para a aceitação dos originais. Em uma crítica de 7 de outubro de 1919, um leitor muito perspicaz ressaltou: "Mas o relato do julgamento de John Cavendish faz-me suspeitar de que há a mão de uma mulher por trás disso". Como o nome da autora no manuscrito aparecia como A. M. Christie, outro leitor se referiu a ela como "mr. Christie".

Apesar desses relatos favoráveis de alguns leitores, houve adiamentos e, após publicação por capítulos no *Weekly Times* — a primeira vez que escolhiam um romance de estreia para publicação em série —, em fevereiro de 1920, Christie escreveu para mr. Willett, da Bodley Head, em outubro, perguntando se seu livro "enfim sairia", ressaltando que já tinha praticamente terminado de escrever seu segundo romance. Logo depois, enviaram-lhe o projeto de capa, que ela aprovou. Após quase cinco anos desde que começara a ser escrito, o primeiro livro de Agatha Christie foi posto à venda no Reino Unido em 21 de janeiro de 1921.

As resenhas sobre o lançamento foram até mesmo mais entusiásticas do que os relatórios de leitores antes da publicação. O *Times* chamou o livro de "uma história brilhante" e o *Sunday Times* considerou-o como "muito bem engendrado". Para o *Daily News*, tratava-se de "uma história engenhosa e um livro de estreia talentoso", enquanto o *Evening News* considerou-o como "um maravilhoso triunfo", descrevendo Christie como "um acréscimo distinto à lista de escritores nesse gênero". "Bem escrito, bem proporcionado e repleto de surpresas", afirmava a crítica do *British Weekly*.

Como vimos, um dos relatos dos primeiros leitores experimentais mencionou o julgamento de John Cavendish. No original, Poirot dá sua explicação sobre o crime diante do banco das testemunhas, durante o julgamento. Em *Uma autobiografia*, Christie descreve o parecer final de John Lane sobre o texto original, incluindo sua opinião de que a cena do julgamento não era convincente e que a autora deveria alterá-la. Ela concordou em reescrever e, embora a explicação do crime em si tenha permanecido a mesma, em lugar de ser apresentada no decorrer do processo judicial, Poirot revela o assassino na sala de estar de Styles, num tipo de cena que seria replicada em muitos livros posteriores.

Embora o texto datilografado referente ao capítulo do julgamento tenha desaparecido, a importância dos cadernos de anotações de Agatha Christie para pesquisadores foi descartada há muito tempo, certamente devido ao alto nível de ilegibilidade de sua caligrafia. Os setenta e três cadernos cobrem toda a sua vida literária, começando com seus deveres de casa em francês, nos tempos em que viveu em Paris, ainda jovem, até os derradeiros anos de sua vida, quando arquitetava um romance que sucedesse *Portal do destino*, em 1973. Eles incluem anotações relativas à maioria de seus romances, muitos de seus contos e algumas de suas peças teatrais. Também espalhadas ao longo das setecentas páginas encontram-se ideias para histórias que nunca escreveu, poesias, diários de viagem e notas rápidas para alguns de seus romances assinados como Mary Westmacott. De cunho mais pessoal, há registros sobre presentes de Natal, listas de leituras, possíveis plantas para o jardim, rabiscos para palavras-cruzadas e listas de tarefas domésticas. Os cadernos não impressionam pela aparência: às vezes grandes, às vezes pequenos, com ou sem capa, luxuosos ou muito simples, e repletos, em muitos casos, de garranchos indecifráveis escritos à tinta, lápis e caneta esferográfica. Porém, como inspiração sobre o processo criativo da escritora mais vendida do último século, eles constituem uma herança literária inestimável.*

É incrível que — uma vez que o livro foi, muito provavelmente, escrito em 1916 — a cena descartada, assim como duas breves e até certo ponto enigmáticas notas sobre o romance tenham sobrevivido no caderno número 37. Os rascunhos de *O misterioso caso de Styles* foram escritos a lápis, com muitos

---

* Os leitores interessados podem encontrar uma discussão completa sobre os cadernos e muitas transcrições de seu vasto conteúdo em meus dois livros: *Agatha Christie's Secret Notebooks* e *Murder in the Making*, publicados pela Harper Collins.

trechos riscados e inserções. É bastante difícil de ler, mas o que os torna ainda mais complicados é o fato de que Christie frequentemente substituía os termos excluídos por outros, às vezes muito espremidos, em diagonal, sobre as palavras originais. E, embora a explicação para o crime seja essencialmente a mesma da versão que foi publicada, o texto impresso oferece pouca ajuda para decifrar essas palavras. O vocabulário acaba sendo diferente e alguns nomes também foram alterados. Tendo passado dois longos anos transcrevendo os cadernos, posso dizer que, entre todas as tarefas, esse exercício foi o mais desafiador. Contudo, por se tratar de Agatha Christie e do primeiro caso de Hercule Poirot, todo esforço extra valeu a pena.

Esta nova edição de *O misterioso caso de Styles* é a primeira a recuperar a cena final do tribunal que constava do original para que você, leitor, possa julgar se John Lane estava certo ao insistir que a autora a reescrevesse. A versão removida do Capítulo 12, "O último elo", é apresentada no final do livro, podendo ser lida como alternativa ao Capítulo 12 que foi publicado oficialmente. Como o capítulo original foi reconstruído a partir da versão inédita do caderno 37, adicionei uma pontuação convencional, editei pequenos detalhes para promover coerência e algumas palavras ilegíveis foram omitidas para assegurar uma perfeita legibilidade. (Uma apresentação mais detalhada do capítulo, com anotações e notas de rodapé, pode ser encontrada em meu livro *Agatha Christie's Secret Notebooks*.)

Embora a prova do crime e sua explicação permaneçam basicamente as mesmas tanto na versão do tribunal como na da sala de estar, fica evidente a improbabilidade de um detetive fornecer provas de um crime como simples testemunha em vez de apresentá-las num tribunal. John Lane mal sabia que, ao solicitar a alteração do final do romance, estava involuntariamente abrindo caminho para meio século de elucidações de crimes conduzidas por Hercule Poirot em salas de estar. Em *O assassinato de Roger Ackroyd*, *A casa do penhasco*, *Tragédia em três atos*, *Morte nas nuvens*, *Os crimes* ABC, *Poirot perde uma cliente*, *O natal de Poirot*, *Os cinco porquinhos* e *Depois do funeral*, entre outros, Poirot discursa para todos os suspeitos reunidos em cenas derivadas dessa primeira explicação ocorrida na sala de estar de Mary Cavendish em Kensington, para onde a família se mudara durante a condução do julgamento. Nem todas as suas explicações aconteceram em locais tão elegantes, todavia: um sítio arqueológico é o pano de fundo para *Morte na Mesopotâmia*; em *Assassinato no Expresso do Oriente*, um trem imobilizado pela neve; em *A morte de mrs. McGinty*, um obscuro quarto de visitas; em *Morte na rua Hickory*, um albergue de estudantes. Miss Marple, por outro lado, sempre confronta o assassino — em *Um crime adormecido*, *Nêmesis*, *A maldição do espelho*, *A testemunha ocular do crime*, *Convite para um homicídio* e *Mistério no Caribe* —, reservando a explicação detalhada para mais tarde. Sem dúvida, a vaidade de Poirot tem tudo a ver com a adulação que sucede sua explicação!

O lugar-comum mais normalmente associado a Christie é o de que todos os seus romances se passam em casas de campo como Styles Court ou em vilas do interior, mas isso não se confirma estatisticamente. Menos de trinta (isto é, pouco mais de um terço) de seus títulos são ambientados assim, mas o número cai dramaticamente se forem subtraídos aqueles em que a ação é inteiramente situada numa casa de campo — sem uma vila.

Mas, como afirmou a própria Agatha Christie, você tem de situar um enredo onde as pessoas vivem.

De outras maneiras, *O misterioso caso de Styles* pressagiou aquilo que viria a se tornar um território típico de Christie — uma grande família, um drama inebriante, uma trama intrincada e uma revelação final dramática e inesperada. Entretanto, Styles não trata exatamente de uma grande família: há apenas sete suspeitos, o que torna a descoberta de um assassino surpreendente mais difícil e o êxito de Christie em seu primeiro romance ainda mais notável.

Em sua pesquisa sobre ficção de detetives realizada em 1953, *Blood in their Ink*, Sutherland Scott descreve *O misterioso caso de Styles* como "um dos melhores 'livros de estreia' jamais escritos". Os incontáveis leitores de Christie ao longo de quase um século concordam entusiasticamente com isso.

I

DE VOLTA A STYLES

O intenso interesse despertado no público pelo que ficou conhecido, na época, como "O caso Styles", agora caiu um pouco no esquecimento. De qualquer modo, em virtude da notoriedade mundial alcançada, solicitam-me, tanto meu amigo Poirot como a própria família, que eu escreva meu testemunho sobre toda a história. Acreditamos que meu relato fará silenciar os rumores sensacionalistas que ainda rondam os fatos. Assim, farei uma breve disposição das circunstâncias que acabaram me ligando ao caso.

Eu tinha sido enviado de volta para casa como inválido da linha de frente e, após ter passado alguns meses convalescendo num hospital um tanto deprimente, acabei desfrutando um mês de licença em casa. Sem parentes nem amigos, estava pensando no que fazer, quando casualmente encontrei John Cavendish. Eu o tinha visto poucas vezes nos últimos anos. Na verdade, nunca fui íntimo dele. Ele devia ter uns bons quinze anos a mais que eu, embora não aparentasse ter mais de quarenta e cinco. Quando garoto, entretanto, eu me hospedara com frequência em Styles, a casa de sua mãe em Essex.

Conversamos bastante sobre aqueles velhos tempos, o que resultou num convite para que eu fosse para Styles para passar minha licença lá.

— Mamãe ficará felicíssima em vê-lo novamente depois de todos esses anos — ele acrescentou.

— Como vai sua mãe? — perguntei.

— Ah, sim. Creio que você soube que ela se casou novamente.

Receio ter demonstrado grande surpresa. Mrs. Cavendish, que havia se casado com o pai de John, um viúvo com dois filhos, fora uma mulher muito bonita, de meia-idade, conforme me recordo. Não poderia ter nem um dia menos que setenta anos de idade naquela ocasião. Lembro-me dela com sua personalidade enérgica, autocrática e, de algum modo, inclinada a obter notoriedade por trabalhos sociais e de caridade, sempre organizando quermesses e representando o papel de senhora caridosa. Era uma dama realmente generosa, sendo ela própria dona de uma fortuna considerável. A casa de campo deles, Styles Court, havia sido comprada por mr. Cavendish logo que se casaram. Ele sempre estivera sob a ascendência da esposa, tanto que, ao morrer, deixou a propriedade para ela, bem como a maior parte de sua renda — um acordo visivelmente desfavorável a seus dois filhos. A madrasta, contudo, sempre fora muito generosa com eles e, de fato, eles eram tão jovenzinhos na época do novo casamento do pai que sempre a tiveram como mãe legítima.

Lawrence, o mais jovem, teve uma juventude delicada. Formara-se médico, mas abandonou a profissão em seguida, permanecendo em casa em busca de realizar suas ambições literárias, embora seus versos nunca lograssem êxito.

John exerceu a advocacia por algum tempo, mas acabou se acomodando a uma vida mais confortável como proprietário rural. Casara-se dois anos antes, tendo levado sua mulher para morar em Styles, embora eu tivesse a firme suspeita de que ele preferiria ter sua mesada aumentada pela mãe, possibilitando a compra de sua própria casa. Mrs. Cavendish, no entanto, era senhora de seus próprios planos e contava que os outros os aceitassem e, nesse caso, era ela quem segurava as rédeas da situação ou, melhor dizendo, o fecho da carteira.

John percebeu minha surpresa ao me anunciar o novo casamento da mãe e sorriu com um ar um tanto melancólico.

— Mais um sujeitinho desprezível! — desabafou com raiva. — Permita-me dizer, Hastings, isso está tornando nossa vida bastante difícil. E também a de Evie. Você se lembra de Evie?

— Não.

— É, acho que ela não é do seu tempo. É a faz-tudo da casa, companheira, pau para toda obra! Uma ótima figura, a velha Evie! Não exatamente jovem e bonita, mas muito vivaz e despachada.

— Mas você ia me dizendo...

—Ah, sim, aquele sujeito! Ele surgiu do nada sob o pretexto de ser um primo em segundo grau de Evie ou coisa parecida, embora ela não mostrasse nenhum interesse especial em reconhecer tal parentesco. O camarada é um perfeito impostor, qualquer um pode ver isso. Tem uma grande barba negra e calça botas de couro envernizado em qualquer estação do ano! Mas mamãe se encantou por ele logo de cara e fez dele seu secretário... Você sabe que ela está sempre administrando centenas de instituições e eventos?

Concordei com um gesto.

— Bem, é claro que a guerra transformou as centenas em milhares. Não há dúvida que esse homem tem sido muito útil a ela. Mas você não imagina nosso espanto quando, três meses atrás, ela subitamente anunciou seu noivado com Alfred! O cara deve ser pelo menos vinte anos mais jovem que ela! É simplesmente um caso do mais deslavado cara de pau a fim de fazer fortuna. Porém, você compreende: ela é dona do próprio nariz e casou-se com ele.

— Deve ser uma situação difícil para todos vocês.

— Difícil? É uma desgraça!

Então, três dias depois, desembarquei em Styles St. Mary, uma absurda estaçãozinha de trem, sem nenhuma razão aparente para existir, encravada no meio de campinas verdejantes e ruelas do interior. John Cavendish estava me esperando na plataforma e me conduziu até o carro.

—Ainda consegui umas gotinhas de gasolina, como pode ver — ele disse. — Naturalmente por causa das atividades de mamãe.

A vila de Styles St. Mary estava situada a cerca de três quilômetros da pequena estação, e Styles Court a um quilômetro e meio dali. Era um dia plácido e quente do início de julho. Ao se contemplar a planície de Essex, tão verde e pacífica sob o sol da tarde, parecia quase impossível acreditar que, nem tão longe daquele ponto, uma grande guerra seguia seu rumo implacável. Senti-me como se adentrasse subitamente um novo mundo. Quando entramos pelos portões da mansão, John disse:

— Temo que você ache isso aqui muito parado, Hastings.

— Meu caro, isso é tudo o que quero.

— Oh, é bastante agradável se você quiser levar uma vida pacata. Trabalho com os voluntários duas vezes por semana e dou uma mão aos lavradores. Minha mulher trabalha regularmente "na roça". Levanta-se às cinco todas as manhãs para a ordenha e continua trabalhando até a hora do almoço. É uma vida boa de maneira geral, não fosse por aquele sujeito, Alfred Inglethorp!

Parou o carro de repente e mirou seu relógio:

— Será que ainda dá tempo para pegar Cynthia? Não, ela já deve ter saído do hospital a essa hora.

— Cynthia? É sua esposa?

— Não. Cynthia é uma protegida de minha mãe, filha de uma velha colega de classe, que se casou com um advogado trapaceiro. Ele foi à falência, a garota ficou órfã, sem um tostão. Minha mãe a socorreu e Cynthia vive conosco há aproximadamente dois anos. Ela trabalha no Hospital da Cruz Vermelha, em Tadminster, a onze quilômetros de distância.

Enquanto John dizia essas palavras, chegamos diante da velha e sofisticada mansão. Uma senhora vestida em uma saia de algodão bem grosso, que se encontrava inclinada sobre um canteiro de flores, endireitou-se à nossa chegada.

— Olá, Evie, aqui está nosso herói ferido! Mr. Hastings... Miss Howard.

Miss Howard segurou minha mão num aperto forte, quase doloroso. Seus olhos muito azuis no rosto bronzeado causaram-me impressão. Era uma mulher de aspecto agradável, em torno dos quarenta anos de idade, com uma voz profunda, quase masculina em seus tons fortes, um tanto grande e encorpada, com pés condizentes a seu tamanho metidos em botas pesadas. Sua conversa, logo percebi, se dava em estilo telegráfico:

— As ervas daninhas crescem como o fogo numa casa em chamas. Não consigo vencê-las. É melhor ficar de olho nelas.

— Estou certo de que ficarei muito contente se puder ser útil — respondi.

— Não diga isso. O senhor vai se arrepender depois.

— Você é cínica, Evie — disse John, rindo. — Onde será servido o chá hoje: dentro ou fora?

— Fora. Um dia muito lindo para se ficar preso dentro de casa.

— Vamos entrar, então. Você já trabalhou muito no jardim hoje. Você sabe, "digno é o trabalhador do seu salário".* Venha descansar um pouco.

— Bem — exclamou miss Howard, descalçando as luvas de jardinagem —, admito que devo concordar com você.

Ela deu a volta em torno da casa, indo até o lugar onde o chá estava disposto sob a sombra de um grande plátano.

Uma pessoa levantou-se de uma cadeira de vime e caminhou em nossa direção.

— Hastings, esta é minha mulher — disse John.

Nunca me esquecerei da primeira vez em que vi Mary Cavendish. Sua figura alta e esguia, delineada contra a luz brilhante, um sentimento vívido de um fogo em brasa ardendo calmamente naqueles maravilhosos olhos castanhos, olhos notáveis, diferentes

---

* Referência a uma passagem bíblica (Lucas 10:7), em que Jesus envia discípulos a cidades que pretendia visitar, passando-lhes recomendações sobre como se comportar na abordagem aos cidadãos e como receber sua acolhida. No contexto bíblico, o trabalhador seria aquele a serviço de Deus. Há diversas interpretações possíveis. Uma delas se refere ao fato de que todo trabalhador merece receber pagamento justo e que não há desonra em ser sustentado por outra pessoa quando se trabalha com desprendimento. [N.T.]

dos de qualquer outra mulher que jamais conhecera, com seu poder irradiante de intensa tranquilidade que, apesar disso, dava a impressão de conter um espírito indomável num corpo singularmente civilizado — todas essas coisas encontram-se marcadas em minha memória. Nunca as esquecerei.

Ela me cumprimentou com breves expressões de boas-vindas em sua voz baixa, porém marcante. Afundei-me numa cadeira de vime sentindo-me bastante bem por ter aceito o convite de John. Mrs. Cavendish serviu-me um pouco de chá e suas contidas observações elevaram ainda mais meu conceito de estar diante de uma mulher inteiramente fascinante. Um ouvinte atento é sempre estimulante, e descrevi, bem-humorado, certos incidentes passados no Hospital de Convalescentes, de um modo tal que, para minha satisfação, muito divertiu minha anfitriã. John, a propósito, um bom companheiro, nem de longe poderia ser chamado de um bom papo.

Naquele momento, uma voz bastante familiar ecoou para fora de uma porta de dois batentes, dessas divididas ao meio, na horizontal, bem próxima de nós:

— Então você vai escrever para a princesa depois do chá, Alfred? Eu mesma vou escrever para lady Tadminster para o segundo dia. Ou será melhor esperar que a princesa se manifeste? Em caso de uma negativa, lady Tadminster poderia fazer a abertura no primeiro dia e mrs. Crosbie entraria no segundo. Depois vem a duquesa... na festa da escola.

Não se ouviu nenhum murmúrio de voz masculina, quando mrs. Inglethorp ressurgiu em resposta:

— Sim, certamente. Depois do chá está ótimo. Você é tão prestativo, Alfred querido!

A porta se abriu um pouco mais e uma distinta senhora de cabelos brancos, com um ar um tanto autoritário, dirigiu-se a nós caminhando pela grama. Um homem a seguia com certo tom de deferência.

Mrs. Inglethorp cumprimentou-me efusivamente:

— Oh, é maravilhoso vê-lo novamente, mr. Hastings, depois de tantos anos. Alfred, querido, este é mr. Hastings. Este é meu marido.

Fitei com alguma curiosidade o "Alfred querido". Ele com certeza trazia em si uma nota dissonante. Não era de estranhar que John fizesse objeções à sua barba. Era uma das mais longas e negras que eu já tinha visto. Usava um *pince-nez* com armação de ouro sobre uma expressão de estranha impassibilidade. Ocorreu-me que ele poderia parecer natural num palco, porém parecia fora de lugar na vida real. Sua voz era um tanto grave e pastosa. Estendeu-me a mão sem energia e falou:

— É um prazer, mr. Hastings.

Em seguida, dirigindo-se à mulher:

— Emily, querida, acho que esta almofada está um pouco úmida.

Ela o admirou com afeto enquanto ele substituía a almofada, numa manifestação de grande ternura. Estranha paixão de uma mulher sempre tão sensata em tudo!

A presença de mr. Inglethorp parecia trazer uma atmosfera de constrangimento e velada hostilidade para todos os presentes. Miss Howard, em particular, não fazia questão de disfarçar seus sentimentos. Mrs. Inglethorp, no entanto, parecia estar alheia a tudo aquilo. Sua inconstância, da qual eu me recordava de velhos tempos, não tinha mudado em nada com o passar dos anos, e ela simplesmente deixava fluir a conversa, especialmente sobre a questão da próxima quermesse que estava organizando e que deveria acontecer em breve. Ocasionalmente, ela perguntava algo relacionado a dias e datas ao marido, que mantinha atitudes sempre estudadas e atentas. Desde o primeiro momento, nutri contra ele um sentimento de profundo desagrado, regozijando--me por minha certeza de que meus primeiros julgamentos eram quase sempre acertados.

Foi quando mrs. Inglethorp começou a dar instruções sobre cartas para Evelyn Howard e seu marido se dirigiu a mim com sua voz esmerada:

— O militarismo é sua profissão regular, mr. Hastings?

— Não, antes da guerra eu trabalhava no Lloyd.

— E o senhor vai retomar sua posição quando a guerra terminar?

— Talvez. Porém poderei também começar alguma coisa totalmente diferente.

Mary Cavendish inclinou-se para frente.

— Que profissão o senhor realmente escolheria se pudesse contar apenas com sua vontade interior?

— Bem, depende.

— Não tem um *hobby* secreto? — ela perguntou. — Diga--me... O senhor tem uma atração especial por alguma coisa? Todo mundo tem... Normalmente algo absurdo.

— A senhora vai rir de mim.

Ela sorriu.

— Talvez.

— Bem, sempre tive uma inclinação secreta por me tornar detetive!

— De verdade? Mesmo? Scotland Yard? Ou Sherlock Holmes?

— Oh, Sherlock Holmes, em todos os sentidos. Mas de fato, falando sério, sinto-me totalmente atraído por isso. Encontrei um homem na Bélgica uma vez, por acaso, um famoso detetive, e ele me influenciou muito. Era um homenzinho extraordinário. Ele costumava dizer que todo trabalho de detetive bem realizado é mera questão de método. Meu sistema se baseia nisso, embora, é claro, eu tenha feito progressos nesse sentido. Ele era um baixinho engraçado, um verdadeiro dândi, mas incrivelmente inteligente.

— Também gosto muito de histórias de detetive — salientou miss Howard. — Apesar de haver muita bobagem. O criminoso descoberto apenas no último capítulo. Todo mundo estarrecido. Um crime de verdade a gente descobre logo.

— Há muitos crimes que não foram solucionados — argumentei.

— Não me refiro à polícia, mas às pessoas diretamente envolvidas no crime. A família. Você não pode realmente enganá-las. Elas sempre sabem.

— Então — eu disse bastante animado —, a senhora pensa que, se estivesse envolvida num crime, digamos, um assassinato, a senhora poderia dizer com certeza quem é o criminoso?

— Claro que sim. Poderia não ser capaz de dar as provas a um bando de advogados, mas certamente saberia. Eu perceberia o assassino imediatamente, assim que se aproximasse de mim.

— Poderia ser "ela" — sugeri.

— Sim, poderia. Mas homicídio é crime violento. Tem mais a ver com homem.

— Não em caso de envenenamento — a voz clara de mrs. Cavendish me surpreendeu. — O dr. Bauerstein ainda ontem me dizia que, em virtude da ignorância geral sobre os venenos mais incomuns no meio médico, já houve incontáveis casos de intoxicação dos quais ninguém se deu conta.

— Mas que conversa mais horrível, Mary! — gritou mrs. Inglethorp. — Isso me dá arrepios! Oh, lá vem Cynthia!

Uma mocinha vestida com o uniforme da Cruz Vermelha vinha correndo graciosamente pelo gramado.

— Oh, Cynthia, está atrasada hoje. Este é mr. Hastings... Esta é miss Murdoch.

Cynthia Murdoch era uma criatura no frescor da juventude, cheia de vida e energia. Ela tirou seu boné da Cruz Vermelha e eu admirei as ondas de seus cabelos castanhos se soltando no ar, bem como a alvura e pequenez de sua mão que se estendia para receber uma xícara de chá. Se tivesse olhos e cílios negros, seria uma beleza perfeita.

Jogou-se no chão, próxima a John e, quando lhe passei um prato com sanduíches, ela sorriu para mim.

— Sente-se aqui na grama. É muito mais divertido.

Também me joguei no chão, obediente.

— A senhorita trabalha em Tadminster, não é, miss Murdoch? Ela confirmou.

— Para pagar meus pecados.

— Eles a perturbam, então? — perguntei num sorriso.

— Mas de quem está falando? — exclamou com discrição.

— Tenho uma prima enfermeira — expliquei. — Ela tem pavor das "Irmãs".

— Não me surpreende. As Irmãs *são*, se me entende, mr. Hastings. Elas simplesmente *são*! O senhor não faz ideia! Mas não sou enfermeira, graças a Deus trabalho no dispensário.

— Quantas pessoas já envenenou? — perguntei sorrindo.

Cynthia também sorriu.

—Ah, centenas! — replicou.

— Cynthia — chamou mrs. Inglethorp —, você pode escrever umas notas para mim?

— Certamente, tia Emily.

Ela se pôs de pé imediatamente e algo em seus modos me fez lembrar que Cynthia tinha uma posição de dependência naquela casa, e que mrs. Inglethorp, embora bondosa no geral, não deixava a moça se esquecer disso.

Minha anfitriã dirigiu-se a mim:

— John lhe mostrará seu quarto. A ceia é às sete e meia. Já há algum tempo deixamos de jantar. Lady Tadminster, esposa de um associado nosso — ela é filha caçula de Lord Abbotsbury — também faz o mesmo. Ela concorda comigo em que a gente deve dar exemplo de economia. Vivemos num estado de guerra, então nada se desperdiça aqui: cada pedacinho de papel é recolhido e despachado em sacos.

Expressei minha aprovação. John me introduziu na casa. Subimos pela ampla escadaria que se dividia para a direita e para a esquerda, conduzindo às duas alas da residência. Meu quarto ficava na ala esquerda e se abria para o parque.

John me deixou e, minutos depois, vi-o de minha janela caminhando vagarosamente pelo gramado de braços dados com Cynthia Murdoch. Ouvi mrs. Inglethorp chamar "Cynthia!" impacientemente e a moça correu de volta para a casa. No mesmo instante, um homem surgiu da sombra de uma árvore e caminhou devagar na mesma direção. Aparentava ter mais ou menos quarenta anos de idade, com uma aparência muito austera e melancólica expressa no rosto escanhoado. Algum tipo de emoção violenta parecia dominá-lo. Olhou para cima, em direção à minha janela e então pude reconhecê-lo, embora tivesse mudado muito nos quinze anos desde que nos víramos pela última vez. Era o irmão mais novo de John, Lawrence Cavendish. Fiquei intrigado pensando no que poderia ter causado naquele rosto uma expressão tão singular.

Logo deixei de pensar nele e tratei de cuidar de meus próprios assuntos.

A noite transcorreu bastante agradável e acabei por sonhar com aquela mulher enigmática, Mary Cavendish.

A manhã do dia seguinte chegou brilhante e ensolarada e pus-me a esperar por sua deliciosa visita.

Mas não vi mrs. Cavendish senão na hora do almoço, quando ela se prontificou a me levar para um passeio e passamos uma tarde encantadora percorrendo a mata, retornando à casa por volta das cinco.

Assim que entramos no grande *hall*, John acenou para nós e nos convidou a entrar na sala de fumar. Por sua fisionomia, logo percebi que algo desagradável tinha acontecido. Nós o seguimos e ele fechou a porta atrás de nós.

— Veja você, Mary, a bruxa está solta. Evie brigou com Alfred Inglethorp e por isso vai embora.

— Evie? Vai embora?

John assentiu pesaroso.

— Sim. Ela foi conversar com mamãe e... Oh, lá vem Evie.

Miss Howard entrou. Mordia os lábios com força e carregava sua mala. Parecia transtornada e determinada, levemente na defensiva.

— De qualquer modo — ela desabafou —, expressei minha opinião!

— Minha querida Evelyn — exclamou mrs. Cavendish —, isso não pode ser verdade!

Miss Howard balançou a cabeça em desagrado.

— Mas é a pura verdade! Temo ter dito coisas a Emily que ela não esquecerá; ela não me perdoará tão cedo. Nem me importa se a magoei um pouco. Porém, acho que de nada adiantou. Eu só falei bem claramente: "Você é uma mulher velha, Emily, e o maior de todos os tolos é um velho tolo. Esse homem é vinte anos mais novo e, não se engane, só se casou com você por uma coisa: dinheiro! Pois bem, não deixe que ele leve tudo o que você tem. O fazendeiro Raikes tem uma linda e jovem esposa. Apenas pergunte ao seu Alfred quanto tempo ele passa lá na casa deles". Ela ficou furiosa. É natural! Continuei: "Vou logo avisando, goste você ou não: aquele homem vai matar você em sua cama com a mesma naturalidade com que olha para o seu rosto. Ele é mau. Pode dizer o que quiser, mas lembre-se do que estou lhe dizendo: ele é mau!".

— O que ela disse?

Miss Howard fez uma careta bem feia.

— "Querido Alfred... Alfred queridíssimo... Calúnias venenosas... Mentiras maldosas... Mulher má... Como pode acusar meu 'querido marido'?" Pois bem: quanto mais cedo eu deixar a casa dela, melhor. Por isso estou indo embora.

— Agora?

— Neste minuto!

Por alguns instantes ficamos sentados, olhando para ela. Por fim, John Cavendish, desistindo de suas estratégias persuasórias, saiu para consultar os horários dos trens. Sua esposa o seguiu, murmurando alguma coisa a respeito de convencer mrs. Inglethorp a refletir melhor sobre o ocorrido.

Assim que deixou a sala, a expressão de miss Howard mudou. Ela se inclinou incisivamente para o meu lado:

— Mr. Hastings, o senhor é uma pessoa honesta. Posso confiar no senhor?

Fiquei um tanto confuso. Ela pousou a mão sobre meu braço e sua voz baixou de tom, num sussurro:

— Preste atenção nela, mr. Hastings. Minha pobre Emily. Um bando de tubarões... Todos eles. Oh, eu sei do que estou falando. Não tem nenhum entre eles que não esteja interessado em tirar dinheiro dela. Eu a protejo até onde posso. Agora que estou de partida, eles vão se impor contra ela.

— É claro, miss Howard — afirmei. — Farei tudo o que puder, mas estou certo de que está nervosa e esgotada.

Ela me interrompeu, balançando o dedo indicador vagarosamente:

— Meu jovem, confie em mim. Estou neste mundo há bem mais tempo que o senhor. Tudo o que peço é que mantenha seus olhos abertos. O senhor verá o que estou falando.

O ronco do motor entrou pela janela aberta e miss Howard se levantou, dirigindo-se para a porta. Ouvia-se a voz de John lá fora. Com a mão na maçaneta, ela girou a cabeça por sobre o ombro e acenou para mim:

— Sobretudo, mr. Hastings, fique de olho naquele demônio... o marido dela!

Não houve tempo para mais nada. Miss Howard engoliu em seco diante de um coro de protestos e despedidas. Os Inglethorp não apareceram.

Quando o carro partiu, mrs. Cavendish subitamente deixou o grupo e correu pela alameda até alcançar o gramado, a fim de receber um homem alto e barbado que evidentemente vinha em direção à mansão. Suas faces ficaram coradas ao estender a mão para cumprimentá-lo.

— Quem é aquele? — perguntei, com rispidez, porque instintivamente desconfiei daquele homem.

— É o dr. Bauerstein — respondeu John secamente.

— E quem é o dr. Bauerstein?

— Está passando uma temporada na vila para se restabelecer de um terrível colapso nervoso. É um pesquisador de Londres, um homem muito inteligente. Um dos maiores especialistas em venenos, creio eu.

— E é grande amigo de Mary — acrescentou Cynthia, a irrepreensível.

John Cavendish fechou a cara e mudou de assunto:

— Vamos dar uma volta, Hastings. Tudo isso é lamentável. Ela sempre teve uma língua afiada, mas não há amiga mais leal na Inglaterra do que Evelyn Howard.

Ele tomou o caminho que passava pela plantação e nos dirigimos à vila, passando pelo bosque que cercava um dos lados da propriedade.

Quando passávamos por um dos portões, já no caminho de volta, uma linda jovem, de tipo cigano, que vinha em direção contrária, fez uma reverência e sorriu para nós.

— Que moça bonita — observei com apreço.

John fechou a cara.

— É mrs. Raikes.

— Aquela que miss Howard...

— Exatamente — disse John com uma rudeza desnecessária.

Pensei na velha senhora de cabelos brancos na grande mansão e naquele rostinho vivaz e sedutor que há pouco sorrira para nós, e um pressentimento nefasto tomou conta de mim. Espantei o mau agouro.

— Styles é realmente um lugar antigo e glorioso — disse eu a John.

Ele assentiu com um ar tristonho.

— Sim, é uma bela propriedade. Será minha um dia. Já devia ser minha agora por direito se meu pai tivesse feito um testamento decente. E então eu não estaria tão duro quanto estou agora.

— Sem dinheiro, você?

— Meu caro Hastings, não me importo de lhe dizer que estou quase perdendo a cabeça por dinheiro.

— Seu irmão não pode ajudá-lo?

— Lawrence? Gastou cada centavo que tinha publicando uns versos medíocres em edições luxuosas. Estamos todos sem tostão. Minha mãe sempre foi muito boa para nós, devo admitir. Isto é, até agora. Desde seu casamento, claro... — ele interrompeu a fala, franzindo o cenho.

Pela primeira vez, senti que, com a partida de Evelyn Howard, algo indefinível havia se dissipado da atmosfera. A presença dela significava segurança. Agora que a segurança havia sido removida, o ar parecia impregnado de suspeitas. Lembrei-me do rosto sinistro do dr. Bauerstein. Um sentimento de vaga desconfiança de tudo e de todos tomou conta de mim. Por um instante, tive a premonição da desgraça iminente.

2

OS DIAS 16 E 17 DE JULHO

Cheguei a Styles no dia 5 de julho. Aqui me refiro aos acontecimentos dos dias 16 e 17 daquele mês. Para conveniência do leitor,
recapitularei os incidentes daqueles dias da maneira mais exata possível. Foram apresentados subsequentemente no tribunal
num processo de longos e tediosos depoimentos.

Recebi uma carta de Evelyn Howard alguns dias após sua
partida, na qual ela me contava que estava trabalhando como
enfermeira em um grande hospital de Middlingham, uma cidade
industrial situada a cerca de vinte e três quilômetros de Styles.
Ela me pedia efusivamente informações caso mrs. Inglethorp
demonstrasse qualquer desejo de reconciliação.

A única chateação nesses meus dias de tranquilidade era
a extraordinária e, de minha parte, inconcebível preferência de
mrs. Cavendish pela companhia do dr. Bauerstein. Não consigo
imaginar o que ela via naquele homem, mas estava sempre a
chamá-lo para entrar em casa, sem contar os longos passeios que
faziam juntos. Confesso que não conseguia enxergar nenhum
atrativo nele.

O dia 16 de julho caiu numa segunda-feira. Foi um dia tu-
multuado. Um evento de entretenimento, também associado

O MISTERIOSO CASO DE STYLES 35

à caridade como a famosa quermesse que havia ocorrido no sábado. Mrs. Inglethorp deveria participar do evento recitando um poema de guerra naquela noite. Estivéramos todos ocupados durante a manhã arrumando e decorando o salão na vila onde ocorreria o evento. Almoçamos tarde e ficamos até o anoitecer descansando no jardim. Reparei que John agia de um modo diferente: ele parecia excitado e inquieto.

Depois do chá, mrs. Inglethorp foi descansar um pouco antes de se engajar nas tarefas que desempenharia à noite e eu desafiei Mary Cavendish para uma partida de tênis.

Por volta das quinze para as sete, mrs. Inglethorp nos chamou dizendo que estávamos atrasados para a ceia, que seria servida mais cedo naquela noite. Tivemos de nos apressar para ficar prontos na hora certa; e, antes de a ceia terminar, o carro já estava esperando lá fora.

O recital foi um grande sucesso, tendo a participação de mrs. Inglethorp recebido aplausos tremendos. Houve, ainda, cenas em que Cynthia tomou parte. Ela não voltou conosco porque foi convidada para uma ceia especial e passaria a noite com amigos que haviam participado com ela das cenas do evento.

Na manhã seguinte, mrs. Inglethorp tomou o café na cama por se sentir exausta, mas apareceu muito animada, por volta do meio-dia e meia, levando-nos, Lawrence e eu, para um almoço festivo.

— Que convite simpático de mrs. Rolleston, que é irmã de lady Tadminster, como vocês sabem. Os Rollestons vieram com o Conquistador. É uma de nossas famílias mais antigas.

Mary declinou do convite, desculpando-se por ter um encontro marcado com o dr. Bauerstein.

Tivemos um almoço agradável e, quando voltávamos para casa, Lawrence sugeriu que retornássemos por Tadminster, que ficava a pouco mais de um quilômetro e meio de distância, a fim de fazer uma visita para Cynthia no dispensário. Mrs. Inglethorp concordou que aquela era uma ideia excelente, mas como tinha de escrever diversas cartas, ela nos deixaria lá e então iríamos mais tarde para casa com Cynthia, na carroça puxada por pôneis.

O porteiro do hospital suspeitou de nós e nos deteve até Cynthia aparecer e se responsabilizar por nós. Ela parecia muito jovial e amável em seu longo jaleco branco. Então nos conduziu até seu local de trabalho e nos apresentou a seu colega, um sujeito de ar sinistro, que Cynthia carinhosamente chamava de "Nibs".

— Nossa, quantos frascos! — exclamei, enquanto corria com os olhos todo o recinto. — Você sabe mesmo o que tem dentro de todos eles?

— Diga algo original — suspirou Cynthia. — Todo mundo que vem aqui diz isso. Estamos realmente pensando em conceder um prêmio à primeira pessoa que entrar aqui e *não* disser: "Nossa, quantos frascos!" E também sei que a próxima coisa que você vai dizer é: "Quantas pessoas você já envenenou?"

Reconheci minha culpa com um sorriso.

— Se vocês soubessem como é fatalmente fácil envenenar alguém por engano, não fariam piada sobre isso. Vamos lá, venham tomar chá. Temos todo o tipo de mantimentos guardados naquele armário. Não, Lawrence, esse é o armário de venenos. Falo do armário grande, isso mesmo.

O chá foi muito agradável. Em seguida, ajudamos Cynthia a lavar os talheres e as xícaras. Mal havíamos guardado a última colher quando alguém bateu à porta. Cynthia e Nibs subitamente assumiram uma expressão austera:

— Entre — disse Cynthia, falando num tom marcadamente profissional.

Uma enfermeira jovem e um tanto assustada entrou com um frasco, fazendo menção de entregá-lo a Nibs, que, com um gesto, indicou Cynthia, proferindo uma enigmática observação:

— *Eu* não estou aqui hoje.

Cynthia pegou o frasco e o examinou com a severidade de um juiz.

— Isso já devia ter sido devolvido hoje de manhã.

— A Irmã pede muitas desculpas. Ela se esqueceu.

— A Irmã deveria ler as regras afixadas do lado de fora da porta.

Intuí, pela expressão da enfermeirinha, que não havia a menor possibilidade de ela transmitir essa mensagem para a temível "Irmã".

— Agora só será possível fazer isso amanhã — concluiu Cynthia.

— Não há possibilidade de estar pronto hoje à noite?

— Bem — disse Cynthia amigavelmente —, estamos muito ocupados, mas se houver tempo, nós o faremos.

A jovem enfermeira se retirou e Cynthia imediatamente tomou um jarro da prateleira, encheu o frasco e o colocou sobre a mesa do lado de fora.

Eu ri.

— Precisa manter a disciplina?

— Exatamente. Venham até nossa pequena sacada. Dá para ver todas as enfermarias daqui.

Segui Cynthia e seu colega e eles apontaram cada uma das enfermarias a partir da sacada. Lawrence ficou lá dentro, mas

Cynthia o chamou daí a pouco, virando-se por sobre os ombros, convidando-o a se juntar a nós. Então mirou seu relógio de pulso.

— Não há mais nada a ser feito, Nibs?

— Não.

— Ok, então vamos trancar tudo e partir.

Naquela tarde, pude observar Lawrence sob uma luz completamente diferente. Em comparação a John, ele era uma pessoa surpreendentemente difícil de entender. Era o oposto do irmão em praticamente todos os aspectos, sendo extraordinariamente tímido e reservado. Apesar disso, tinha certo charme em suas maneiras e eu fantasiei que, se alguém o conhecesse realmente bem, poderia se afeiçoar a ele. Sempre achei que seu jeito de lidar com Cynthia implicasse algum constrangimento e que ela, por sua vez, ficasse envergonhada na presença dele. Mas ambos estavam bastante alegres naquela tarde e conversavam como duas crianças.

Enquanto atravessávamos a vila, lembrei-me de que precisava de selos e, por isso, paramos no correio.

Ao sair da agência, esbarrei num homenzinho que entrava. Pus-me de lado e me desculpei quando, de súbito, com uma efusiva exclamação, ele me pegou em ambos os braços e me beijou afetuosamente.

— *Mon ami* Hastings! — gritou — É de fato *mon ami* Hastings!

— Poirot! — exclamei.

Voltei-me para a carroça.

— Este é um encontro muito feliz para mim, miss Cynthia. Este é meu velho amigo, *monsieur* Poirot, que não vejo há anos.

— Oh, conhecemos *monsieur* Poirot — disse Cynthia, alegremente. — Mas não fazia ideia de que fosse seu amigo.

— Sim, é verdade — disse Poirot sério. — Conheço *mademoiselle* Cynthia. — É pela caridade da boa mrs. Inglethorp que estou aqui. — E completou, já que eu o fitava com curiosidade: — Sim, meu amigo, ela generosamente ofereceu abrigo a sete compatriotas meus que, infelizmente, são refugiados de seu país natal. Nós, belgas, sempre nos lembraremos dela com gratidão.

Poirot era um homenzinho de aparência extraordinária. Não tinha mais que um metro e cinquenta de altura, mas impunha-se com grande dignidade. Sua cabeça tinha exatamente o formato de um ovo e ele a trazia sempre ligeiramente inclinada para um lado. Seu bigode era hirto e de aspecto militar. A elegância de suas roupas era quase inacreditável: creio que um traço de poeira causaria nele mais sofrimento que um ferimento a bala. Embora esse baixinho esquisito e todo arrumadinho tivesse sido um dos mais celebrados membros da polícia belga nos velhos tempos, notei pesaroso que agora ele também estava mancando. Seu faro de detetive era extraordinário, tendo alcançado triunfos notáveis ao desvendar os mais intricados casos de sua época.

Ele me indicou, com um gesto, a casinha habitada por ele e seus companheiros belgas, e eu prometi ir visitá-lo em breve. Então ele ergueu o chapéu com um floreio para Cynthia e nós partimos.

— Ele é muito simpático — comentou Cynthia. — Não fazia ideia de que o senhor o conhecesse.

— Você vem tratando com uma celebridade sem saber — respondi.

E, durante todo o nosso percurso, contei a eles as várias proezas e triunfos de Hercule Poirot.

Chegamos a casa muito animados. Quando entramos no *hall*, mrs. Inglethorp estava saindo de seu toucador. Estava com as faces coradas e parecia perturbada.

— Oh, são vocês — ela disse.

— Aconteceu alguma coisa, tia Emily? — perguntou Cynthia.

— Claro que não — respondeu mrs. Inglethorp prontamente. — O que poderia ter acontecido?

E então, percebendo a presença de Dorcas, a chefe dos criados, que passava para a sala de jantar, chamou-a e pediu que trouxesse alguns selos para seu toucador.

— A senhora não acha que seria melhor ir para a cama? Parece estar muito cansada.

— Talvez esteja certa, Dorcas. Sim... não... agora não. Tenho algumas cartas a terminar antes que o correio feche. Você acendeu a lareira em meu quarto conforme lhe instruí?

— Sim, senhora.

— Então irei diretamente para a cama após a ceia.

Retornou ao toucador. Cynthia a observava.

— Meu Deus do céu! Fico imaginando o que terá acontecido — disse ela a Lawrence.

Ele pareceu não tê-la ouvido, pois, sem dizer palavra, virou-se e saiu da casa.

Sugeri uma rápida partida de tênis antes da ceia e, como Cynthia concordasse, corri até o andar de cima para buscar minha raquete.

Mrs. Cavendish vinha descendo as escadas. Podia ser minha imaginação, mas também ela me pareceu bastante estranha e perturbada.

— Fez um bom passeio com o dr. Bauerstein? — perguntei, tentando ostentar a máxima indiferença possível.

— Eu não saí — ela respondeu abruptamente. — Onde está mrs. Inglethorp?

— No toucador.

Segurando no corrimão com força, ela parecia se preparar com ansiedade para um encontro. Passou rapidamente por mim, e atravessou o *hall* em direção ao toucador, batendo a porta atrás de si.

Quando saí para a quadra de tênis, alguns momentos mais tarde, tive de passar pela janela aberta do toucador. Não pude evitar ouvir um trecho do diálogo. Mary Cavendish dizia, com uma voz de quem estava desesperadamente procurando se controlar:

— Quer dizer que a senhora não vai me mostrar?

Ao que mrs. Inglethorp respondeu:

— Minha querida Mary, isso nada tem a ver com a questão.

— Então me mostre.

— Eu lhe digo que não é o que você imagina. Não envolve você em nada.

Mary Cavendish respondeu com uma crescente animosidade:

— Com certeza, eu deveria saber que a senhora o protegeria.

Cynthia estava esperando por mim e me saudou de forma ansiosa:

— Minha nossa! Está havendo uma briga feia! Soube de tudo por meio de Dorcas.

— Que tipo de briga?

— Entre Tia Emily e *ele*. Espero sinceramente que ela enfim tenha descoberto quem ele é.

— Então Dorcas estava presente?

— Claro que não. Ela "vinha passando próximo à porta". Foi uma espécie de ajuste de contas, no melhor estilo. Gostaria muito de saber por que isso aconteceu.

Pensei no rostinho cigano de mrs. Raikes e nos avisos de Evelyn Howard, mas sabiamente decidi manter-me reservado, enquanto Cynthia explorava todas as hipóteses possíveis, esperava efusivamente que "Tia Emily o mandará embora e nunca mais tocará no nome dele outra vez".

Estava ansioso por encontrar John, mas ele não estava em lugar nenhum. Era evidente que algo muito importante tinha acontecido naquela tarde. Tentei esquecer as palavras que tinha ouvido, mas, independentemente de minha vontade, não conseguia tirá-las totalmente de minha mente. De que forma estaria Mary Cavendish ligada ao assunto?

Mr. Inglethorp estava na sala de estar quando desci para cear. Seu rosto estava impassível como de costume e a estranha irrealidade daquele homem me impressionou novamente.

Mrs. Inglethorp finalmente desceu. Ainda parecia agitada e, durante a refeição, permaneceu num silêncio algo constrangedor. Inglethorp guardava um ar extraordinariamente taciturno. Como de praxe, cercava sua mulher com pequenos gestos de atenção, posicionando uma almofada sob suas costas e, no geral, fazendo as vezes de marido devotado. Imediatamente após a ceia, mrs. Inglethorp retirou-se novamente para seu toucador.

— Mande trazer café para mim aqui, Mary — comandou. — Tenho apenas cinco minutos para fechar minha correspondência.

Cynthia e eu fomos nos sentar próximos à janela aberta da sala de estar. Mary Cavendish trouxe nosso café. Parecia excitada.

— Vocês, jovens, querem que acenda as luzes ou preferem a luz do crepúsculo? — perguntou. — Pode levar o café de mrs. Inglethorp, Cynthia? Vou servi-lo.

— Não se preocupe, Mary — disse Inglethorp. — Levarei o café para Emily.

Serviu o café na xícara e deixou a sala, carregando-o com cuidado.

Lawrence o seguiu e mrs. Cavendish sentou-se conosco. Permanecemos os três em silêncio por algum tempo. Era uma noite gloriosa, quente e sem vento. Mrs. Cavendish abanava-se usando uma folha de palmeira.

— Este calor está quase insuportável — murmurou. — Vai haver tempestade.

Infelizmente, esses momentos harmoniosos nunca duram muito! Meu paraíso foi bruscamente desfeito pelo som de uma voz bem conhecida e sinceramente odiosa que se fez ouvir no *hall*.

— Dr. Bauerstein! — exclamou Cynthia — Que hora incomum para uma visita.

Enciumado, observei Mary Cavendish, mas ela parecia totalmente imperturbável. A palidez delicada de seu semblante em nada se alterou.

Em instantes, Alfred Inglethorp trouxe o médico para dentro, que ria, salientando que não estava em condições de entrar numa sala de estar. De fato, sua aparência era lamentável, pois estava literalmente coberto de lama.

— O que o senhor estava fazendo, doutor? — exclamou Mary Cavendish.

— Devo me desculpar — disse o médico. — Eu não pretendia realmente entrar, mas mr. Inglethorp insistiu.

— Bem, Bauerstein, você realmente está uma figura — disse John, entrando pelo *hall*. — Tome um pouco de café e nos conte no que se meteu.

— Obrigado, vou aceitar. — ele riu, com certo tom de lamentação, ao nos descrever como havia descoberto uma espécie raríssima de samambaia num local inacessível e que, em seu esforço por alcançar a planta, acabou se desequilibrando e escorregando ignominiosamente para dentro de uma poça de lama.

— Logo o sol me secou — ele acrescentou —, mas receio que minha aparência esteja deplorável.

Nesse momento, mrs. Inglethorp chamou Cynthia, do *hall*, e a moça deixou a sala imediatamente.

— Basta levar minha valise de documentos para cima, está bem, querida? Vou para a cama.

A porta para o *hall* era bastante ampla. Levantei-me ao mesmo tempo em que Cynthia. John estava bem ao meu lado. Havia, portanto, três testemunhas capazes de jurar que mrs. Inglethorp trazia nas mãos seu café ainda intocado. Minha noite foi inteiramente estragada pela presença do dr. Bauerstein. Parecia que aquele homem nunca mais iria embora. Quando ele finalmente se levantou para partir, suspirei de alívio.

— Irei caminhando até a vila com você — anunciou mr. Inglethorp. — Preciso falar com nosso agente sobre contas da propriedade. — virou-se para John. — Ninguém precisa esperar por mim. Vou levar a chave de casa.

3
A NOITE DA TRAGÉDIA

Para tornar esta parte da história mais clara, incluo a planta do primeiro andar da mansão de Styles. Chega-se aos quartos dos empregados pela porta B. Esses aposentos não possuem ligação com a ala direita, onde ficam os quartos dos Inglethorp.

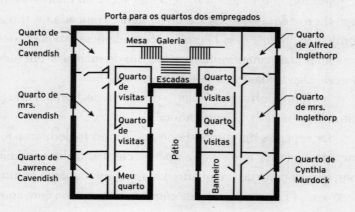

Acho que foi bem no meio da noite que fui despertado por Lawrence Cavendish. Trazia uma vela na mão e a agitação que demonstrava em seu rosto fez-me entender que algo realmente grave estava acontecendo.

— O que foi? — perguntei, sentando-me na cama e tentando pôr meus pensamentos em ordem.

— Temo que minha mãe esteja passando muito mal. Parece estar tendo algum tipo de ataque, mas infelizmente ela se trancou dentro do quarto.

— Vou lá imediatamente.

Saltei da cama e, vestindo meu roupão, segui Lawrence ao longo da galeria até a ala direita da mansão.

John Cavendish se reuniu a nós e um ou dois empregados estavam de pé, em estado de absoluto nervosismo. Lawrence consultou o irmão:

— O que acha melhor fazermos?

Nunca, pensei, seu caráter indeciso fora mais aparente.

John forçou violentamente a maçaneta do quarto de mrs. Inglethorp sem êxito. Estava obviamente trancada ou travada por dentro. Toda a casa já estava acordada nesse momento. Os sons mais alarmantes vinham de dentro do quarto. Com toda a certeza, algo tinha de ser feito.

— Tente entrar pelo quarto de mr. Inglethorp, senhor — gritou Dorcas. Oh, pobre senhora!

De repente, dei-me conta de que Alfred Inglethorp não se encontrava entre nós — que apenas ele não tinha aparecido. John abriu a porta de seu quarto. Estava absolutamente escuro lá dentro, mas Lawrence o seguia com a vela e, mesmo com aquela luz pálida, vimos que a cama estava arrumada, sem nenhum sinal de que alguém tivesse usado aquele cômodo.

Corremos imediatamente para a porta de comunicação entre os quartos. Essa também estava trancada ou travada por dentro. O que podia ser feito?

— Oh, meu senhor — exclamou Dorcas, esfregando as mãos —, o que faremos agora?

— Precisamos tentar arrombar a porta, mas acho que vai ser muito difícil. Venha cá, faça com que uma das criadas vá até lá embaixo e acorde Baily. Diga a ele para procurar pelo dr. Wilkins imediatamente. Agora sim, vamos tentar a porta. Mas espere um instante... não há uma porta de comunicação com o quarto de miss Cynthia?

— Sim, senhor, mas sempre esteve trancada. Nunca foi aberta.

— Bem, vamos dar uma olhada.

Ele correu rapidamente pelo corredor até o quarto de Cynthia. Mary Cavendish estava lá, sacudindo a moça — que devia ter um sono muito pesado — tentando despertá-la.

Em instantes, ele estava de volta.

— Não adianta. Também está trancada. Precisamos mesmo arrombar a porta. Creio que esta aqui é um pouco mais fraca que a do corredor.

Fizemos força juntos. A estrutura da porta era sólida e por longo tempo resistiu a nossos esforços até que, finalmente, senti que cedia com nosso peso. Com um forte ruído, a porta se abriu.

Entramos todos juntos, de roldão. Lawrence ainda segurava a vela. Mrs. Inglethorp estava deitada na cama, completamente agitada em violentas convulsões, numa das quais devia ter tombado a mesinha de cabeceira. Assim que entramos, contudo, seus membros relaxaram e ela caiu sobre os travesseiros.

John atravessou o cômodo e acendeu o gás. Virando-se para Annie, uma das criadas, ordenou que descesse à sala de jantar e trouxesse *brandy*. Então correu para a mãe, enquanto eu destrancava a porta que dava para o corredor.

Voltei-me para Lawrence para sugerir que eu deveria deixá-los agora que não havia mais necessidade de minha ajuda, mas minhas palavras congelaram-se em meus lábios. Nunca tinha visto um olhar tão horrível no rosto de um homem. Estava branco como cera, a vela que segurava tremia em sua mão, pingando sobre o tapete, e seus olhos, petrificados de terror ou outra emoção semelhante, fitava algum ponto na parede atrás de mim. Parecia que tinha visto algo capaz de transformá-lo em pedra. Instintivamente, segui mirando para onde seus olhos se fixavam, mas nada vi de anormal. As brasas quase extintas e a fileira de enfeites sobre o batente da lareira não representavam nada incomum.

A violência do ataque de mrs. Inglethorp parecia ter passado. Ela conseguia falar, embora com alguma dificuldade:

— Agora estou melhor... tão de repente... sou estúpida... por ter me trancado aqui.

Uma sombra se fez sobre a cama e, erguendo os olhos, vi Mary Cavendish de pé, próxima da porta, abraçada a Cynthia. Parecia amparar a moça, que tinha um aspecto estranho, totalmente desorientada. Seu rosto estava muito vermelho e bocejava sem parar.

— Pobre Cynthia, está muito assustada — disse mrs. Cavendish em voz baixa, porém clara. Mary, como pude observar, estava vestida em sua blusa branca usada para trabalhar no campo. Devia, então, ser bem mais tarde do que eu pensava. Vi que um leve traço da luz do dia surgia através das cortinas e que o relógio sobre a lareira indicava ser quase cinco horas.

Um grito abafado vindo do leito me pegou de surpresa. Uma nova crise dolorosa tomava conta da infeliz senhora. As convulsões eram de uma violência inacreditável. Houve confusão. Todos se puseram a seu redor, mas impotentes para servir de ajuda ou alívio. Uma convulsão final fez com que se erguesse da cama até que ficasse apoiada apenas pela cabeça e pelos calcanhares, com seu corpo arqueado de forma extraordinária. Em vão, Mary e John tentaram dar-lhe mais *brandy*. Passaram-se alguns instantes. Novamente, seu corpo se arqueou daquele jeito estranho.

Nesse momento, o dr. Bauerstein abriu caminho pelo quarto, autoritário. Parou por algum tempo mirando a senhora sobre a cama e, na mesma hora, mrs. Inglethorp lançou um grito estrangulado, seus olhos fixos no médico:

— Alfred... Alfred... — e então caiu inerte sobre os travesseiros.

A passos largos, o médico alcançou a cama e, tomando a senhora pelos braços, movimentou-os com energia, aplicando nela o que eu já conhecia como respiração artificial. Deu algumas ordens rápidas aos criados e, por um gesto imperioso com a mão, mandou-nos todos para perto da porta. Observávamos, fascinados, embora eu supusesse que todos nós sabíamos ser tarde demais e que nada mais podia ser feito. Podia ver, pela expressão em seu rosto, que ele próprio tinha poucas esperanças.

Finalmente, ele desistiu da tarefa, sacudindo a cabeça num gesto grave. Nesse momento, ouvimos passos do lado de fora. O dr. Wilkins, médico particular de mrs. Inglethorp, um homenzinho pomposo e afetado, entrou em grande agitação.

Em poucas palavras, o dr. Bauerstein explicou que vinha passando por acaso pelos portões da mansão no momento em que o carro que ia buscar o dr. Wilkins estava saindo. Então, correu o mais rapidamente possível até a casa. Com um gesto desanimado, apontou para a criatura sobre o leito.

— Mui-to triste. Mui-to triste — murmurou o dr. Wilkins.

— Pobre senhora. Sempre abusou do trabalho... abusou demais... contra minhas recomendações. Eu avisei: "Vá mais devagar." Mas não... seu zelo pelas obras de caridade era enorme. A natureza se rebelou. Na-tu-re-za rebelde.

O dr. Bauerstein, pude perceber, prestava atenção no médico particular. Ainda o mirava quando observou:

— As convulsões foram de uma violência peculiar, dr. Wilkins. É pena que o senhor não presenciou a cena. Eram de uma ordem um tanto... tetânica.

— Ah! — exclamou o dr. Wilkins, com prudência.

— Gostaria de conversar com o senhor em particular — propôs o dr. Bauerstein, virando-se para John. — Você faz alguma objeção?

— Certamente que não.

Saímos todos para o corredor, deixando os dois médicos a sós, quando ouvi a porta ser trancada atrás de nós.

Descemos vagarosamente as escadas. Eu estava violentamente exaltado. Tenho certo talento para a dedução e o comportamento do dr. Bauerstein suscitou muitas suspeitas em minha mente. Mary Cavendish pousou sua mão sobre meu braço.

— O que foi aquilo? Por que o dr. Bauerstein parecia tão... esquisito?

Olhei para ela.

— Quer saber o que acho?

— O quê?

— Ouça! — olhei em torno, os outros não podiam me ouvir. Baixei meu tom de voz e sussurrei: — Acho que ela foi envenenada! Tenho certeza de que o dr. Bauerstein tem essa mesma suspeita.

— *O quê?* — Mary se encolheu, encostando-se na parede. As pupilas de seus olhos se dilataram perceptivelmente. Então, com um grito inesperado, que muito me surpreendeu, ela desabafou: — Não, não... Isso não... Isso não!

E, deixando-me, subiu as escadas correndo. Eu a segui, temeroso de que fosse desmaiar. Encontrei-a apoiada contra o balaústre, numa palidez mórbida. Acenou impacientemente para que eu me afastasse.

— Não, não... deixe-me. Quero ficar sozinha. Deixe-me quieta por alguns minutos. Desça e fique com os outros.

Com relutância, obedeci. John e Lawrence estavam na sala de jantar. Juntei-me a eles. Permanecemos em silêncio, mas creio que pude interpretar nossos pensamentos quando rompi o silêncio e perguntei:

— Onde está mr. Inglethorp?

John sacudiu a cabeça.

— Ele não está em casa.

Nossos olhos se encontraram. Onde *estava* Alfred Inglethorp? Sua ausência era estranha e inexplicável. Lembrei-me das últimas palavras de mrs. Inglethorp. O que havia por trás delas? O que mais ela teria dito se tivesse tido tempo?

Por fim, ouvimos os médicos descendo as escadas. O dr. Wilkins ostentava uma aura de importância e excitação e tentava ocultar uma exultação íntima sob uma calma decorosa. Já o dr. Bauerstein permaneceu mais atrás, com sua cara barbada imperturbável. O dr. Wilkins era o porta-voz entre os dois. Dirigiu-se a John:

— Mr. Cavendish, necessito de seu consentimento para uma autópsia.

— Isso é necessário? — perguntou John com seriedade. Um espasmo de dor atravessava seu rosto.

— Absolutamente — disse o dr. Bauerstein.

— Com isso, o senhor quer dizer que...?

— Nem o dr. Wilkins nem eu poderíamos emitir uma certidão de óbito nessas circunstâncias.

John inclinou a cabeça.

— Nesse caso, não me resta alternativa senão concordar.

— Obrigado — disse o dr. Wilkins imediatamente. — Propomos a autópsia para amanhã à noite ou, melhor dizendo, hoje à noite. — E, observando a claridade da manhã: — Nessas circunstâncias, temo ser inevitável a abertura de um inquérito. Essas formalidades são necessárias, mas peço que não se aflijam com isso.

Houve uma pausa. O dr. Bauerstein tirou duas chaves do bolso e as entregou a John.

— Estas são as chaves das duas portas. Eu as tranquei e, na minha opinião, devem permanecer trancadas.

Os médicos partiram.

Eu vinha alimentando uma ideia e senti que aquele era o momento de compartilhá-la. Porém, fui cuidadoso. Sabia que John tinha horror a qualquer tipo de publicidade e era sempre muito otimista em relação às coisas, preferindo escapar aos problemas a todo custo. Seria difícil convencê-lo da pertinência de meu plano. Lawrence, por outro lado, sendo menos convencional, e tendo mais imaginação, poderia ser meu aliado. Não havia dúvida de que aquele era o momento para eu tomar uma iniciativa.

— John — chamei —, quero lhe perguntar uma coisa.

— Sim?

— Você se lembra de quando falei sobre meu amigo Poirot? O belga que está aqui? Ele é um detetive muito famoso.

— Sim.

— Você me deixaria convidá-lo para investigar o caso?

— O quê? Agora? Antes da autópsia?

— Sim, o tempo é precioso se realmente houve um crime.

— Bobagem! — Lawrence interveio, com raiva — Na minha opinião, tudo não passa de encenação do Bauerstein! Wilkins nem fazia ideia do que estava acontecendo até Bauerstein fazer a cabeça dele. Mas, como todos os especialistas, Bauerstein vê o que quer ver. Os venenos são seu *hobby*. Então, é claro, ele os vê em toda parte.

Confesso ter ficado surpreso com a atitude de Lawrence. Ele raramente era tão veemente a respeito de qualquer coisa.

John hesitou.

— Não vejo as coisas como você, Lawrence — exclamou, por fim. — Estou disposto a dar carta branca para Hastings, embora prefira esperar um pouco mais. Não queremos nenhum escândalo desnecessário.

— Não, não — ponderei, ansioso. — Não tenha nenhum receio com relação a isso. Poirot é a própria discrição em pessoa.

— Muito bem, então, faça como quiser. Deixo tudo em suas mãos. Contudo, se for como suspeitamos, parece ser um caso bastante claro. Que Deus me perdoe se eu estiver cometendo uma injustiça contra ele!

Consultei meu relógio. Eram seis horas. Estava determinado a não perder mais tempo.

Entretanto, gastei ainda cinco minutos escrutinando a biblioteca até encontrar um livro de medicina contendo uma descrição sobre envenenamento por estricnina.

4
POIROT INVESTIGA

A casa ocupada pelos belgas na vila ficava bem próxima aos portões do parque. Era possível ganhar tempo tomando um atalho estreito através do mato alto. Assim podia-se evitar o traçado sinuoso das alamedas. Por isso, tomei esse caminho. Já estava próximo à guarita do parque, quando minha atenção se voltou para a figura de um homem que corria em minha direção. Era mr. Inglethorp. Onde estivera? Como pretendia explicar sua ausência?

Ele estava ansioso.

— Meu Deus! Isto é terrível! Minha pobre esposa! Acabei de saber.

— Onde esteve? — perguntei.

— Denby me segurou até tarde. Já era uma hora quando terminamos. Então descobri que havia esquecido a chave de casa. Não queria acordar ninguém, então Denby me convidou para dormir em sua casa.

— Como soube do ocorrido?

— Wilkins bateu na casa de Denby para contar a ele. Minha pobre Emily! Fazia tanto sacrifício... um caráter tão nobre. Ela abusou de suas próprias forças.

Uma onda de revolta me tomou. Que consumado hipócrita era aquele homem!

— Preciso me apressar — eu disse, feliz por ele não me perguntar onde eu estava indo.

Em poucos minutos eu batia à porta de Leastways Cottage. Como ninguém atendesse, continuei a bater insistentemente, até que uma janela superior abriu-se devagar. Lá estava o próprio Poirot.

Ele ficou surpreso ao me ver. Em poucas palavras, expliquei a tragédia e disse que precisava de sua ajuda.

— Espere, meu amigo, vou deixá-lo entrar e então você me contará novamente os fatos enquanto me visto.

Logo ele destrancou a porta e eu o segui até seu quarto, onde ele me instalou numa cadeira e eu contei toda a história, sem me esquecer de nada, sem omitir nenhum detalhe, por mais insignificante que fosse, enquanto ele empreendia a mais cuidadosa e deliberada toalete.

Contei-lhe sobre como fui despertado, das últimas palavras pronunciadas por mrs. Inglethorp, da ausência do marido, da discussão no dia anterior, do fragmento de diálogo que ouvira entre Mary e a sogra, da briga anterior envolvendo mrs. Inglethorp e Evelyn Howard, além das admoestações feitas por esta última.

Eu não podia ter sido mais claro. Repeti os fatos várias vezes e ocasionalmente me via forçado a retomar algum detalhe que pudesse ter ficado de lado. Poirot sorria gentilmente para mim.

— Sua mente está confusa, não é? Vá com calma, *mon ami*. Você está agitado. Está excitado... Mas isso é natural. Agora, quando estivermos mais calmos, arranjaremos os fatos, cada um em seu lugar apropriadamente. Vamos examinar... e rejeitar. Os importantes, colocaremos de um lado; os sem importância... *puf!* — inflou as bochechas de seu rosto parecido com o de um querubim e soltou o ar de maneira um tanto cômica — Jogaremos fora!

— Está tudo muito bem — objetei —, mas como decidiremos o que é importante e o que não é? Essa sempre me pareceu a parte mais difícil.

Poirot sacudiu a cabeça com força. Naquele momento, estava arrumando seu bigode com um cuidado excepcional.

— Não é bem assim. *Voyons!* Um fato leva a outro... e assim prosseguimos. Este se encaixa naquele? *A merveille!* Bom! Podemos ir em frente. Já este próximo fato... Não! Ah, que curioso! Está faltando uma coisa... Um elo da corrente que não está lá. Examinemos. Busquemos. E aquele pequeno fato curioso, aquele detalhezinho aparentemente insignificante... a gente o coloca ali! — e fez um gesto extravagante com a mão — É significante, sim! Tremendamente!

— Sim...

— Ah! — Poirot agitou o dedo indicador de forma tão feroz em minha direção que até recuei. — Alerta! Corre perigo o detetive que diz: "Detalhe tão insignificante... Isto não importa. Isto não se encaixa em nada. Vamos esquecer isto". Aí está a confusão! Tudo importa!

— Eu sei. Você sempre me diz isso. É por essa razão que escrutinei todos os detalhes deste evento, não me importando se pareciam relevantes ou não.

— E estou satisfeito com você. Tem uma boa memória e relatou-me os fatos fielmente. Em relação à ordem com que me foram apresentados, nada tenho a declarar... Na verdade, foi deplorável! Mas faço concessões... Você está perturbado. A isso atribuo sua omissão de um fato de extrema importância.

— Que fato?

— Você não me contou se mrs. Inglethorp comeu bem no jantar.

Olhei fixamente para ele. Certamente a guerra havia afetado o cérebro do homenzinho à minha frente. Ele se dedicava a escovar cuidadosamente o paletó antes de vesti-lo, demonstrando grande concentração nessa atividade.

— Não me lembro — respondi. — E, além disso, não entendo...

— Não entende? Mas isso é de uma importância primordial.

— Não vejo o motivo — exclamei um tanto irritado. — Até onde consigo me lembrar, ela não comeu muito. Estava obviamente chateada e isso estragou seu apetite. Uma coisa simplesmente natural.

— Sim — disse Poirot reflexivo. — Uma coisa simplesmente natural.

Abriu uma gaveta e retirou uma pasta, voltando-se para mim:

— Agora estou pronto. Vamos até o *château* para analisar os fatos no local. Desculpe-me, *mon ami*, você se vestiu às pressas e sua gravata está torta. Com licença. — E, com um gesto estudado, ajeitou-a.

— *Ça y est!* Agora, vamos começar?

Percorremos a vila bem depressa e chegamos aos portões da mansão. Poirot deteve-se por um momento e observou com pesar a beleza do parque, ainda resplandecendo sob o orvalho matinal.

— Tão bonito, tão bonito, mas... Pobre família, mergulhada em sofrimento, prostrada pelo luto.

Mirou-me com um olhar profundo enquanto falava, senti até que corava diante daquele olhar penetrante.

Estaria a família prostrada pelo luto? O sofrimento pela morte de mrs. Inglethorp seria mesmo tão grande? Eu me dava conta de que algum aspecto emocional estava ausente naquela atmosfera. A falecida não era dotada de um amor contagiante. Sua morte fora muito chocante, mas não era motivo de lamentações apaixonadas.

Poirot parecia ler meus pensamentos. Balançou a cabeça aparentando preocupação.

— Não, você está certo — ele disse — Não é como se houvesse um laço sanguíneo. Ela foi boa e generosa para os Cavendish, mas não era a mãe verdadeira. O sangue diz muito, lembre-se sempre disso, o sangue diz muito.

Poirot — eu disse —, gostaria que me dissesse por que queria saber se mrs. Inglethorp comeu bem a noite passada. Isso não sai da minha cabeça, mas não consigo ver nenhuma ligação desse fato com o caso.

Ele ficou em silêncio por um ou dois minutos enquanto caminhávamos, mas finalmente falou:

— Não me importo de lhe contar, embora, como você sabe, não tenho o hábito de explicar nada até chegarmos ao fim. A suposição é que mrs. Inglethorp morreu envenenada por estricnina presumivelmente administrada no café.

— E então?

— Bem, a que horas o café foi servido?

— Por volta das oito horas.

— Portanto, ela tomou o café até as oito e meia, no máximo. Não foi mais tarde que isso certamente. Bem, a estricnina é um veneno que age bem depressa. Seus efeitos seriam sentidos rapidamente, provavelmente dentro de uma hora. No entanto, no caso de mrs. Inglethorp, os sintomas só se manifestaram às cinco horas da manhã seguinte. Nove horas! Porém, uma refeição substanciosa, feita à mesma hora em que o veneno foi ingerido, poderia retardar o efeito, mas não por tanto tempo. Apesar disso, ainda se pode levar esse aspecto em consideração. Mas, de acordo com você, ela comeu pouco durante a ceia, e os efeitos ainda assim só surgiram na manhã seguinte! Ora, veja que circunstância curiosa, meu amigo. Algo poderá ser revelado pela autópsia que possa explicar esse detalhe. Enquanto isso, lembre-se do que estou lhe dizendo.

Quando nos aproximávamos da casa, John veio ter conosco. Ele parecia muito cansado e abatido.

— Esta é uma situação terrível, *monsieur* Poirot — ele disse. — Hastings falou a respeito de nossa intenção em evitar qualquer tipo de publicidade?

— Compreendo perfeitamente.

— Veja bem, trata-se de mera suposição até o momento. Não temos nada de concreto.

— Precisamente. É apenas uma questão de precaução.

John voltou-se para mim, tirou do bolso sua carteira de cigarros e acendeu um.

— Sabe que aquele tal de Inglethorp voltou?

— Sim, encontrei-o.

John jogou o palito de fósforo num canteiro próximo, numa atitude ultrajante para os sentimentos de Poirot, que o coletou e enterrou devidamente.

— É bastante difícil saber como tratá-lo.

— Essa dificuldade não existirá por muito tempo — comentou Poirot calmamente.

John ficou embaraçado, sem entender ao certo essas palavras um tanto cifradas. Entregou-me as duas chaves que o dr. Bauerstein tinha dado a ele.

— Mostre a *monsieur* Poirot tudo o que ele quiser ver.
— Os quartos estão trancados? — perguntou Poirot.
— O dr. Bauerstein achou aconselhável.

Poirot meneou a cabeça pensativo.

— Então ele tem certeza. Bem, isso simplifica as coisas para nós.

Subimos juntos para o quarto onde ocorrera a tragédia. Por conveniência, anexo um plano do cômodo e seus principais itens da mobília.

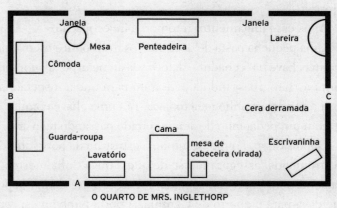

Poirot trancou a porta por dentro e fez uma inspeção no quarto durante um minuto. Saltava de um objeto a outro com a agilidade de um gafanhoto. Permaneci junto à porta, com medo de destruir alguma pista. Poirot não pareceu nada feliz com minha atitude:

— O que deu em você, meu amigo? — gritou — Vai ficar aí parado como um... Como é que se diz? Como um ás de paus? Expliquei que estava com medo de obliterar alguma pegada.

— Pegada? Mas que ideia! Já passou praticamente um exército dentro desse quarto! Que pegadas vamos encontrar? Não, venha me ajudar em minha busca. Vou colocar minha pasta aqui até precisar dela.

Assim o fez, sobre a mesinha redonda próxima à janela, mas esse foi um procedimento infeliz porque, estando solto, o tampo se inclinou e a pasta caiu no chão.

— *En voilà une table!* — gritou Poirot — Ah, meu amigo, as pessoas podem viver numa mansão e ainda assim sem nenhum conforto!

Após esse julgamento, retomou a investigação.

Uma pequena pasta de documentos roxa sobre a escrivaninha, com uma chave na fechadura, deteve sua atenção por algum tempo. Retirou a chave, passando-a para mim para que a inspecionasse. Não vi nada de estranho nela todavia. Era uma chave comum, tipo Yale, com um pedacinho de arame torcido passando pelo aro.

Depois disso, Poirot examinou a estrutura da porta que tinha sido arrombada, assegurando-se de que a trava tinha mesmo sido usada anteriormente. Em seguida, foi até a porta do lado oposto, a que dava para o quarto de Cynthia. A porta também estava travada, como eu já afirmara. Entretanto, ele a destravou e travou várias vezes seguidas. Fez isso com a máxima cautela para não fazer nenhum ruído. De repente, algo no próprio trinco chamou sua atenção. Ele o examinou detidamente e, retirando uma pinça de sua pasta, extraiu dele alguma partícula minúscula e a depositou num pequeno envelope, que foi fechado com todo o cuidado.

Sobre a cômoda havia uma bandeja contendo uma lamparina a álcool e uma panelinha. Dentro dela restava um pouco de um líquido negro, ao lado de uma xícara com pires. A xícara estava vazia, porém fora usada.

Como pude ser tão pouco observador ao negligenciar esse detalhe? Era uma pista importante. Poirot enfiou o dedo no líquido, delicadamente, provando-o com cautela. Fez uma careta.

— Chocolate... com... acho... rum.

Passou a examinar fragmentos de coisas que caíram no chão, próximas à mesa de cabeceira que havia tombado. Uma luminária de leitura, alguns livros, fósforos, um molho de chaves e os cacos de uma xícara de café jaziam no chão.

— Ah, isso é curioso — comentou Poirot.

— Devo confessar que não estou vendo nada particularmente curioso nisso.

— Não está? Observe a luminária: o vidro está partido em duas partes. Encontram-se ali exatamente como caíram. Mas veja, a xícara foi absolutamente esmagada até quase virar pó.

— Bem — comentei, cansado —, acho que alguém pisou nesta xícara.

— Exatamente — concordou Poirot, com uma voz estranha.

— Alguém pisou nesta xícara.

Pôs-se de pé e caminhou devagarinho até a cornija da lareira, onde permaneceu, abstraído, examinando os enfeites e endireitando-os, um truque que usava quando queria esconder sua agitação.

— *Mon ami* — exclamou, voltando-se para mim —, alguém pisou e esmagou essa xícara até virar pó e a razão para isso foi porque continha estricnina ou, o que é ainda mais grave, porque *não* continha estricnina!

Nada respondi. Estava atônito, mas sabia que não seria boa ideia pedir explicações. Daí a pouco ele se ergueu e continuou suas investigações. Pegou as chaves que estavam no chão e, girando-as em torno de seus dedos, finalmente selecionou uma, bastante nova e brilhante, que experimentou na fechadura da valise de documentos. A chave entrou e ele abriu a maleta. Porém, após um momento de hesitação, fechou e trancou novamente a valise, guardando no bolso tanto o molho de chaves como a chave que se encontrava originalmente na fechadura.

— Não tenho nenhuma autorização para analisar estes documentos. Mas é preciso fazer isso imediatamente!

Em seguida, fez um exame minucioso das gavetas sob o lavatório. Ao cruzar o cômodo até a janela do lado esquerdo, uma mancha arredondada, quase invisível sobre o tapete marrom-escuro, pareceu interessá-lo particularmente. Ajoelhou-se, examinando-a criteriosamente, a ponto de cheirá-la.

Finalmente, verteu algumas gotas do chocolate em um tubo de ensaio, vedando-o com cuidado. O próximo passo foi abrir seu pequeno caderno de notas.

— Encontramos, neste quarto — recitou, enquanto escrevia, apressado —, seis pontos de interesse. Devo enumerá-los ou você pode fazê-lo?

— Oh, enumere você — respondi de imediato.

— Muito bem, então: um, uma xícara de café esmigalhada; dois, uma valise com uma chave na fechadura; três, uma mancha no chão.

— Esta pode ter sido feita há algum tempo — interrompi.

— Não, porque ainda está perceptivelmente úmida e cheira

a café. Quatro, um fragmento de tecido verde-escuro — quase que só um fiapo, mas pode-se reconhecê-lo como tal.

— Ah! Então foi isso que você lacrou naquele envelope.

— Sim. Pode ser um pedaço de um dos vestidos da própria mrs. Inglethorp, sem nenhuma importância. Vamos averiguar. Cinco, *isto!* — Com um gesto dramático, apontou para uma grande mancha de vela derretida sobre o chão, próxima à escrivaninha. — Deve ter acontecido ontem. De outro modo, uma boa criada já a teria removido com mata-borrão e ferro quente. Um de meus melhores chapéus, certa feita... Mas isso não vem ao caso.

— É mesmo muito provável que esta cera tenha caído aí ontem à noite. Estávamos muito agitados. Ou talvez a própria mrs. Inglethorp tenha derrubado sua vela.

— Vocês entraram com apenas uma vela no quarto?

— Sim. Estava com Lawrence Cavendish. Mas ele estava muito perturbado. Parecia estar vendo alguma coisa aqui dentro — mostrei-lhe a cornija da lareira —, algo que o paralisava.

— Interessante — disparou Poirot. — Sim, sugestivo — seus olhos varriam toda a parede —, mas não foi a vela dele que derramou cera sobre o piso. Como você vê, esta cera é branca, ao passo que a de *monsieur* Lawrence, que ainda está sobre a penteadeira, era cor-de-rosa. Por outro lado, mrs. Inglethorp não tinha nenhuma vela no quarto, apenas uma luminária para leitura.

— Sendo assim — disse eu —, o que você deduz?

A isso meu amigo respondeu com veemente irritação, forçando-me a usar minhas próprias faculdades mentais.

— E o sexto ponto? — perguntei. — Suponho que seja a amostra de chocolate.

— Não — respondeu Poirot, pensativo. — Eu poderia incluir isso no sexto ponto, mas não o fiz. Não, o sexto elemento será mantido em segredo por ora.

Poirot olhou rapidamente em volta do quarto. — Não há mais nada a ser feito aqui, eu acho, a não ser que... — e olhou fixamente para as cinzas na lareira. — O fogo queima... e destrói. Mas, por acaso... pode haver... vejamos!

Silencioso, de joelhos, apoiando as mãos no chão, começou a mexer no material queimado, passando-o da grelha para o guarda-cinzas, manuseando cada porção com extremo cuidado. De súbito, exclamou, em voz baixa:

— A pinça, Hastings!

Passei-lhe a pinça rapidamente e, com destreza, ele extraiu das cinzas um pequeno fragmento de papel chamuscado.

— Pronto, *mon ami*! — gritou. — O que acha disto?

Examinei o papelzinho. Esta é uma reprodução exata do que vi:

ste testam

Fiquei confuso. Era um papel um tanto grosso, nada comum para um papel de anotações. De súbito, tive uma ideia:

— Poirot! — gritei. — Isto é um fragmento de testamento!

— Exatamente.

Olhei para ele fixamente.

— Você não está surpreso?

— Não — afirmou sério. — Eu já esperava.

Devolvi o papelzinho a ele e o observei guardando-o em sua pasta com o mesmo cuidado metódico com que lidava com todas as coisas. Minha mente dava voltas. Que significava aquele testamento? Quem o teria destruído? A pessoa que deixara a cera cair no chão? Obviamente que sim. Mas como alguém conseguiu entrar ali? Todas as portas estavam trancadas por dentro.

— Agora, meu amigo — concluiu Poirot, com rapidez —, vamos embora. Gostaria de fazer algumas perguntas à chefe da criadagem. Dorcas é o nome dela, não é?

Saímos através do quarto de Alfred Inglethorp e Poirot demorou-se tempo suficiente para dar uma rápida, porém abrangente, olhada no ambiente. Antes, trancamos ambas as portas, a do quarto de mrs. Inglethorp e a que se comunicava com o quarto do marido, tal como estavam antes de nossa chegada.

Levei Poirot até o toucador, que ele desejava conhecer, e fui pessoalmente atrás de Dorcas.

Quando retornei com ela, no entanto, o toucador estava vazio.

— Poirot — chamei —, onde você está?

— Estou aqui, meu amigo.

Ele havia saído pela porta de dois batentes. Estava diante dos vários canteiros de flores em diferentes formatos lá fora, aparentemente encantado.

— Admirável! — murmurava. — Admirável! Que simetria! Observe esta meia-lua. E aqueles losangos... Sua perfeição é uma alegria para os olhos. O espaçamento entre as plantas também está perfeito. Isso aqui foi feito recentemente, não foi?

— Sim, acho que terminaram ontem à tarde. Mas entre, Dorcas está aqui.

— *Eh bien, eh bien!* Não estrague um momento de satisfação para minhas vistas.

— Sim, mas este caso é mais importante.

— E como você sabe que essas lindas begônias não têm igual importância?

Dei de ombros. Não tinha o que discutir com ele se escolhera aquele argumento.

— Você não concorda? Essas coisas têm importância, sim. Bem, mas vamos entrar e entrevistar a valorosa Dorcas.

Dorcas estava de pé no toucador, mantendo as mãos juntas, o cabelo grisalho arrumado em firmes ondas por baixo de sua touca branca. Era a imagem mais típica da boa e velha criada.

De início, sua atitude diante de Poirot era a defensiva, mas ele logo quebrou o gelo, estendendo a ela uma cadeira.

— Queira se sentar, *mademoiselle*.

— Obrigada, meu senhor.

— Você trabalha há muito tempo com sua patroa, não é verdade?

— Há dez anos, senhor.

— É bastante tempo, e é um trabalho de muita confiança. Você era muito ligada a ela, não é?

— Ela era muito boa para mim, senhor.

— Então você não se importa de me responder algumas perguntas. Vou conversar com você sob a total aprovação de mr. Cavendish.

— Oh, certamente, senhor.

— Então inicio perguntando sobre os acontecimentos de ontem à tarde. Sua patroa teve uma discussão?

— Sim, senhor. Mas não sei se devo... — Dorcas hesitou.

Poirot olhou firmemente para ela.

— Minha cara Dorcas, é necessário que eu saiba inteiramente de cada detalhe sobre a discussão. Não pense que você está traindo a privacidade de sua patroa revelando seus segredos. Sua senhora está morta e é preciso que todos saibam de tudo para que possamos vingá-la. Nada poderá trazê-la de volta à vida, mas eu realmente espero que, se houve um crime, possamos entregar o assassino à justiça.

— Que assim seja — disse Dorcas, com convicção. — E, sem citar nomes, há *um* nesta casa que nenhum de nós nunca suportou! E maldito seja o dia em que *ele* entrou por aquela porta.

Poirot esperou a indignação dela passar. Então, retomando seu tom profissional, perguntou:

— Agora, como foi a discussão? Qual foi a primeira coisa que você ouviu?

— Bem, senhor, ontem eu vinha passando pelo corredor...

— A que horas?

— Não posso precisar exatamente, senhor, mas ainda estava longe a hora do chá. Talvez umas quatro horas... Ou um pouco mais tarde. Bem, senhor, como eu dizia, eu vinha passando, quando ouvi vozes altas e zangadas lá dentro. Eu não queria ouvir exatamente, mas... Bem, foi assim. Eu parei. A porta estava fechada, mas a senhora estava falando alto, a voz muito clara, e pude ouvir muito bem o que disse: "Você mentiu para mim, me decepcionou", ela falou. Não ouvi a resposta de mr. Inglethorp. Ele falava num tom mais baixo... Mas ela respondeu: "Como ousa? Eu acolhi você, vesti, alimentei! Você deve tudo a mim! E é assim que você retribui! Trazendo desgraça para manchar o nosso nome!" E novamente não ouvi o que ele disse, mas ela continuou:

"Nada do que você disser fará diferença. Sei exatamente qual é meu dever. Estou determinada. Não adianta pensar que qualquer medo de publicidade ou escândalo entre marido e mulher irá me deter". Então pensei tê-los ouvido caminhando para a porta e saí correndo rapidamente.

— Tem certeza de que foi a voz de mr. Inglethorp que você ouviu?

— Oh, sim, senhor, quem mais poderia ser?

— Bem, e o que aconteceu depois?

— Mais tarde, retornei ao *hall*, mas naquele momento estava tudo silencioso. Às cinco horas, mrs. Inglethorp tocou a campainha e me pediu para trazer uma xícara de café para ela até o toucador — não queria comer nada. Sua aparência estava péssima... Muito pálida e perturbada. "Dorcas", ela falou, "sofri um grande choque". "Sinto muito por isso, senhora", eu disse. "Vai se sentir bem melhor depois de beber uma boa xícara de chá quente, senhora". Ela trazia algo na mão. Não sei se era uma carta ou apenas um pedaço de papel, mas tinha uma coisa escrita. Ela ficou olhando o tempo todo para aquilo, quase como se não pudesse acreditar no que estava vendo. Ela falava baixinho para si própria, como se houvesse esquecido da minha presença: "Essas poucas palavras... E tudo estará mudado". Em seguida, falou para mim: "Nunca confie num homem, Dorcas, eles não merecem!" Saí correndo e lhe trouxe uma xícara de chá bem forte. Ela me agradeceu e disse que se sentiria melhor depois de tomá-lo. "Não sei o que fazer", continuou. "Escândalo entre marido e mulher é uma coisa terrível, Dorcas. Eu gostaria de silenciar tudo, se pudesse". Então mrs. Cavendish entrou e a senhora não falou mais nada.

— Ela ficou com a carta, ou seja lá o que fosse, na mão?

— Sim, senhor.

— O que acha que ela iria fazer com aquilo depois?

— Bem, eu não sei, senhor, acho que o guardaria naquela valise roxa que ela tem.

— Era lá que ela guardava seus papéis importantes?

— Sim, senhor. Ela trazia essa valise para baixo todas as manhãs e à noite subia de novo com ela.

— Quando foi que ela perdeu a chave da valise?

— Ela a perdeu ontem, na hora do almoço, senhor, e pediu-me para procurar em toda parte. Ela estava bastante chateada com isso.

— Mas ela não tinha uma cópia?

— Oh, sim, senhor.

Dorcas olhava para ele com muita curiosidade e, para dizer a verdade, eu também. Qual a importância dessa chave perdida? Poirot sorriu.

— Relaxe, Dorcas, faz parte de meu trabalho saber das coisas. É esta a chave perdida? — Ele tirou do bolso a chave que havia encontrado na fechadura da valise de documentos, no andar de cima.

Os olhos de Dorcas pareciam querer saltar das órbitas.

— É esta mesmo, senhor, exatamente. Mas onde o senhor a encontrou? Eu a procurei por toda parte.

— Ah, mas você sabe, ontem ela estava num local diferente de hoje. Agora, passemos para outro assunto: sua patroa tinha um vestido verde-escuro no guarda-roupa?

Dorcas ficou um tanto confusa com a pergunta inesperada.

— Não, senhor.

— Você tem certeza?

— Oh, sim, senhor.

— Alguém mais na casa tem um vestido verde-escuro? Dorcas refletiu.

— Miss Cynthia tem um vestido verde, um vestido de noite.

— Verde-claro ou verde-escuro?

— Verde-claro, senhor, um tipo de *chiffon*, como chamam aquele tecido.

— Ah, mas não é isso o que quero. Ninguém mais tem algo verde?

— Não, senhor... Não que eu saiba.

O rosto de Poirot não dava a menor pista de frustração nem de outro sentimento qualquer. Ele simplesmente observou:

— Bom, vamos deixar isso de lado e ir adiante. Você acredita que sua patroa iria tomar alguma substância para dormir ontem à noite?

— Não *ontem* à noite, senhor, sei que não iria.

— Por que afirma isso com tanta convicção?

— Porque a caixa estava vazia. Ela tomou o último calmante há dois dias e ainda não havia mandado preparar mais.

— Tem certeza disso?

— Absoluta, senhor.

— Então isso está esclarecido! A propósito, sua patroa por acaso pediu para você assinar algum papel ontem à noite?

— Assinar um papel? Não, senhor.

— Quando mr. Hastings e mr. Lawrence entraram em casa ontem à noite, eles encontraram sua patroa ocupada, escrevendo cartas. Suponho que você saiba para quem ela estava escrevendo.

— Acho que não posso ajudar, senhor. Estive fora à noite. Talvez Annie possa dizer ao senhor, mas ela é um pouco descuidada. Nem ao menos retirou as xícaras de café a noite passada. Isso é o que acontece quando não estou aqui para tomar conta das coisas.

Poirot ergueu a mão.

— Já que não foram retiradas, deixe-as lá mais um pouco, Dorcas, eu te peço. Gostaria de examiná-las.

— Muito bem, senhor.

— A que horas você saiu a noite passada?

— Por volta das seis horas, senhor.

— Obrigado, Dorcas, isso é tudo o que tinha a perguntar. — Ele se levantou e caminhou até a janela. — Venho admirando esses canteiros de flores. A propósito, quantos jardineiros trabalham aqui?

— Agora, apenas três, senhor. Eram cinco, antes da guerra, quando cuidavam deste lugar da maneira como uma propriedade nobre deve ser. Gostaria que o senhor tivesse visto este lugar, senhor. Era muito bonito. Porém hoje só há o velho Manning, o jovem William e uma mulher de modos modernos, que veste calças e coisas do gênero. Ah, esses novos tempos são terríveis!

— Os bons tempos voltarão, Dorcas. Ao menos esperamos assim. Agora, você faria o favor de enviar Annie até mim?

— Sim, senhor. Obrigada, senhor.

— Como você sabe que mrs. Inglethorp tomava calmante para dormir? — perguntei, com muita curiosidade, assim que Dorcas deixou o recinto. — E o que me diz da chave perdida e sua cópia?

— Uma coisa de cada vez. Em relação aos calmantes, eu soube devido a isto. — Poirot subitamente revelou-me uma caixinha de papelão parecida com as utilizadas pelos farmacêuticos para acondicionar medicamentos em pó.

— Onde a encontrou?

— Em uma gaveta sob o lavatório do quarto de mrs. Inglethorp. Era o ponto número seis da minha lista.

— Mas, como o último calmante em pó foi ingerido dois dias atrás, suponho que isso não tenha tanta importância.

— Provavelmente não, mas você não vê nada de peculiar nesta caixinha? Algo que lhe desperte a atenção? Examinei-a detidamente.

— Não, acho que não.

— Observe o rótulo.

Li o conteúdo com atenção: "tomar um calmante na hora de dormir, se necessário. Mrs. Inglethorp". — Não, não vejo nada de anormal.

— Nem mesmo o fato de que não há nome de nenhum farmacêutico?

— Ah! — exclamei. — De fato, é estranho!

— Você já viu algum farmacêutico preparar um medicamento sem seu nome impresso numa caixinha como esta?

— Não, não posso dizer que tenha visto.

Eu estava ficando bastante alarmado, mas Poirot amenizou minha ansiedade afirmando:

— A explicação se torna bem simples. Então não fique assim tão intrigado, meu amigo.

Um ruído de sapatos rangendo anunciou a aproximação de Annie, então não tive tempo de responder nada.

Annie era uma mocinha simpática, de corpo vigoroso, visivelmente excitada por colaborar com a investigação, misturando nesse sentimento certa satisfação sádica pela tragédia.

Poirot foi direto ao assunto, com sua precisão profissional:

— Mandei chamá-la, Annie, porque achei que pudesse nos dizer algo sobre as cartas que mrs. Inglethorp escreveu ontem à noite. Quantas eram? E você sabe dizer nomes e endereços?

Annie pôs-se a pensar.

— Havia quatro cartas, senhor. Uma para miss Howard e outra para mr. Wells, o advogado; as outras duas acho que não consigo me lembrar, senhor... Oh, sim, uma era para os Ross, fornecedores de comida, em Tadminster. Já a outra, eu não me lembro.

— Pense — insistiu Poirot.

Annie esforçou-se em vão.

— Desculpe-me, senhor, mas não consigo. Acho que não reparei nessa carta.

— Não tem problema — disse Poirot, sem aparentar desapontamento. — Agora quero perguntar outra coisa. Há uma panelinha no quarto de mrs. Inglethorp com um pouco de chocolate dentro. Ela tinha o costume de bebê-lo todas as noites?

— Sim, senhor, era colocado em seu quarto no início da noite e ela o aquecia mais tarde, quando tinha vontade.

— O que era? Só chocolate?

— Sim, senhor, com leite, uma colher de chá com açúcar e duas de rum.

— Quem levava a bebida para o quarto?

— Eu, senhor.

— Sempre?

— Sim, senhor.

— A que horas?

— Como de costume, na hora em que ia cerrar as cortinas, senhor.

— Você trazia a bebida diretamente da cozinha?

— Não, senhor, não há muito espaço sobre o fogão a gás, então a cozinheira costumava prepará-lo mais cedo, antes de cozinhar os legumes para a ceia. Então eu o trazia para cima, deixando-o sobre a mesa próxima à porta de vaivém. Mais tarde, eu levava a panelinha para o quarto da senhora.

— Essa porta de vaivém fica na ala esquerda, não é?

— Sim, senhor.

— E onde fica a mesa: ao lado da porta ou mais longe, próxima da ala dos criados?

— Próxima da ala dos criados, senhor.

— A que horas você trouxe o chocolate ontem à noite?

— Mais ou menos às sete e quinze, creio eu, senhor.

— E quando você levou a bebida para dentro do quarto de mrs. Inglethorp?

— Na hora de fechar os quartos, senhor, por volta das oito horas. Mrs. Inglethorp foi para a cama antes de eu terminar o serviço.

— Então, entre sete e quinze e oito horas, o chocolate ficou ali, sobre a mesa, na ala esquerda?

— Sim, senhor. — As faces de Annie foram ficando cada vez mais coradas, até ela deixar escapar, inadvertidamente:

— E, se havia *sal* nele, senhor, não foi minha culpa. Em nenhum momento trouxe sal para perto dele.

— O que a faz pensar que havia sal no chocolate? — indagou Poirot.

— Eu vi sal na bandeja, senhor.

— Você viu sal na bandeja?

— Sim. Parecia sal grosso da cozinha. Em nenhum momento vi sal quando trouxe a bandeja para cima, mas quando voltei para colocá-la no quarto da senhora, reparei nisso imediatamente. Sei que deveria ter levado tudo para baixo outra vez e pedido à cozinheira para preparar outra bebida. Mas eu estava com pressa porque Dorcas estava fora e pensei que o chocolate podia estar bom, que o sal estava apenas na bandeja. Então a limpei com meu avental e entrei no quarto.

Tive grande dificuldade em controlar minha excitação. Sem saber, Annie nos tinha fornecido uma pista importante. Imagino seu espanto se soubesse que aquele "sal grosso da cozinha" era estricnina, um dos venenos mais mortais conhecidos pela humanidade. Encantou-me a calma de Poirot. Seu autocontrole era surpreendente. Esperei por sua próxima pergunta com impaciência, mas ele me desapontou:

— Quando você entrou no quarto de mrs. Inglethorp, a porta que dá para o quarto de miss Cynthia estava travada com o trinco?

— Oh! Sim, senhor. Sempre esteve. Nunca foi aberta.

— E a porta do quarto de mr. Inglethorp? Você reparou se estava travada também?

Annie hesitou.

— Não tenho certeza, senhor. Estava fechada, mas não posso dizer se passaram o trinco ou não.

— Quando finalmente deixou o quarto, mrs. Inglethorp trancou a porta depois que você saiu?

— Não naquele momento, senhor, mas creio que o fez mais tarde. Ela normalmente trancava a porta de madrugada. Refiro-me à porta do corredor.

— Você notou se havia cera derramada no assoalho ao arrumar o quarto ontem?

— Cera? Oh, não, senhor, mrs. Inglethorp não usava velas, apenas uma luminária para leitura.

— Então, se houvesse uma grande mancha de cera no chão, você acha que a teria visto?

— Sim, senhor, e a teria removido usando um ferro quente e um pedaço de mata-borrão.

Em seguida, Poirot repetiu a pergunta que fizera a Dorcas:

— Sua patroa tinha algum vestido verde?

— Não, senhor.

— Nem um sobretudo, uma touca ou, como vocês chamam isto?, um agasalho esportivo?

— Não na cor verde, senhor.

— Nem mesmo outra pessoa da casa?

Annie refletiu.

— Não, senhor.

— Tem certeza disso?

— Absoluta.

— *Bien!* Era tudo o que queria saber. Muito obrigado.

Com uma risadinha nervosa, Annie deixou a sala, rangendo os sapatos. Não pude mais conter minha excitação:

— Poirot — gritei — Parabéns! É uma grande descoberta.

— O que é uma grande descoberta?

— Ora, o chocolate e não o café que estava envenenado. Isso explica tudo! Claro, não fez efeito até bem cedo, de manhã, pois o chocolate só foi ingerido no meio da noite.

— Então você acha que o chocolate — marque bem o que estou dizendo, Hastings, o *chocolate* — continha estricnina?

— Mas é claro! O que mais poderia ser aquele sal na bandeja?

— Bem podia ser sal mesmo — respondeu Poirot, placidamente.

Sacudi os ombros. Se ele iria conduzir a questão daquela maneira, não adiantava argumentar. Uma ideia passou por minha cabeça, e não foi a primeira vez: o pobre Poirot estava ficando velho. Particularmente, achava que ele tinha sorte de ter-se associado a alguém dotado de uma mente mais perspicaz.

Poirot me observava com olhos silenciosos e pestanejantes.

— Não está satisfeito comigo, *mon ami?*

— Meu caro Poirot — disse, friamente —, não devo ditar regras a você. Tem o direito de ter suas próprias opiniões, simplesmente como eu tenho de ter as minhas.

— Um sentimento muitíssimo admirável — salientou Poirot, subitamente pondo-se de pé. — Agora já terminei o trabalho aqui nesta sala. A propósito, de quem é esta escrivaninha aqui no canto?

— De mr. Inglethorp.

— Ah! — Poirot tentou erguer a tampa. — Trancada. Mas talvez uma das chaves de mrs. Inglethorp possa abri-la. — E experimentou várias delas, girando-as e ajeitando-as na fechadura com suas mãos hábeis, até finalmente declarar satisfeito: — *Voilà!* Não preciso de chave, vou abri-la com um safanão.

E assim conseguiu abrir a tampa, logo correndo os olhos sobre os documentos caprichosamente arrumados. Para minha surpresa, não os examinou, apenas aprovou o que viu, recolocando a tampa no lugar:

— Decididamente, um homem de método esse mr. Inglethorp!

Um "homem de método" era, segundo o julgamento de Poirot, o mais louvável elogio que um indivíduo pode receber.

Senti que meu amigo já não era o mesmo de antes na medida em que divagava em pensamentos desconexos:

— Não havia selos na escrivaninha, mas bem podia ter havido, não é, *mon ami?* Podia? Sim — seus olhos passeavam pela sala. — Este toucador não tem mais nada a nos dizer. Não nos rendeu muita coisa, apenas isto.

Ele tirou um envelope amassado do bolso e jogou-o para mim. Era um documento curioso. Um envelope simples e encardido, com algumas palavras rabiscadas, aparentemente ao acaso. Este é um fac-símile desse envelope:

posessa
Estou posessa
Ele está posesso
Estou possessa
possessa

5

ESTRICNINA?

— Onde encontrou isto? — perguntei a Poirot, morrendo de curiosidade.

— No cesto de lixo. Reconhece a caligrafia?

— Sim, é de mrs. Inglethorp. Mas o que significa?

Poirot sacudiu os ombros.

— Não sei dizer... Mas é sugestivo.

Uma ideia extravagante me ocorreu. Seria possível que mrs. Inglethorp estivesse fora de si, sofrendo com delírios demoníacos? E, se assim fosse, seria possível que tivesse dado fim à própria vida?

Estava prestes a expor minhas teorias a Poirot, quando suas próprias palavras me desviaram dessa iniciativa.

— Venha — ele chamou —, vamos examinar as xícaras de café!

— Caro Poirot! Qual o sentido em fazer isso, agora que sabemos que foi o chocolate?

— Oh, *là là!* Pobre chocolate! — exclamou Poirot, todo irreverente.

E riu com aparente satisfação, erguendo os braços aos céus num desespero fingido, o que considerei uma reação de extremo mau gosto.

O MISTERIOSO CASO DE STYLES 83

— De qualquer modo — declarei, cada vez mais contrariado —, como mrs. Inglethorp levou ela mesma o café para o quarto, não sei o que você espera encontrar, a menos que considere possível que iremos descobrir um pacotinho de estricnina na bandeja de café!

Poirot se recompôs imediatamente.

— Venha, venha, meu amigo — convidou, dando-me o braço. — *Ne vous fâchez pas!** Deixe-me com meu interesse pelas xícaras de café e eu respeitarei o seu chocolate. Pronto! Não é justo?

Seu humor estava tão exuberante que não tive opção senão rir; e seguimos juntos para a sala de estar, onde a bandeja e as xícaras de café permaneciam intocadas conforme as deixamos.

Poirot me fez recapitular a cena da noite anterior, ouvindo com atenção e verificando a posição de cada xícara.

— Quer dizer que mrs. Cavendish ficou perto da bandeja e serviu o café. Sim. Depois ela foi até a janela, onde você estava sentado ao lado de *mademoiselle* Cynthia. Sim. Aqui estão as três xícaras. A xícara sobre a lareira, bebida pela metade, seria de mr. Lawrence Cavendish. E aquela sobre a bandeja?

— A de John Cavendish. Eu vi quando ele a colocou aí.

— Certo. Uma, duas, três, quatro, cinco... Mas onde está a xícara de mr. Inglethorp?

— Ele não bebe café.

— Então está tudo explicado. Um momento, meu amigo.

Com infinita atenção, coletou uma gota ou duas do fundo de cada xícara, vedando-as em tubos de ensaio separados

---

* *"Não se irrite!"* Em francês, no original. [N.T.]

e experimentando cada amostra à medida que as recolhia. Sua fisionomia alterou-se de forma curiosa. Demonstrava uma expressão tal que eu somente poderia descrever como uma mistura de confusão e alívio.

— *Bien!* — declarou, por fim. — É evidente! Tive uma ideia, mas estava obviamente equivocado. Sim, no todo, um engano. Mas ainda assim é estranho. Enfim, não importa!

E, com seu característico meneio de ombro, desfez-se de qualquer traço de preocupação. Eu poderia tê-lo advertido de que toda aquela obsessão pelo café não ia dar em nada, mas contive minha língua. Afinal, embora estivesse velho, Poirot fora um homem grandioso no passado.

— O café da manhã está servido — disse John Cavendish, entrando pelo *hall*. — O senhor fará seu desjejum conosco, *monsieur* Poirot?

Poirot aquiesceu. Observei John. Já aparentava estar praticamente recomposto, em seu estado natural. O choque dos acontecimentos da noite anterior afetara-o temporariamente, mas seu jeito habitual já se normalizara. Era um homem de pouquíssima imaginação, totalmente ao contrário de seu irmão, que talvez tivesse imaginação até demais.

Desde as primeiras horas da manhã, John estivera trabalhando intensamente, emitindo telegramas — um dos primeiros fora enviado a Evelyn Howard —, escrevendo notas para os jornais e ocupando-se com os expedientes melancólicos gerais exigidos numa situação de morte.

— Posso lhe perguntar como as coisas vão indo? — indagou. — Suas investigações apontam para uma morte natural ou... devemos nos preparar para o pior?

— Creio, mr. Cavendish — afirmou Poirot, com gravidade —, que o senhor não deve se iludir com falsas esperanças. Pode me dizer quais são os pontos de vista dos outros membros da família?

— Meu irmão Lawrence acha que estamos fazendo tempestade em copo d'água. Ele diz que tudo indica que houve um simples caso de ataque cardíaco.

— Ele pensa isso, realmente? Interessante... Muito interessante — murmurou Poirot calmamente. — E o que acha mrs. Cavendish?

O rosto de John enevoou-se.

— Não faço a menor ideia de quais são as opiniões de minha mulher sobre o caso.

A resposta causou um breve constrangimento. John quebrou o silêncio daquela situação um tanto estranha dizendo com certo esforço:

— Eu lhes disse que mr. Inglethorp retornou, não foi?

Poirot inclinou a cabeça.

— É uma situação muito esquisita para todos nós. É claro, temos de tratá-lo como de costume, mas, que diabos, é de dar engulhos ter de se sentar à mesa com um possível assassino!

Poirot assentiu com um gesto solidário.

— Entendo perfeitamente. É uma situação muito difícil para os senhores, mr. Cavendish. Gostaria de lhe fazer uma pergunta. O motivo dado por mr. Inglethorp para não retornar à casa na noite passada foi, creio eu, ter esquecido de levar a chave da porta. É isso mesmo?

— Sim.

— Suponho que o senhor concorda que a chave foi *mesmo* esquecida. Que, afinal, ele não a levou de jeito nenhum?

— Não faço ideia. Em nenhum momento pensei em conferir. Sempre a guardamos em uma gaveta no *hall*. Vou verificar se está lá.

Poirot ergueu a mão e sorriu timidamente.

— Não, não, mr. Cavendish, agora é tarde demais. Estou certo de que o senhor irá encontrá-la. Se mr. Inglethorp realmente a pegou, teve tempo mais que suficiente para recolocar a chave em seu lugar.

— Mas o senhor acha...

— Não acho nada. Se alguém tivesse tido a chance de verificar isso hoje de manhã, antes que ele retornasse, e a encontrasse lá, teria sido um valioso ponto a favor dele. E isso é tudo.

John parecia perplexo.

— Não se preocupe — disse Poirot, apaziguando-o. — Asseguro-lhe de que não deve deixar isso aborrecê-lo agora. E, já que é tão gentil, vamos tomar nosso café da manhã.

Todos se encontravam reunidos na sala de jantar. Devido às circunstâncias, naturalmente não formávamos um grupo animado. A reação após um choque é sempre extenuante e acho que todos experimentávamos uma sensação de sofrimento. O decoro e nossa boa educação nos ensinava que, à medida do possível, devíamos agir com naturalidade, embora eu me indagasse se todo aquele autocontrole resultava de grande esforço por parte das pessoas: ninguém com olhos injetados, nenhum sinal de pesares secretos. Minha opinião era a de que Dorcas era a mais afetada pela tragédia.

Nem me refiro a Alfred Inglethorp, que interpretava o papel de viúvo desconsolado de uma maneira asquerosa em sua hipocrisia. Será que ele sabia que todos nós suspeitávamos dele?

Certamente ele não poderia estar alheio a esse fato, mesmo que tentássemos disfarçar nossa desconfiança. Será que ele sentia medo ou estava confiante de que seu crime permaneceria impune? Com certeza, a suspeita que pairava no ar lhe servia como aviso de que era um homem marcado.

Ou nem todos suspeitavam dele? O que pensava mrs. Cavendish? Observei quando se sentou na cabeceira da mesa, graciosa, contida, enigmática. Parecia muito bonita em seu leve vestido cinza com babados brancos nos pulsos, caindo sobre suas mãos finas. Contudo, às vezes escolhia exibir um semblante de esfinge, em toda a sua inescrutabilidade. Estava muito silenciosa, quase não dizia nada e, no entanto, eu tinha a sensação de que a notável força de sua personalidade estava a nos dominar a todos.

E a pequena Cynthia? Do que suspeitava? Parecia muito cansada e adoentada, pensei. Agia de maneira marcadamente pesada e lânguida. Perguntei se estava se sentindo mal, ao que ela respondeu com franqueza:

— Sim, estou com uma dor de cabeça horrível.

— Aceita mais uma xícara de café, *mademoiselle?* — Ofereceu Poirot, solícito. — Vai reanimá-la. É infalível para *mal de tête** — E, de um salto, pegou a xícara da moça.

— Sem açúcar — pediu Cynthia, ao vê-lo empunhar a pinça para pegar tabletes de açúcar.

— Sem açúcar? Abandonou o hábito durante a guerra, hein?

— Não, nunca tomo café com açúcar.

— *Sacré!* — Murmurou Poirot para si mesmo enquanto trazia a xícara cheia.

---

* "Dor de cabeça." Em francês, no original [N.T.]

Mal ouvi o que ele disse e olhei para o homenzinho com curiosidade: sua fisionomia era a de alguém que escondia grande excitação. Seus olhos estavam verdes como os de um gato. Ele tinha ouvido alguma coisa que o afetara fortemente. Mas o que seria? Normalmente, não me considero uma pessoa estúpida, mas devo confessar que nada de extraordinário chamara *minha* atenção.

Pouco depois, a porta se abriu e Dorcas apareceu.

— Mr. Wells deseja vê-lo, senhor — ela disse, dirigindo-se a John.

O nome me lembrava o do advogado para quem mrs. Inglethorp escrevera na noite anterior.

John levantou-se imediatamente.

— Leve-o até meu escritório. Em seguida, voltou-se para nós: — É o advogado de minha mãe — explicou. E, num tom de voz mais baixo: — Ele também é um médico-legista, vocês compreendem. Querem vir comigo?

Aceitamos o convite e o seguimos. John foi à nossa frente, quando tive a oportunidade de sussurrar para Poirot:

— Quer dizer que haverá inquérito policial?

Poirot sacudiu a cabeça sem dar muita atenção. Parecia de tal modo absorvido em pensamentos que acabou aguçando minha curiosidade.

— Mas o que há? Não está prestando atenção ao que digo.

— É verdade, meu amigo. Estou muito preocupado.

— Por quê?

— Porque *mademoiselle* Cynthia não põe açúcar no café.

— O quê? Você só pode estar brincando.

— Nunca falei tão sério. Há alguma coisa aí que não compreendo. Meu instinto estava certo.

— Que instinto?

— O que me levou a insistir em examinar aquelas xícaras de café. *Chut!* Silêncio, agora!

Seguimos John até seu escritório e ele fechou a porta atrás de nós.

Mr. Wells era um agradável senhor de meia-idade, com olhos vivazes e uma típica boca de advogado. John nos apresentou e explicou o motivo de nossa presença.

— Você compreende, Wells — ele acrescentou —, que tudo isso é estritamente confidencial. Ainda estamos esperançosos de que não haverá necessidade de nenhum tipo de investigação.

— Compreendo, sim, exatamente — disse mr. Wells em tom apaziguador. — Gostaria de poupá-los do sofrimento e da publicidade gerados por um inquérito, mas, é claro, isso é impossível na falta de um atestado de óbito.

— Sim, é verdade.

— Homem inteligente esse Bauerstein. Grande autoridade em toxicologia, eu suponho.

— De fato — disse John com ar acanhado. Em seguida, acrescentou um tanto hesitante: — Seremos chamados como testemunhas... todos nós, quero dizer?

— Sim, naturalmente... e, ah... hum... ele, mr...., ah, Inglethorp.

Uma pequena pausa se seguiu antes que o advogado prosseguisse com seu modo suave de falar:

— Qualquer depoimento servirá para confirmar os fatos apenas. Mera formalidade.

— Compreendo.

Uma ligeira expressão de alívio transpareceu no rosto de John. Isso me deixou confuso porque não via motivo para essa reação.

— Se não se opuser — continuou mr. Wells —, pensei na sexta-feira, o que nos dará tempo suficiente para a conclusão do relatório médico. A autópsia deve ocorrer hoje à noite, não é?

— Sim.

— Então está de acordo com esse esquema?

— Perfeitamente.

— Nem preciso lhe dizer, meu caro Cavendish, o quanto este acontecimento tão trágico me constrange.

— O senhor não pode nos ajudar a solucioná-lo, *monsieur?* — interpôs-se Poirot, manifestando-se pela primeira vez desde que entráramos no escritório.

— Eu?

— Sim, ouvimos dizer que mrs. Inglethorp escreveu ao senhor na noite passada. O senhor deve ter recebido a carta hoje pela manhã.

— Recebi, sim, mas não continha nenhuma informação. Era uma simples nota pedindo que eu telefonasse para ela na manhã de hoje porque queria meu conselho para uma questão de grande importância.

— Ela não lhe deu nenhuma pista sobre o assunto?

— Infelizmente, não.

— Que pena — disse John.

— Uma grande pena — concordou Poirot muito sério.

Houve silêncio. Poirot permaneceu perdido em seus pensamentos por alguns minutos. Finalmente, dirigiu-se novamente ao advogado:

— Mr. Wells, há apenas uma pergunta que gostaria de fazer, isto é, se não for contra a sua ética profissional. Na eventualidade da morte de mrs. Inglethorp, quem herdaria seu dinheiro?

O advogado hesitou por alguns instantes e depois respondeu:

— Em breve, isso será de conhecimento público. Então, se mr. Cavendish não fizer objeção....

— Absolutamente, não — assegurou John.

— Não vejo motivo para deixar de responder sua pergunta. Em seu último testamento, feito em agosto do ano passado, depois de vários legados sem importância para seus criados etc., ela deixou toda a fortuna para seu enteado, mr. John Cavendish.

— Mas isso não foi — queira me desculpar da pergunta, mr. Cavendish — um tanto injusto com seu outro enteado, mr. Lawrence Cavendish?

— Não, penso que não. O senhor compreende, nos termos do testamento deixado pelo pai deles, John seria o herdeiro da propriedade e Lawrence, após a morte da madrasta, receberia uma considerável soma em dinheiro. Mrs. Inglethorp deixou seu dinheiro para o enteado mais velho sabendo que ele teria de arcar com a manutenção de Styles. Na minha opinião, essa foi uma distribuição muito justa.

Poirot mexeu a cabeça pensativamente.

— Compreendo. Mas tenho ou não razão ao dizer que, de acordo com sua lei inglesa, aquele testamento ficou automaticamente revogado quando mrs. Inglethorp contraiu novas núpcias?

Mr. Wells inclinou a cabeça.

— Como eu já ia dizendo, *monsieur* Poirot, aquele documento encontra-se agora absolutamente nulo.

— *Hein!* — exclamou Poirot. Refletiu um instante e então perguntou: — A própria mrs. Inglethorp tinha consciência desse fato?

— Não sei. É possível que sim.

— Tinha sim — acrescentou John inesperadamente. — Discutimos essa questão de revogação de testamentos em virtude de novos casamentos ainda ontem à noite.

— Ah! Ainda uma outra pergunta, mr. Wells. O senhor diz "seu último testamento". Quer dizer que mrs. Inglethorp fez vários testamentos anteriores?

— Em média, ela renovava seu testamento ao menos uma vez por ano — explicou mr. Wells imperturbável. — Costumava mudar de ideia em relação às suas disposições testamentárias, ora beneficiando um, ora outro membro da família.

— Suponhamos que — sugeriu Poirot —, sem que o senhor soubesse, ela tivesse feito um novo testamento em favor de alguém que não fosse, de modo algum, um membro da família, digamos, miss Howard, por exemplo. O senhor se surpreenderia com isso?

— Nem um pouco.

— Ah! — Poirot parecia não ter mais perguntas.

Aproximei-me dele, enquanto John e o advogado discutiam questões relativas ao exame da documentação de mrs. Inglethorp.

— Acha mesmo que mrs. Inglethorp redigiu um testamento deixando todo o seu dinheiro para miss Howard? — perguntei, baixinho, com alguma curiosidade.

Poirot sorriu.

— Não.

— Então, por que perguntou?

— Fale baixo.

John Cavendish virou-se para Poirot.

— Pode nos acompanhar, *monsieur* Poirot? Vamos examinar a documentação de minha mãe. Mr. Inglethorp está inteiramente de acordo em deixar essa tarefa a cargo de mr. Wells e de mim mesmo.

— O que simplifica muito as coisas — murmurou o advogado. — Tecnicamente falando, ele é quem tem esse direito... — mas não terminou a frase.

— Vamos examinar a escrivaninha do toucador em primeiro lugar — explicou John —, e, em seguida, examinaremos seu quarto. Ela guardava a maior parte de seus documentos importantes em uma pasta de cor púrpura, a qual devemos examinar com todo o cuidado.

— Sim — disse o advogado —, é bastante possível que haja um testamento mais recente do que este que se encontra em meu poder.

— *Existe* um testamento mais recente — desta vez, foi Poirot quem falou.

— O quê? — John e o advogado olharam para ele estupefatos.

— Ou antes — prosseguiu meu amigo imperturbável —, *havia* um.

— Como assim, havia um? Onde está esse testamento agora?

— Foi queimado!

— Queimado?

— Sim, deem uma olhada. — Ele mostrou o fragmento chamuscado que encontráramos na lareira do quarto de mrs. Inglethorp e o entregou ao advogado dando uma breve explicação sobre quando e onde o havia encontrado.

— Mas possivelmente trata-se de um testamento antigo.

— Não penso assim. De fato, estou quase certo de que foi redigido na tarde de ontem.

— O quê? Impossível? — Os dois homens disseram isso ao mesmo tempo.

Poirot virou-se para John:

— Se o senhor me permitir conversar com seu jardineiro, mande chamá-lo e eu provarei aos senhores o que estou dizendo.

— É claro, mas... não compreendo...

Poirot ergueu a mão.

— Faça o que estou lhe pedindo. Mais tarde, poderá fazer todas as perguntas que quiser.

— Muito bem. — e tocou a campainha.

Dorcas apareceu em seguida.

— Dorcas, por favor, diga a Manning para vir até aqui. Preciso falar com ele.

— Sim, senhor.

Dorcas se retirou.

Aguardamos numa atmosfera tensa e silenciosa. Poirot, por sua vez, parecia absolutamente tranquilo e limpou a poeira de uma quina esquecida da estante de livros.

O ruído de botas pesadas sobre o cascalho lá fora proclamou a aproximação de Manning. John olhava interrogativamente para Poirot, que fez um gesto de cabeça.

— Entre, Manning — disse John. — Quero falar com você.

Manning entrou devagar e hesitante pela porta de dois batentes e permaneceu o mais próximo dela quanto possível. Segurava o boné nas mãos, torcendo-o cuidadosamente sem cessar. Suas costas estavam muito inclinadas para frente, embora não fosse tão velho quanto aparentasse. Contudo, seu olhar era penetrante e inteligente, em contraste com sua fala vagarosa e um tanto cautelosa.

— Manning — disse John, este cavalheiro tem perguntas a fazer e eu gostaria que você as respondesse.

— Sim, senhor — murmurou Manning.

Poirot deu um rápido passo à frente. Manning passou os olhos nele com leve ar de desprezo.

— Você estava plantando um canteiro de begônias em torno do lado sul da casa na tarde de ontem, não é, Manning?

— Sim, senhor, eu e Willum.

— E mrs. Inglethorp apareceu na janela e chamou você, não foi?

— Sim, senhor, ela fez isso.

— Diga-me exatamente o que aconteceu depois disso.

— Bem, senhor, nada de mais. Ela apenas pediu que Willum fosse de bicicleta até a vila e trouxesse uma espécie de testamento ou coisa parecida. Ela escreveu num papel para ele, mas não sei exatamente o que era.

— E então?

— Ele obedeceu, senhor.

— E depois, o que aconteceu?

— Continuamos com as begônias, senhor.

— Mrs. Inglethorp não chamou vocês outra vez?

— Sim, senhor, a mim e Willum, ela chamou.

— E aí?

— Ela nos fez entrar e assinar nossos nomes em um documento extenso, logo abaixo da assinatura dela.

— Você leu algo do que estava escrito acima da assinatura dela? — perguntou Poirot, sério.

— Não, senhor, havia um pedaço de mata-borrão cobrindo essa parte.

— E vocês assinaram onde ela indicou?

— Sim, senhor, primeiro eu e depois Willum.

— E o que ela fez com o documento?

— Bem, senhor, ela o enfiou num envelope grande e guardou numa espécie de caixa roxa que estava na escrivaninha dela.

— Que horas eram quando ela chamou vocês pela primeira vez?

— Por volta das quatro, eu diria, senhor.

— Não era mais cedo? Não pode ter sido às três e meia?

— Não, eu não diria isso, senhor. É mais provável que fosse pouco depois das quatro, mas não antes.

— Obrigado, Manning, isso é tudo — agradeceu Poirot satisfeito.

O jardineiro olhou para seu patrão, que fez um gesto de cabeça. Em seguida, Manning passou o dedo pela testa, murmurando alguma coisa, e deixou a sala com certa reverência.

Todos nos entreolhamos.

— Minha nossa! — murmurou John. — Que coincidência extraordinária.

— Como assim... coincidência?

— Que minha mãe tenha feito um testamento justamente no dia de sua morte!

Mr. Wells pigarreou e exclamou secamente:

— Está mesmo convicto de que seja uma coincidência, Cavendish?

— O que você quer dizer com isso?

— Sua mãe, como você me contou, teve uma discussão violenta com... alguém ontem à noite...

— Mas o que você quer dizer com isso? — gritou John novamente. Havia um tremor em sua voz e ele foi ficando muito pálido.

— Como consequência dessa discussão, sua mãe resolveu renovar o testamento às pressas. O conteúdo desse documento jamais viremos a conhecer. Ela não revelou a ninguém suas cláusulas. Nesta manhã, sem dúvida, ela teria me consultado sobre esse assunto, mas ela não teve chance para isso. O testamento desapareceu e ela levou esse segredo para o túmulo. Cavendish, lamento acreditar que não há nenhuma coincidência aqui. *Monsieur* Poirot, estou certo de que o senhor concorda comigo em que os fatos são muito sugestivos.

— Sugestivos ou não — interrompeu John —, estamos profundamente agradecidos a *monsieur* Poirot por elucidar os fatos. Se não fosse ele, nunca saberíamos da existência desse testamento. Tenho curiosidade em saber, *monsieur*, o que o levou a suspeitar desse fato?

Poirot sorriu ao responder:

— Um velho envelope rabiscado e um canteiro de begônias recentemente plantado.

Acho que John teria continuado a fazer perguntas, mas nesse momento o ruído alto de um motor se aproximando chamou nossa atenção. Então nos voltamos todos para a porta para vê-lo passar velozmente.

— Evie! — gritou John. — Desculpe-me, Wells. — e saiu apressado para o *hall*.

Poirot fitou-me com um ar de curiosidade.

— Miss Howard — expliquei.

— Ah, fico contente que ela tenha vindo. Trata-se de uma mulher com cérebro e coração, Hastings. Embora o bom Deus não tenha lhe atribuído nenhuma beleza!

Segui o exemplo de John e passei para o *hall*, onde miss Howard tentava livrar-se da volumosa massa de véus que envolvia sua cabeça. Assim que pôs os olhos em mim, me vi tomado por súbito complexo de culpa. Aquela era a mulher que havia me dado avisos tão veementes e para os quais eu não dedicara nenhuma atenção! Com que rapidez e com que desprezo eu os varrera de minha mente. Agora que suas advertências provaram--se tão tragicamente verdadeiras, sentia-me envergonhado. Ela conhecia Alfred Inglethorp simplesmente bem demais. Eu me perguntava, caso ela houvesse permanecido em Styles, se a tragédia teria realmente ocorrido ou se aquele homem haveria temido a presença daqueles olhos vigilantes de miss Howard.

Senti um alívio quando ela segurou minha mão com sua já conhecida pegada que chegava a doer. Ao trocarmos olhares, percebi nela a tristeza, porém nenhuma reprovação; que ela estivera a chorar com pesar era possível de se afirmar pelo tom avermelhado de suas pálpebras, embora seus modos um tanto ásperos e rudes permanecessem inalterados.

— Vim assim que recebi o telegrama. Mal tinha chegado do plantão noturno. Aluguei um carro. Jeito mais rápido de chegar aqui.

— Comeu alguma coisa esta manhã, Evie? — perguntou John.

— Não.

— Como eu pensei. Venha comigo, ainda não retiraram a mesa do café da manhã e elas irão preparar chá fresquinho para você. — E virou-se para mim: — Pode cuidar dela, Hastings? Wells está esperando por mim. Oh, este é *monsieur* Poirot. Como você sabe, Evie, ele está nos ajudando.

Miss Howard apertou a mão de Poirot, mas lançou um olhar desconfiado para John:

— O que quis dizer com... "nos ajudando?"

— Ele está nos ajudando na investigação.

— Não há nada a investigar. Ainda não o levaram para a prisão?

— Levaram quem para a prisão?

— Quem? Ora, Alfred Inglethorp!

— Minha querida Evie, tenha cuidado. Lawrence acha que minha mãe morreu de um ataque cardíaco.

— Mas é mesmo um tonto esse Lawrence! — retorquiu miss Howard. — É claro que Alfred Inglethorp assassinou a pobre Emily, como eu sempre previ que um dia ia acontecer.

— Minha cara Evie, não grite desse jeito. Nesse momento, é mais prudente dizer o mínimo possível sobre o que a gente pensar ou suspeitar. O inquérito só ficará pronto nesta sexta-feira.

— Para os diabos com esta sexta-feira! — o rosnado lançado por miss Howard foi realmente magnífico. — Vocês todos perderam o juízo. O homem já terá deixado o país até lá. Se ele tiver alguma inteligência, não ficará aqui todo bonzinho apenas esperando que o levem para a forca.

John Cavendish olhou para ela com desesperança.

— Eu sei o que isso significa — ela o acusou —, vocês deram ouvidos aos médicos. Não deviam. O que eles sabem? Absolutamente nada... ou apenas o suficiente para se tornarem perigosos. Eu já devia saber... Meu próprio pai era médico. Aquele

Wilkins, o baixinho, é o maior idiota que já vi na vida. Ataque cardíaco! É o tipo de coisa que ele poderia dizer. Qualquer pessoa com o mínimo de bom senso seria capaz de perceber imediatamente que o marido dela a envenenou. Eu sempre disse que ele a envenenaria na cama, a pobrezinha. Agora ele simplesmente fez isso. E tudo o que você faz agora é murmurar tolices sobre "ataque cardíaco" e "inquérito na sexta-feira". Você devia ter vergonha de si mesmo, John Cavendish.

— Mas o que você quer que eu faça? — perguntou John não conseguindo esconder um ligeiro sorriso. — Convenhamos, Evie, não posso simplesmente pegar o homem pelo braço e arrastá-lo até a delegacia mais próxima.

— Bem, você tem de fazer alguma coisa. Descubra como ele a matou. Ele não passa de um patife ardiloso. Posso apostar que pôs na água um veneno para matar moscas. Pergunte à cozinheira se ela deu falta de algum.

Naquele momento, ocorreu-me bem claramente que abrigar miss Howard e Alfred Inglethorp sob o mesmo teto e manter a paz entre eles ao mesmo tempo seria uma tarefa hercúlea. Senti pena de John. Pude notar, pela expressão de seu rosto, que ele tomava consciência da dificuldade a ser enfrentada. Por ora, preferiu bater em retirada, deixando a sala subitamente.

Dorcas entrou trazendo chá fresco. Assim que ela se retirou, Poirot deixou a porta, onde aguardara de pé por alguns instantes, vindo sentar-se de frente para miss Howard.

— *Mademoiselle* — exclamou, em tom solene —, gostaria de lhe perguntar uma coisa.

— Pergunte logo de uma vez — respondeu ela, olhando-o com desprezo.

— Gostaria de poder contar com sua ajuda.

— Eu o ajudarei a enforcar Alfred com todo o prazer — ela replicou desaforada. — A forca é pouco para ele. Devia ser estripado e esquartejado, como nos bons velhos tempos.

— Então estamos de acordo — ponderou Poirot —, porque também eu desejo enforcar o criminoso.

— Alfred Inglethorp?

— Ele ou outro.

— Não existe a possibilidade de haver outro. A pobre Emily nunca teria sido assassinada se *ele* não tivesse aparecido em sua vida. Não digo que ela não estava cercada por tubarões, porque, sim, ela estava. Mas todos estavam apenas atrás do dinheiro dela. A vida dela estava em segurança. Então, eis que surge mr. Alfred Inglethorp e... em apenas dois meses... *presto!*

— Acredite em mim, miss Howard — disse Poirot com sinceridade —, se mr. Inglethorp for o homem, ele não escapará de mim. Por minha honra, irei pendurá-lo tão alto na forca quanto Haman!

— Assim é melhor — exclamou miss Howard com mais entusiasmo.

— Mas preciso lhe pedir seu voto de confiança. Neste momento, seu auxílio poderá ser muito valioso para mim. Eu lhe direi o motivo: nesta casa em luto, os únicos olhos que realmente choraram foram os seus.

Miss Howard pestanejou, e outro tom surgiu da usual rispidez de sua voz.

— Se o senhor quer dizer que eu gostava dela... Sim, eu gostava. O senhor sabe, Emily era uma velha egoísta a seu modo. Era muito generosa, mas sempre queria algo em troca. Nunca deixava as pessoas se esquecerem do que fizera por elas e, por esse viés, não era amada. Mas não pense que ela se dava conta disso ou que sentia falta de amor. Espero realmente que não. Eu, por minha vez, agia diferente. Tomei uma decisão desde o primeiro dia: "custo tantas libras por ano à senhora. Muito bem. Mas nem um único centavo a mais. Nem um par de luvas. Nem uma entrada de teatro". Ela não entendia. Ficava ofendida às vezes. Dizia que eu era uma tola orgulhosa. Mas não era isso, eu apenas não sabia explicar direito. O que eu fazia era manter minha dignidade. E assim, diferente de todo mundo, eu era a única que podia gostar dela. Eu cuidava dela. Eu a protegia de todos os outros. Até que apareceu o pilantra de voz delicada e pronto! Todos os meus anos de devoção foram por água abaixo.

Poirot fez um gesto de compreensão.

— Compreendo, *mademoiselle*, compreendo como se sente. É muito natural. A senhora acha que somos insensíveis, que a nós nos falta ânimo e energia, mas, confie em mim, não é assim.

Nesse momento, John apareceu e nos convidou para subir até o quarto de mrs. Inglethorp, uma vez que ele e mr. Wells haviam terminado as buscas na escrivaninha do toucador.

Enquanto subíamos as escadas, John olhou para trás, em direção à sala de jantar, e baixou a voz em tom confidencial:

— Veja só: o que irá acontecer quando esses dois se encontrarem?

Balancei a cabeça sem saber o que dizer.

— Pedi a Mary para mantê-los afastados um do outro, à medida do possível.

— Será que ela conseguirá fazer isso?

— Só Deus sabe. Mas sabe-se que o próprio Inglethorp não tem nenhuma vontade de se encontrar com ela.

— Você ainda está com as chaves, não é, Poirot? — perguntei, à medida que nos aproximávamos da porta do quarto trancado.

Tomando as chaves de Poirot, John abriu o aposento e todos passamos para dentro. O advogado foi direto para a escrivaninha, seguido por John.

— Minha mãe guardava os documentos mais importantes nesta valise, creio eu — declarou.

Poirot empunhou o pequeno molho de chaves.

— Com licença. Eu a tranquei esta manhã, por precaução.

— Mas não está trancada agora.

— Impossível!

— Veja. — E John suspendeu a tampa enquanto falava.

— *Mille tonnerres** — gritou Poirot transtornado. — E eu que tinha as duas chaves no bolso! — Ele se jogou sobre a valise. Subitamente, ficou nervoso. — *En voilà une affaire!*** Forçaram a fechadura!

— O quê?

Poirot deixou cair a tampa da valise outra vez.

— Mas quem a forçou? E por quê? Quando? Mas a porta estava trancada! — Estas exclamações partiam de cada um de nós indistintamente.

Poirot respondeu categoricamente, quase de forma mecânica:

— Quem? Esta é a questão. Por quê? Ah, se eu soubesse. Quando? Depois que estive aqui, uma hora atrás. Quanto à porta estar trancada, trata-se de uma fechadura muito comum.

---

* "Com mil raios!" Em francês no original [N.T.]

** "Aqui tem coisa!" Em francês no original [N.T.]

Provavelmente qualquer chave de uma das outras portas deste corredor serve para abri-la.

Todos se entreolharam com espanto. Poirot avançara em direção à cornija da lareira. Demonstrava calma, mas observei que suas mãos, ao ajeitarem os vasinhos de enfeite sobre a cornija, por força do hábito, estavam visivelmente trêmulas.

— Vejam isto, foi assim — exclamou por fim. — Havia algo nesta valise: alguma prova, mesmo que pequena, mas suficientemente perigosa para fazer a conexão entre o assassino e o crime. Era vital para ele que fosse destruída antes de ser descoberta e que atribuíssem a ela sua importância no caso. Portanto, ele assumiu o risco, o grande risco de vir até aqui. Ao encontrar a valise trancada, foi obrigado a forçá-la, evidenciando sua presença. Para que essa pessoa corresse esse risco, deve ter sido mesmo algo muito importante.

— Mas o que era?

—Ah! — desabafou Poirot, com um gesto de raiva. — Isso eu não sei! Um documento de alguma ordem, sem dúvida, possivelmente o pedaço de papel que Dorcas viu nas mãos da patroa na tarde de ontem. E eu — sua raiva manifestava-se incontida — sou um animal miserável! Não desconfiei de nada! Comportei-me como um imbecil! Nunca deveria ter deixado a valise aqui. Devia tê-la carregado comigo para fora daqui. Ah, que asno eu sou! Agora é tarde. A prova está destruída... Mas destruída mesmo? Haverá ainda alguma chance... Toda averiguação tem de ser feita...

E saiu do quarto em disparada, como um louco, e eu o segui assim que me recuperei de meu estado de estupefação. Porém, quando alcancei o alto das escadas, ele já havia sumido de vista.

Mary Cavendish estava de pé bem onde a escadaria se bifurcava. Ela olhava para baixo, em direção ao *hall*, por onde Poirot havia passado.

— O que aconteceu com seu extraordinário amiguinho, mr. Hastings? Acabou de passar por mim correndo como um touro bravo.

— Ele está bastante perturbado com alguma coisa — ponderei sem muita ênfase. De verdade, não sabia ao certo o que Poirot aprovaria que eu revelasse sobre os acontecimentos. Percebendo um tímido sorriso nos lábios da expressiva boca de mrs. Cavendish, me esforcei para mudar o rumo da conversa, perguntando: — Eles ainda não se encontraram, não é verdade?

— Quem?

— Mr. Inglethorp e miss Howard.

Ela olhou para mim bastante desconcertada.

— O senhor acha que seria assim tão desastroso se eles se encontrassem?

— Bem, a senhora não? — exclamei tomado de surpresa.

— Não. — Ela sorria, com seu jeito discreto. — Eu bem gostaria de ver uma boa discussão. Isso clarearia um pouco a atmosfera. No momento, estamos todos pensando demais e falando muito pouco.

— John não pensa assim — observei. — Ele está ansioso por mantê-los longe um do outro.

— Oh, John!

Algo em seu tom de voz me irritou e disparei:

— O velho John é um sujeito fabuloso.

Ela me estudou com curiosidade por um minuto ou dois e então, para minha surpresa, declarou:

— O senhor é leal a seu amigo. Gosto do senhor por isso.

— Você não é minha amiga também?

— Sou uma péssima amiga.

— Por que diz isso?

— Porque é verdade. Agrado meus amigos num dia e no outro já me esqueci de todos eles.

Não sei o que me impeliu a isso, mas já estava irritado, então, exclamei de maneira tola e sem tato:

— Apesar disso, a senhora parece agradar bastante o dr. Bauerstein!

Lamentei minhas palavras instantaneamente. Sua fisionomia transformou-se. Tive a impressão de que uma cortina de aço baixava entre nós, ocultando atrás de si a mulher real. Sem dizer palavra, ela virou-se e galgou depressa os degraus, deixando-me ali parado como um idiota boquiaberto a observá-la.

Minha atenção foi desviada para outra questão: uma terrível discussão teve início no andar de baixo. Pude ouvir Poirot gritando e argumentando. Senti vergonha em pensar que minha diplomacia tivesse sido em vão. O baixinho parecia tomar toda a casa em sua confiança, um procedimento que, na minha opinião, não convinha. Mais uma vez eu lamentava a tendência de meu amigo para perder a cabeça em momentos de nervosismo. Desci rapidamente as escadas. Minha chegada acalmou Poirot quase que de imediato. Puxei-o de lado.

— Meu caro amigo — falei —, acha que está fazendo a coisa certa? Certamente não quer que todos na casa saibam do que aconteceu, não é? Você está simplesmente entrando no jogo do criminoso.

— Você acha mesmo, Hastings?

— Estou certo que sim.

— Está bem, meu amigo, levarei em conta sua opinião.

— Ótimo. Embora, infelizmente, agora seja tarde demais.

— É verdade.

Ele parecia tão abatido e atormentado que senti pena dele, mas eu ainda considerava minha observação justa e sábia.

— Bem — disse ele, finalmente —, vamos, *mon ami*.

— Você já terminou aqui?

— Por enquanto, sim. Você vem comigo até a vila?

— Certamente.

Poirot pegou sua valise e nos dirigimos à sala de estar. Cynthia Murdoch vinha entrando e Poirot pôs-se de lado, à porta, para deixá-la passar.

— Desculpe-me, *mademoiselle*, tem um minuto para mim?

— Sim? — voltou-se ela solícita.

— Alguma vez a senhorita manipulou os medicamentos de mrs. Inglethorp?

Suas faces se coraram levemente e ela respondeu, constrangida:

— Não.

— Somente os calmantes?

O rubor se intensificou e ela respondeu:

— Ah, sim, uma vez preparei um para ela dormir.

— Este?

Poirot apresentou-lhe a caixa vazia que contivera calmante em pó.

Ela aquiesceu.

— Sabe me dizer o que era? Sulfona? Veronal?

— Não, era brometo em pó.

— Ah! Obrigado, *mademoiselle*. Bom dia.

Enquanto nos afastávamos rapidamente da casa, olhei mais de uma vez para ele. Muitas vezes antes eu já havia notado que, se algo lhe causasse excitação, seus olhos se tornavam verdes como os de um gato. E, naquele momento, brilhavam feito esmeraldas.

— Meu amigo — ele finalmente se manifestou —, tive uma pequena ideia, muito estranha, e é provável que seja totalmente impossível. Mas, mesmo assim, ela se encaixa.

Encolhi os ombros com indiferença. Particularmente, achava que Poirot tinha sempre uma queda exagerada para ideias fantásticas. Nesse caso, com certeza, esta seria apenas a mais óbvia e aparente expressão dessa verdade.

— Então esta é a explicação para o rótulo em branco na caixa — refleti. — Muito simples, como você disse. Não sei como não pensei nisso antes.

Poirot não parecia estar me ouvindo.

— Eles fizeram mais uma descoberta *là-bas* — ele observou, sacudindo o polegar sobre os ombros em direção a Styles. — Mr. Wells me contou quando subíamos as escadas.

— O que ele lhe contou?

— Eles descobriram, escondido na escrivaninha do toucador, um testamento de mrs. Inglethorp, com data anterior ao casamento, pelo qual ela deixava sua fortuna para Alfred Inglethorp. Deve ter sido feito enquanto estavam noivos. Foi uma boa surpresa para Wells e para John Cavendish também. Foi redigido em um daqueles formulários impressos e teve dois criados como testemunhas, mas não Dorcas.

— Mr. Inglethorp sabia disso?

— Ele diz que não.

— Podemos acreditar nisso com um pé atrás — observei com ceticismo. — Todos esses testamentos são muito confusos. Diga-me, como aquelas palavras rabiscadas no envelope o ajudaram a descobrir que um testamento fora escrito na tarde de ontem?

Poirot sorriu.

— *Mon ami*, já lhe aconteceu alguma vez, ao escrever uma carta, de se sentir paralisado pelo fato de não saber como escrever corretamente determinada palavra?

— Sim, com frequência. Suponho que aconteça com todo mundo.

— Exatamente. E, nesse caso, você nunca tentou escrever a palavra uma ou duas vezes na margem do mata-borrão ou em outro pedaço de papel para testar se a grafia está correta? Pois bem, foi o que mrs. Inglethorp fez. Você pode notar que a palavra "possessa" foi escrita primeiramente com um só "s" e, em seguida, da forma correta, com dois. Para se certificar, ela também experimentou escrevê-la em uma frase, assim: "Estou possessa". Agora, o que isso me diz? Que mrs. Inglethorp andou escrevendo a palavra "posse" naquela tarde. Então, lembrando-me do fragmento de papel que encontrei na grelha, a possibilidade de um testamento — um documento que tem a possibilidade de conter a palavra "posse" — me ocorreu imediatamente. Essa possibilidade se confirmou por uma circunstância adicional. Na confusão geral, o toucador não fora varrido naquela manhã e, próximo à escrivaninha, havia vários vestígios de barro e terra. O clima estivera perfeitamente bom durante alguns dias e nenhum par de botas comum teria deixado resíduos tão marcantes. Assim, fui até a janela e logo vi os canteiros de begônias que haviam sido plantadas recentemente. A terra dos canteiros era exatamente a mesma encontrada no chão do toucador. Eu também fiquei sabendo, por você, que elas tinham sido realmente plantadas na tarde do dia anterior. Naquele momento, tive certeza de que um ou possivelmente dois dos jardineiros, porque havia dois tipos de pegadas nos canteiros, haviam entrado no toucador. Ora, se mrs. Inglethorp quisesse apenas falar com eles, ela muito provavelmente teria vindo à janela sem que eles precisassem absolutamente entrar na casa. Então me convenci de que ela redigira um novo testamento e convidara os dois jardineiros para testemunhar. Os fatos provaram que eu estava certo em minha suposição.

— De fato, muito perspicaz — não pude deixar de admitir.

— Devo confessar que as conclusões que tirei dessas palavras rabiscadas estavam totalmente erradas.

Ele sorriu.

— Você deu rédeas demais à imaginação. A imaginação é boa criada, porém má conselheira. A explicação mais simples é sempre a mais provável.

— Outra questão: como você sabia que a chave da valise estava perdida?

— Eu não sabia. Foi uma intuição que se provou verdadeira. Você notou que havia um pequeno pedaço de arame retorcido ligado a ela. Na hora, isso me sugeriu que ela fora possivelmente arrancada de um molho de chaves. Porque, se tivesse sido perdida e depois recuperada, mrs. Inglethorp a teria colocado de volta no molho. Entretanto, em vez disso, o que encontrei no molho de chaves dela foi obviamente uma duplicata, muito nova e brilhante, o que me levou à hipótese de que alguém mais pusera a chave original na fechadura da valise de documentos.

— Sim — eu disse —, Alfred Inglethorp sem dúvida.

Poirot fitou-me com curiosidade.

— Você está mesmo convicto de que ele é culpado?

— Naturalmente. Cada nova circunstância parece indicar isso com clareza.

— Ao contrário — disse Poirot calmamente —, há vários pontos a seu favor.

— Oh, não venha com essa!

— Sim.

— Eu só vejo um.

— Qual?

— O de que ele não estava em casa na noite passada.

— Errou na mosca, como vocês dizem! Você escolheu o único ponto que, a meu ver, está contra ele.

— Como assim?

— Porque, se mr. Inglethorp soubesse que sua esposa seria envenenada na noite passada, ele certamente teria dado um jeito de ficar longe de casa. Sua desculpa foi pura invenção obviamente. Isso nos leva a duas possibilidades: ou ele sabia o que ia acontecer ou tinha um motivo muito particular para estar ausente.

— E que motivo seria esse? — perguntei cético.

Poirot deu de ombros.

— Como vou saber? Alguma coisa infame, não resta dúvida. Esse mr. Inglethorp, devo dizer, é de algum modo um espertalhão... Mas isso não faz dele necessariamente um assassino.

Sacudi a cabeça sem dar muito crédito.

— Não estamos de acordo, não é? — disse Poirot. — Bem, deixemos isso de lado. O tempo dirá qual de nós está com a razão. Agora vejamos outros aspectos do caso. O que você me diz do fato de que todas as portas do quarto estavam trancadas por dentro?

— Bem — considerei —, é preciso pensar nisso pela lógica.

— Exatamente.

— Eu diria o seguinte: as portas estavam realmente trancadas, nossos próprios olhos nos mostraram isso, mas a presença da cera de vela no chão e a destruição do testamento provam que, durante a noite, alguém entrou no quarto. Você concorda até aí?

— Perfeitamente. Exposto com admirável clareza. Prossiga.

— Bem, continuei encorajado, já que a pessoa não entrou pela janela nem por milagre, a porta deve ter sido aberta pelo lado de dentro pela própria mrs. Inglethorp. Isso reforça a convicção de que a pessoa em questão era seu marido. Ela abriria naturalmente a porta para ele.

Poirot sacudiu a cabeça.

— Por que ela o faria? Ela trancara a porta que leva ao quarto dele, um comportamento bastante compreensivo da parte dela, pois que havia discutido violentamente com o marido naquela tarde. Não, ele seria a última pessoa que ela admitiria em seu quarto.

— Mas você concorda comigo que a porta foi aberta pela própria mrs. Inglethorp?

— Há outra possibilidade. Ela pode ter se esquecido de trancar a porta do corredor quando foi se deitar. Muito depois, quase ao amanhecer, ela se levantou para trancá-la.

— Poirot, é mesmo essa sua convicção?

— Não, eu não diria isso, mas há a possibilidade. Agora, analise outro aspecto: o que me diz sobre o fragmento de conversa que você ouviu entre mrs. Cavendish e a sogra?

— Eu tinha me esquecido disso — falei, reconsiderando.

— Continua como um grande enigma. Parece inacreditável que uma mulher como mrs. Cavendish, orgulhosa e reticente até não mais poder, pudesse interferir tão violentamente em algo que certamente não era de sua alçada.

— Precisamente. Uma coisa estarrecedora para uma mulher da sua estirpe.

— É certamente algo curioso — concordei. — De qualquer modo, é uma coisa sem importância, não precisa ser levada em conta.

Poirot suspirou longamente.

— O que eu sempre digo a você? Tudo precisa ser levado em consideração. Se o fato não se encaixar na teoria, deixe a teoria de lado.

— Bem, veremos — falei irritado.

— Sim, veremos.

Havíamos chegado a Leastways Cottage e Poirot me levou até seu quarto, no andar de cima, onde me ofereceu um daqueles cigarros russos curtinhos que ele fumava ocasionalmente. Diverti-me ao descobrir que ele guardava criteriosamente os palitos de fósforo usados em um vasinho chinês. Minha irritação momentânea desapareceu.

Poirot posicionou nossas cadeiras diante da janela aberta com vista para a rua do vilarejo. O ar fresco entrou no ambiente, morno e agradável. Aquele seria um dia quente.

De repente, minha atenção foi atraída para um rapaz magricela e desajeitado que vinha descendo a rua com muita pressa. A expressão de seu rosto era o fato extraordinário, numa curiosa mistura de terror e agitação.

— Veja, Poirot! — eu disse.

Ele se inclinou para frente. — *Tiens!* — exclamou. — É mr. Mace, da farmácia. E vem para cá.

O jovem parou em Leastways Cottage e, após alguma hesitação, bateu vigorosamente à porta.

— Um minutinho — gritou Poirot da janela. — Já estou indo.

Fazendo um gesto para que o seguisse, desceu calmamente as escadas e abriu a porta. Mr. Mace disparou:

— Oh, mr. Poirot, desculpe-me pela inconveniência, mas soube que acaba de vir da mansão.

— Sim, chegamos há pouco.

O rapaz umedeceu os lábios. Sua expressão demonstrava curiosidade.

— Não se fala em outra coisa na vila senão sobre a morte tão súbita da velha mrs. Inglethorp. Estão dizendo — e baixou o tom de voz, em precaução — que foi envenenamento?

Poirot manteve um semblante impassível.

— Somente os médicos poderão afirmar isso, mr. Mace.

— Sim, exatamente, é claro. — O jovem hesitou e então sua agitação tornou-se insuportável para ele mesmo. Agarrou Poirot pelo braço e baixou o tom de voz para um sussurro: — Diga-me só uma coisa, mr. Poirot, não foi... estricnina, foi?

Mal pude ouvir o que Poirot respondeu. Evidentemente, apenas alguma coisa sem importância. O jovem partiu e, ao fechar a porta, os olhos de Poirot encontraram os meus.

— Sim — falou com um expressivo gesto de cabeça —, esse aí terá provas a apresentar no tribunal.

Retornamos calmamente para cima. Ia dizer alguma coisa, quando Poirot me deteve com um gesto de mão.

— Agora não, não agora, *mon ami*. Necessito refletir. Minha mente está desordenada, o que não é nada bom.

Por mais ou menos dez minutos, ele permaneceu sentado em profundo silêncio, totalmente imóvel, exceto por diversos e expressivos movimentos de sobrancelha, com seus olhos cada vez mais verdes. Por fim, deixou escapar um profundo suspiro.

— Está bem. O mau momento já passou. Agora tudo está arrumado e classificado. Nunca se deve permitir que a confusão tome conta. O caso ainda não foi esclarecido, não mesmo. Porque é simplesmente muito complicado! Ele confunde *a mim*. A mim, Hercule Poirot! Há dois fatos significativos.

— E quais são eles?

— O primeiro foi o tempo que fez ontem. Isso é muito importante.

— Mas foi um dia glorioso! — interrompi. — Poirot, você está querendo me pregar alguma peça.

— Absolutamente não. O termômetro registrou vinte e seis graus à sombra. Não se esqueça, meu amigo. Essa é a solução para o enigma inteiro!

— E o segundo fato? — perguntei.

— O importante fato de que *monsieur* Inglethorp se veste com roupas muito peculiares, tem uma barba negra e usa óculos.

— Poirot, não posso crer que esteja falando sério.

— Estou absolutamente sério, meu amigo.

— Mas isso é infantilidade!

— Não, isso é da máxima importância.

— Suponhamos que o júri tenha um veredito de homicídio doloso contra Alfred Inglethorp. O que seria dessas suas teorias, então?

— Elas não se abalariam porque doze estúpidos estariam cometendo um erro! Mas isso não vai acontecer. Pelo simples motivo de que um júri do interior não anseia por assumir uma responsabilidade tamanha, ainda mais que mr. Inglethorp se encontra praticamente na posição de proprietário de terras local. Além disso — acrescentou placidamente — *Eu* não o permitiria!

— *Você* não o permitiria?

— Não.

Olhei para o extraordinário homenzinho, dividido entre a irritação e o divertimento. Ele estava tão tremendamente seguro de si mesmo. Como se pudesse ler meus pensamentos, balançou a cabeça gentilmente.

— Sim, *mon ami*, eu faria como estou dizendo. — Ele se levantou e pôs a mão em meu ombro. Sua fisionomia alterou-se completamente. Lágrimas brotaram de seus olhos. — Com tudo isso, você sabe, penso na pobre mrs. Inglethorp, agora morta. Ela não era amada de forma extravagante. Realmente não. Mas ela foi muito boa para nós, os belgas. Tenho para com ela uma dívida.

Tentei interromper, mas Poirot continuou:

— Deixe-me lhe contar isso, Hastings. Ela nunca me perdoaria se eu deixasse seu marido, Alfred Inglethorp, ser preso justamente *agora*, quando uma palavra minha pode salvá-lo!

6

O INQUÉRITO

No período que antecedeu o inquérito, Poirot trabalhou incansavelmente. Ficou duas vezes a portas fechadas com mr. Wells. Também fez longas caminhadas pelo campo. Fiquei um pouco ressentido por ele ter me deixado de lado: tanto que eu não fazia a mínima ideia de seus planos.

Ocorreu-me que ele estaria fazendo investigações na fazenda dos Raikes. Assim, não o encontrando em Leastways Cottage quando fui visitá-lo num fim de tarde, na quarta-feira, caminhei até lá pelos campos, na esperança de encontrá-lo. No entanto, nem sinal dele, então hesitei entre ir diretamente até a sede da fazenda ou não. Quando caminhava de volta, encontrei um senhor rústico, que me olhou com desconfiança.

— O senhor é da mansão, não é? — ele perguntou.

— Sim. Procuro um amigo que pensei ter vindo por estes lados.

— Um baixotinho? Aquele que sacode as mãos quando fala? Um dos belgas da vila?

— Sim — confirmei enfático. — Ele tem vindo aqui, então?

— Oh, sim, tem vindo aqui, bastante mesmo. Bem mais de uma vez. Amigo seu, é? Ah, vocês, cavalheiros da mansão... Só gente fina! — E olhou-me de cima, de uma maneira extremamente jocosa.

— Por que os cavalheiros da mansão vêm aqui tão frequentemente? — perguntei, tentando parecer o mais despretensioso possível.

Ele piscou para mim com um ar astuto.

— *Um* vem, senhor. Mas não cito nomes. Um cavalheiro muito generoso aliás! Oh, esteja certo, senhor, tenho dito.

Segui apressadamente meu caminho. Evelyn Howard então tinha razão e eu experimentava uma pontada de aversão ao pensar na generosidade de Alfred Inglethorp feita com o dinheiro da mulher. Seria aquele rostinho lindo de cigana o motivo do crime ou seria só o dinheiro mesmo? Provavelmente uma mistura bem calculada das duas coisas.

Em um ponto, Poirot parecia possuído por uma obsessão curiosa. Uma ou duas vezes ele relatou que Dorcas talvez tivesse cometido um erro ao fixar a hora da discussão. Ele sugeria a ela repetidamente o horário de quatro e meia e não quatro horas o momento em que ela teria ouvido as vozes.

Mas Dorcas permanecia impassível. Havia se passado quase uma hora, talvez mais, entre o momento em que ouvira as vozes discutindo e as cinco horas, quando levara o chá para a patroa.

Os interrogatórios oficiais do inquérito tiveram início na sexta-feira em Stylites Arms, na vila. Poirot e eu nos sentamos juntos. Nenhum de nós dois foi chamado para prestar depoimento.

Os procedimentos preliminares já tinham terminado. O corpo do júri foi verificado e John Cavendish apresentou provas de sua identificação.

No interrogatório, descreveu seu despertar nas primeiras horas da manhã e as circunstâncias da morte da mãe.

As provas médicas foram examinadas na sequência. Houve silêncio absoluto no recinto enquanto todos os olhos permaneciam fixos sobre o famoso especialista de Londres, aquele que era tido como uma das maiores autoridades em toxicologia naquele momento.

Em poucas palavras, ele resumiu o resultado da autópsia. Desprovido do jargão médico e suas minúcias técnicas, afirmou que a morte de mrs. Inglethorp foi atribuída a envenenamento por estricnina. A julgar pela quantidade de veneno coletada, ela devia ter tomado não menos que três quartos de um grão de estricnina ou, mais provavelmente, um grão ou um pouco mais.

— É possível que ela tenha ingerido o veneno acidentalmente? — questionou o juiz.

— Eu considero essa hipótese muito pouco provável. A estricnina não é utilizada para fins domésticos, como ocorre com outros venenos, havendo restrições à sua comercialização.

— Há algo em sua investigação que lhe permita determinar a maneira como o veneno foi administrado?

— Não.

— O senhor chegou a Styles antes do dr. Wilkins, estou certo?

— Perfeitamente. Deparei-me com o carro saindo no portão e corri até a mansão o mais rapidamente possível.

— O senhor pode nos relatar exatamente o que aconteceu em seguida?

— Entrei no quarto de mrs. Inglethorp. Naquele momento, ela se encontrava em típica convulsão tetânica. Ela se curvou em minha direção e disse, ofegante: Alfred... Alfred...

— A estricnina poderia ter sido administrada no café levado pelo marido para mrs. Inglethorp tomar após o jantar?

— Possivelmente, mas a estricnina é uma droga que age bem depressa. Os sintomas aparecem entre uma e duas horas após a ingestão. Podem ser retardados sob certas condições, nenhuma das quais, contudo, parece ter relação com este caso. Presumo que mrs. Inglethorp tomou o café após o jantar, por volta das oito horas, mas os sintomas só se manifestaram nas primeiras horas da manhã. Em virtude disso, há indícios de que a droga só foi ingerida bem mais tarde, durante a madrugada.

— Mrs. Inglethorp tinha o hábito de tomar uma xícara de chocolate no meio da noite. A estricnina pode ter sido administrada nessa bebida?

— Não. Eu mesmo colhi uma amostra das sobras do chocolate e a submeti a análise. Nenhum traço de estricnina foi encontrado.

Ouvi Poirot rir baixinho a meu lado.

— Como você sabia? — cochichei.

— Ouça.

— Eu diria — continuou o doutor — que teria ficado consideravelmente surpreso com qualquer outro resultado.

— Por quê?

— Simplesmente porque a estricnina possui um sabor extraordinariamente amargo. Pode ser detectada numa solução de um por setenta mil e somente é possível disfarçar seu gosto com alguma substância de sabor excepcionalmente forte. O chocolate seria inócuo para mascarar seu paladar.

Um dos jurados quis saber se a mesma objeção seria feita ao café.

— Não. O café também é amargo, o que poderia provavelmente se confundir com o sabor da estricnina.

— Então o senhor considera mais provável que a droga tenha sido administrada no café, mas, por alguma razão desconhecida, seu efeito foi retardado?

— Sim, mas, desde que a xícara foi totalmente esmagada, não há a menor possibilidade de se analisar seu conteúdo.

Assim concluiu-se o depoimento do dr. Bauerstein. O dr. Wilkins corroborou o testemunho em todos os pontos. Questionado sobre a possibilidade de suicídio, ele a descartou por completo. A falecida, ele declarou, sofria de problemas cardíacos, mas em outros termos gozava de perfeita saúde, sendo animada, equilibrada e bem-disposta. Seria a última criatura a atentar contra a própria vida.

Lawrence Cavendish foi o próximo depoente. Sua fala foi quase sem importância, sendo mera repetição do que declarou seu irmão. Quando se preparava para deixar o parlatório das testemunhas, fez uma pausa e declarou, um tanto hesitante:

— Gostaria de fazer uma sugestão. É possível?

Olhou de forma suplicante para o juiz, que disparou:

— Certamente, mr. Cavendish, estamos aqui para chegar à verdade dos fatos e apreciaremos tudo o que possa nos levar à elucidação do caso.

— É só uma ideia minha — explicou Lawrence. — É claro que eu posso estar redondamente enganado, mas ainda acho que a morte de minha mãe pode ser atribuída a causas naturais.

— Baseado em que o senhor afirma isso, mr. Cavendish?

— Minha mãe, na ocasião de sua morte, e durante algum tempo antes, vinha tomando um tônico que continha estricnina.

— Ah! — exclamou o juiz.

Os jurados olharam com interesse.

— Acredito — continuou Lawrence —, que haja casos em que o efeito cumulativo da droga, quando administrada durante certo período de tempo, acabe resultando em morte. Além disso, não seria possível que ela tivesse tomado uma overdose do medicamento por acidente?

— Essa é a primeira vez que ouvimos dizer que a falecida tomava estricnina na ocasião de seu falecimento. Estamos bastante agradecidos ao senhor, mr. Cavendish.

O dr. Wilkins foi chamado a depor novamente e ridicularizou a ideia.

— O que mr. Cavendish está sugerindo é praticamente impossível. Qualquer médico diria o mesmo. A estricnina é, em certo sentido, um veneno cumulativo, mas seria quase impossível que resultasse em morte súbita dessa maneira. Teria ocorrido um longo período de sintomas crônicos que chamariam imediatamente minha atenção. Tudo isso é simplesmente um absurdo.

— E a segunda sugestão? A de que mrs. Inglethorp possa ter inadvertidamente tomado uma overdose?

— Três, talvez até quatro doses, não a teriam levado a óbito. Mrs. Inglethorp sempre teve uma quantidade extra de medicamento preparada de uma só vez, conforme seu acordo com a Farmácia Coot's, de Tadminster. Ela haveria de ter ingerido praticamente o frasco inteiro para explicar a quantidade de estricnina encontrada na autópsia.

— Então o senhor considera que podemos desconsiderar o tônico como causador da morte?

— Certamente. Esta suposição é ridícula.

O mesmo membro do júri que havia interrompido a sessão anteriormente sugeriu que o farmacêutico que preparara o medicamento poderia ter cometido um erro.

— Naturalmente, isso também é possível — replicou o médico.

Todavia, Dorcas, a próxima testemunha a depor, anulou essa possibilidade. O medicamento não tinha sido preparado recentemente. Ao contrário, mrs. Inglethorp tomara a última dose no dia de sua morte.

Assim a questão do tônico foi finalmente abandonada e o juiz procedeu com os trabalhos. Tendo obtido explicações de Dorcas sobre como foi despertada pelo violento toque da campainha de sua patroa, e de como procedeu para acordar todas as pessoas da casa, ele passou para o tema da discussão na tarde anterior ao crime.

O depoimento de Dorcas a esse respeito foi substancialmente o mesmo que Poirot e eu já havíamos ouvido, então não o repetirei aqui.

A próxima testemunha foi Mary Cavendish. Manteve-se de pé, muito empertigada, e falou num tom de voz baixo, claro e perfeitamente firme. Em resposta às perguntas do juiz, contou que seu despertador tocou às quatro e meia, como de costume. Ela estava se vestindo, quando o ruído da queda de alguma coisa pesada a assustou.

— Teria sido a mesinha ao lado da cama? — perguntou o juiz.

— Abri a porta de meu quarto — continuou Mary — e fiquei escutando. Em alguns instantes, uma campainha foi tocada insistentemente. Dorcas apareceu correndo e acordou meu marido. Fomos todos até a porta do quarto de minha sogra, mas esta estava trancada...

O juiz a interrompeu.

— Não acredito que precisamos realmente incomodá-la mais com essa parte. Já sabemos perfeitamente dos eventos subsequentes. Mas é meu dever perguntar o que a senhora ouviu da discussão do dia anterior.

— Eu?

Havia um laivo de insolência em sua voz. Ela ergueu a mão e ajustou o laço no pescoço, movendo um pouco a cabeça enquanto fazia isso. Muito espontaneamente, um pensamento me ocorreu: "Ela está ganhando tempo!"

— Sim — continuou o juiz deliberadamente —, entendo que a senhora estava lendo, sentada num banco do lado de fora da longa janela do toucador. Isso é verdade, não é?

Esse fato era totalmente novo para mim e, olhando de lado para Poirot, perguntei-me se o seria também para ele.

— Sim, é verdade.

— E a janela do toucador estava aberta, certo?

O semblante dela certamente empalideceu um pouco ao responder:

— Sim.

— Então a senhora inevitavelmente ouviu as vozes lá dentro, especialmente em virtude dos ânimos exaltados pela raiva. De fato, deviam estar mais audíveis onde a senhora estava do que no *hall*.

— Possivelmente.

— A senhora pode repetir para nós o que ouviu da briga?

— Eu realmente não me lembro de ter ouvido nada.

— A senhora quer dizer que não ouviu as vozes?

— Oh, sim, eu ouvi as vozes, mas não ouvi o que diziam. — Um leve rubor surgiu em sua face. — Não tenho o hábito de ficar ouvindo conversas particulares.

O juiz insistiu.

— Mas não se lembra de absolutamente nada? *Nada*, mrs. Cavendish? Nem uma palavra ou frase solta qualquer que a fizesse perceber que aquilo se tratava de uma conversa particular?

Ela fez uma pausa e parecia refletir, ainda demonstrando muita calma exterior.

— Sim, eu me lembro que mrs. Inglethorp disse uma coisa... Não me recordo exatamente o quê... algo sobre causar escândalo entre marido e mulher.

—Ah! — o juiz se inclinou para trás satisfeito. — Isso coincide com o que Dorcas ouviu. Mas, se me permite, mrs. Cavendish, embora tenha percebido tratar-se de uma conversa particular, a senhora não deixou o local. A senhora permaneceu onde estava?

Pude perceber o momentâneo brilho amendoado de seus olhos quando Mary ergueu a cabeça. Naquele momento, tive certeza de que ela gostaria de picotar o homem em pedaços, ele e suas insinuações, porém ela respondeu com toda a calma:

— Não. Eu estava muito bem onde estava. Fixei minha mente na leitura.

— Então isso é tudo o que tem a relatar?

— Isso é tudo.

O interrogatório estava concluído, embora eu duvidasse que o juiz estivesse satisfeito com o resultado. Creio que ele suspeitava que Mary Cavendish tinha muito mais a declarar.

Amy Hill, vendedora de loja, foi chamada em seguida para depor. Ela relatou ter vendido um formulário de testamento na tarde do dia 17 para William Earl, ajudante de jardineiro em Styles.

William Earl e Manning a sucederam e relataram terem sido as testemunhas no documento. Manning declarou que isso aconteceu por volta das quatro e trinta. Na opinião de William, o fato ocorrera um pouco mais cedo.

Cynthia Murdoch foi a próxima. Contudo, tinha pouco a contar. Não soubera nada da tragédia até ser acordada por mrs. Cavendish.

— A senhorita não ouviu a mesa de cabeceira tombando?

— Não. Estava profundamente adormecida.

O juiz sorriu.

— Uma consciência tranquila produz o melhor sono — observou. — Obrigado, miss Murdoch, isto é tudo.

— Miss Howard.

Miss Howard apresentou a carta escrita a ela por mrs. Inglethorp na tarde do dia 17. Poirot e eu já havíamos lido o texto, naturalmente. Não acrescentava nada a nosso conhecimento sobre a tragédia. A seguir, reproduzo um fac-símile:

Styles Court
Essex

17 de julho

Minha querida Evelyn,

Vamos fazer as pazes?

Foi difícil esquecer as coisas que você disse contra meu querido marido, mas sou uma velha que gosta muito de você.

Com todo o meu afeto.

Emily Inglethorp

A carta foi passada ao júri, que a examinou com atenção.

— Temo que isto não nos ajude muito — afirmou o juiz, num suspiro. — Não faz menção a nenhum dos eventos daquela tarde.

— Claro como água para mim — Miss Howard disparou. — Mostra claramente que minha pobre e velha amiga havia acabado de descobrir que estava sendo feita de boba!

— Nada disso está escrito na carta — o juiz ressaltou.

— Não, porque Emily jamais admitiria seu próprio erro. Porém *eu* a conhecia. Ela me queria de volta. Mas ela não ia reconhecer que eu estivera certa todo o tempo. Ela fez rodeios. A maioria das pessoas faz assim. Eu mesma custei a acreditar nisso.

Mr. Wells riu discretamente. Observei que muitos jurados fizeram o mesmo. Miss Howard era obviamente um tipo popular.

— De qualquer modo, toda essa conversa mole é pura perda de tempo — continuou a senhora, olhando com desdém para todos os jurados. — Só conversa, conversa fiada! Quando todos nós sabemos o tempo todo e perfeitamente bem...

O juiz a interrompeu com grande apreensão:

— Obrigado, Miss Howard, isso é tudo.

Acredito que ele suspirou aliviado quando ela consentiu e calou-se.

Foi quando veio a sensação do dia. O juiz chamou Albert Mace, farmacêutico-assistente.

Era aquele nosso agitado e pálido jovenzinho. Em resposta às perguntas do juiz, ele explicou que era um farmacêutico, embora estivesse trabalhando naquela farmácia havia pouco tempo, desde que o assistente anterior acabara de ser convocado pelo exército.

Concluídas essas questões preliminares, o juiz prosseguiu com o interrogatório.

— Mr. Mace, o senhor vendeu estricnina para alguma pessoa não autorizada nos últimos tempos?

— Sim, meritíssimo.

— Quando foi?

— Na segunda-feira passada.

— Segunda-feira? Não teria sido terça?

— Não, meritíssimo, segunda-feira, dia 16.

— Pode nos dizer para quem vendeu a substância?

Fez-se um silêncio tamanho. Seria possível ouvir um alfinete caindo no chão.

— Sim, meritíssimo. Foi para mr. Inglethorp.

Todos os olhos se voltaram simultaneamente para onde Alfred Inglethorp se encontrava sentado, impassível como uma árvore. Ele se mexeu um pouco ao ouvir as palavras condenatórias saírem da boca do rapaz. Cheguei a pensar que ele se levantaria para partir, mas permaneceu sentado, embora uma notável e típica expressão de espanto transparecesse em sua fisionomia.

— O senhor tem certeza do que está dizendo? — perguntou o juiz com seriedade.

— Tenho toda a certeza, meritíssimo.

— O senhor costuma vender estricnina indiscriminadamente no balcão da farmácia?

O pobre homem se encolheu visivelmente diante da austeridade do juiz.

— Oh, não, meritíssimo... claro que não. Mas, vendo que se tratava de mr. Inglethorp, da mansão de Styles, pensei que não havia mal nenhum nisso. Ele me disse que pretendia envenenar um cachorro.

No íntimo, simpatizei com ele. Era de sua natureza humana exaltar "a mansão Styles" com o fim especial de resultar na transferência do freguês da Coot's para a farmácia local.

— Não é um procedimento protocolar para qualquer pessoa que compre veneno assinar um termo num livro?

— Sim, meritíssimo, e mr. Inglethorp fez isso.

— O senhor trouxe o livro consigo?

— Sim, meritíssimo.

O livro foi apresentado e, com algumas palavras de severa censura, o juiz dispensou o infeliz farmacêutico.

Então, em meio a um silêncio sepulcral, Alfred Inglethorp foi convocado. Imaginei se ele tinha noção da proximidade entre seu pescoço e a forca naquele momento.

O juiz foi direto ao ponto.

— Na noite da última segunda-feira, o senhor comprou estricnina com o propósito de envenenar um cão?

Inglethorp respondeu com perfeita calma:

— Não, não comprei. Não há cães em Styles, exceto um pastor que vive do lado de fora e que se encontra em perfeita saúde.

— O senhor nega veementemente ter comprado estricnina de Albert Mace na segunda-feira passada?

— Nego.

— O senhor também nega *isto?*

O juiz passou a ele o documento do qual constava sua assinatura.

— Certamente que sim. A caligrafia é bastante diferente da minha. Posso mostrar ao senhor.

Ele retirou um velho envelope do bolso e escreveu seu nome nele, passando-o ao juiz. Havia uma diferença visível.

— Então qual é a explicação para o depoimento de mr. Mace?

Alfred Inglethorp respondeu imperturbável:

— Mr. Mace deve ter se equivocado.

O juiz hesitou por um instante e então declarou:

— Mr. Inglethorp, por formalidade, poderia nos dizer onde esteve na noite de segunda-feira, 16 de julho?

— Realmente... não me lembro.

— Isto é um absurdo, mr. Inglethorp — disse o juiz com energia. — Reflita.

Inglethorp sacudiu a cabeça.

— Não sei lhe dizer. Tenho a impressão de que estive caminhando.

— Em que direção?

— De fato, não consigo me lembrar.

O juiz ficou mais sério.

— O senhor estava acompanhado?

— Não.

— Encontrou alguém no caminho?

— Não.

— É uma pena — acrescentou o juiz secamente. — Devo entender, por conseguinte, que o senhor se nega a dizer onde esteve na hora em que mr. Mace afirma positivamente que o senhor entrou em sua farmácia para comprar estricnina?

— Se o meritíssimo assim considera, então, sim.

— Tenha cuidado, mr. Inglethorp.

Poirot se remexia nervosamente.

— *Sacré!* — murmurou. — Esse imbecil *quer* ser preso?

Inglethorp estava realmente criando uma má impressão. Suas negativas fúteis não convenciam nem mesmo a uma criança. O juiz, entretanto, passou rapidamente para o próximo tópico. Poirot suspirou aliviado.

— O senhor teve uma discussão com sua esposa na tarde de terça-feira?

— Desculpe-me — interrompeu Alfred Inglethorp —, mas o senhor está mal-informado. Não tive nenhuma discussão com minha querida mulher. Toda a história é absolutamente mentirosa. Eu estive fora de casa durante toda a tarde.

— Há alguém que pode testemunhar a favor disso?

— O senhor tem minha palavra, meritíssimo — disse Inglethorp com dignidade.

O juiz não se deu ao trabalho de replicar.

— Há duas testemunhas que juram tê-lo ouvido desentender-se com mrs. Inglethorp.

— Essas testemunhas estão enganadas.

Fiquei confuso. O homem falava com uma convicção estarrecedora. Olhei para Poirot. Havia uma expressão de exultação em seu rosto que tampouco eu compreendia. Estaria ele afinal convencido da culpa de Alfred Inglethorp?

— Mr. Inglethorp — disse o juiz —, o senhor ouviu as últimas palavras de sua esposa sendo repetidas aqui. O senhor pode explicá-las?

— Certamente que posso.

— Pode?

— Parece-me muito simples. O quarto estava com pouca iluminação. O dr. Bauerstein tem praticamente a minha altura e a mesma constituição física e, como eu, usa barba. No escuro e sofrendo como ela estava, minha pobre mulher o confundiu comigo.

— Ah! — murmurou Poirot para si mesmo. — Uma ideia e tanto essa!

— Acha que isso é verdade? — cochichei.

— Eu não diria isso, mas é uma suposição engenhosa com certeza.

— O senhor tomou as últimas palavras de minha mulher como uma acusação — continuou Inglethorp —, mas elas foram, ao contrário, uma súplica em meu nome.

O juiz refletiu por um momento e, em seguida, afirmou:

— Estou certo de que o senhor mesmo, mr. Inglethorp, serviu o café e o levou para sua esposa naquela noite?

— Eu o servi, sim, mas não o levei para ela. Eu pretendia fazê-lo, mas me disseram que um amigo se encontrava à porta, então deixei o café na mesa do *hall*. Quando passei por ali novamente, alguns minutos mais tarde, não estava mais onde o tinha deixado.

Essa afirmação podia ou não ser verdadeira, mas não parecia melhorar as coisas para Inglethorp. Afinal, ele tivera tempo suficiente para adicionar o veneno ao café.

Nesse momento, Poirot cutucou-me de leve, indicando a presença de dois homens sentados juntos próximos à porta. Um deles era baixo, de ar severo, cara de fuinha, um tanto sombrio; o outro era alto e jovial.

Fiz um gesto de dúvida para Poirot. Ele aproximou os lábios de meu ouvido:

— Sabe quem é aquele homenzinho?

Balancei a cabeça em negativa.

— Inspetor-detetive James Japp, da Scotland Yard... Jimmy Japp. O outro é da Scotland Yard também. As coisas estão andando depressa, meu amigo.

Observei atentamente os dois homens. Não aparentavam nada que indicasse sua condição de policiais. Nunca teria suspeitado de seus cargos oficiais.

Eu ainda os observava, quando fui surpreendido pela leitura da decisão do júri:

— Homicídio doloso duplamente qualificado.

7

POIROT PAGA SUA DÍVIDA

Assim que deixamos o prédio do fórum de Stylites Arms, Poirot puxou-me delicadamente pelo braço e nos posicionamos a um canto da saída. Entendi seu objetivo: ele estava esperando os homens da Scotland Yard.

Logo os policiais surgiram e Poirot pôs-se imediatamente à frente, aproximando-se do mais baixo.

— Receio que não se recorde de mim, Inspetor Japp.

— Ora, se não é mr. Poirot! — exclamou o inspetor. Virou-se para o outro homem. — Já me ouviu falando de mr. Poirot? Trabalhamos juntos em 1904, no caso da fraude de Abercrombie. Você se lembra? Foi em Bruxelas. Ah, foram dias incríveis, *monsieur*. Então, você se lembra do "Barão" Altara? Foi uma barra muito pesada para vocês! Ele conseguiu enganar direitinho mais da metade de toda a polícia europeia. Porém o pegamos em Antuérpia, graças ao nosso mr. Poirot!

À medida que ambos recordavam essas e outras reminiscências, fui me aproximando até ser apresentado ao inspetor-detetive Japp que, por sua vez, apresentou-nos a seu companheiro, o superintendente Summerhaye.

— Nem preciso perguntar o que fazem aqui, cavalheiros — observou Poirot.

O MISTERIOSO CASO DE STYLES 137

Japp fechou um olho num gesto intencional.

— De fato, não. Um caso bastante claro, eu diria.

Porém Poirot respondeu com severidade:

— Nisso discordo de você.

— Ora, não venha com essa! — disse Summerhaye, abrindo a boca pela primeira vez. — Com certeza, a coisa está clara como água. O homem foi pego em flagrante. Não sei como ele conseguiu ser tão tolo.

Contudo, Japp olhava fixamente para Poirot.

— Guarde sua munição, Summerhaye — observou, em tom bem-humorado. — Eu e o *monsieur* aqui já estivemos juntos e o julgamento dele é o que levo em conta em primeiro lugar. Se eu não estiver redondamente enganado, ele tem uma carta na manga. Estou certo, *monsieur*?

Poirot sorriu.

— Cheguei a determinadas conclusões... sim.

Summerhaye ainda o fitava com um olhar um tanto cético, mas Japp mantinha sua observação atenta sobre Poirot.

— Ocorre que, até o momento — falou Japp —, acompanhamos o caso apenas externamente. É assim que a Yard se encontra em desvantagem num caso deste tipo, no qual o assassino só é exposto, por assim dizer, depois do inquérito. Muita coisa depende de você chegar à cena do crime logo nas primeiras horas e, nesse sentido, mr. Poirot está um passo diante de nós. Nem estaríamos aqui se um médico esperto não nos tivesse passado a informação que obteve do legista. Mas você esteve na cena já na ocasião do crime e deve ter colhido algumas pistas. Pelas provas apresentadas no inquérito, mr. Inglethorp matou a mulher de forma tão evidente como eu estou de pé aqui, agora, e, se qualquer pessoa diferente de você me dissesse o contrário, eu riria na cara dela. Devo dizer que fiquei surpreso ao ver que o júri não o indiciou pela premeditação do homicídio logo de início. Acho que isso teria acontecido, não fosse pelo juiz, que parecia estar contendo as decisões dos jurados.

— Talvez, embora você tenha uma ordem de prisão contra ele bem aí em seu bolso — sugeriu Poirot.

Uma espécie de carapaça blindada pelo tom oficial de seu cargo descerrou-se sobre a expressiva fisionomia de Japp.

— Talvez eu tenha, talvez não — declarou secamente.

Poirot estudou-o pensativo.

— Espero ansioso, *messieurs*, que ele não seja preso.

— Com toda a certeza — observou Summerhaye com sarcasmo.

Japp observava Poirot com uma perplexidade cômica.

— Você não pode ser mais específico, mr. Poirot? Uma piscadela sua pode valer tanto como uma ordem. Você esteve no local do crime e a Yard não quer cometer nenhum erro, você sabe.

Poirot concordou com veemência.

— É exatamente o que pensei. Bem, vou lhes dizer o seguinte. Façam uso de sua autoridade: prendam mr. Inglethorp. Mas isso não lhes trará nenhum crédito. A acusação contra ele será desmentida em pouco tempo! *Comme ça!* — e estalou os dedos de um modo expressivo.

Japp fechou a cara e Summerhaye apenas resmungou com incredulidade.

Eu, por minha vez, permaneci literalmente estático em completa perplexidade. Somente podia concluir que Poirot estava louco.

O MISTERIOSO CASO DE STYLES 139

Japp retirara do bolso um lenço e o passava levemente pela testa.

— Não ousaria fazer diferente, mr. Poirot. Eu levaria em conta sua opinião, mas há muitos outros acima de mim que me pedem pela prisão mais que tudo no mundo. Você não pode me oferecer mais uma informaçãozinha sequer?

Poirot refletiu por um momento.

— Até poderia — declarou por fim. — Admito que não desejo fazê-lo. Eu me sentiria forçado. Preferiria continuar a trabalhar em silêncio, mas o que você diz é muito justo: a palavra de um policial belga, cujos bons dias já se foram, não é suficiente! E Alfred Inglethorp não deve ser preso. Sobre isso posso jurar, como sabe aqui meu amigo Hastings. Vejamos, então, meu bom Japp, está indo agora mesmo para Styles?

— Bem, dentro de meia hora. Antes, vamos conversar com o juiz e o médico.

— Está bem. Quando passarem por minha casa, me chamem. É a última casa da vila. Irei com vocês até Styles. Mr. Inglethorp se oferecerá ou, se ele se recusar, como é provável, eu lhes darei algumas evidências que mostram que a acusação contra ele não se sustenta. Combinado?

— Combinado! — concordou Japp, efusivo. — E, em nome da Yard, agradeço-lhe muito, embora tenha de confessar que até o momento não vejo a menor possibilidade de uma prova em contrário ao mostrado no inquérito. No entanto, você sempre foi um prodígio! Então, até logo, *monsieur*.

Os dois detetives se afastaram. Summerhaye ostentava um sorrisinho de incredulidade.

— Bem, meu amigo — falou Poirot, antes que eu pudesse dizer uma palavra —, o que você acha? *Mon dieu!* Passei por momentos difíceis naquele tribunal. Mal pude acreditar que o homem fosse tão estúpido a ponto de se negar a dizer algo em defesa própria. Decididamente, foi a atitude de um imbecil.

— Hum! Há outras explicações além da imbecilidade — observei. — Porque, se o caso contra ele for verdadeiro, como ele poderia se defender senão mantendo silêncio?

— Ora, através de milhares de maneiras engenhosas — exclamou Poirot. — Veja bem, digamos que fosse eu o assassino neste caso. Eu poderia pensar em sete histórias absolutamente plausíveis! Muito mais convincentes do que as pétreas negativas de mr. Inglethorp!

Não pude conter o riso.

— Meu caro Poirot, estou certo de que você pode pensar em setenta histórias. Mas, falando sério, apesar do que ouvi você dizendo aos detetives, não é possível que ainda acredite na possibilidade de Alfred Inglethorp ser inocente!

— Por que não? Nada mudou!

— Mas as provas são tão conclusivas...

— Sim, conclusivas até demais.

Passamos pelos portões de Leastways Cottage e subimos os já familiares degraus.

— Sim, sim, conclusivas até demais — repetiu Poirot, como se falasse para si mesmo. — A prova real é normalmente vaga e insatisfatória. Precisa ser examinada... peneirada. Porém aqui a coisa está toda armada. Não, meu amigo, essa prova foi muito bem fabricada... tão habilmente que derrubou seus próprios fins.

— Como você pode dizer uma coisa dessas?

— Porque, como a prova contra ele foi vaga e intangível, ficou muito difícil desbancá-la. Mas, em sua ansiedade, o criminoso deixou alguns flancos abertos... basta abrir um deles para Inglethorp ser inocentado.

Fiquei em silêncio. Passado um minuto ou dois, Poirot continuou:

— Vamos encarar a questão da seguinte maneira: aqui está um homem que, digamos, planeja envenenar a esposa. Um velhaco que "vive de expedientes", como diz o ditado. Presume-se, portanto, que ele tenha alguma imaginação. Não pode ser inteiramente tolo. Então, como ele resolve agir? Vai até a farmácia da vila e compra estricnina em seu próprio nome, conta uma historinha besta sobre um cachorro que logo será considerada um absurdo. Não usa o veneno naquela noite: primeiro espera ter uma discussão bem violenta com a mulher, da qual todos na casa tomam conhecimento e, assim, atrai naturalmente todas as suspeitas contra si próprio. Não prepara nenhum tipo de defesa: nem ao menos o mais esdrúxulo dos álibis, mesmo sabendo que o ajudante de farmacêutico irá contar tudo o que sabe. Ora, bolas! Não me peça para acreditar que algum homem no mundo pudesse ser um idiota tão completo! Somente um lunático que pretendesse cometer suicídio, pensando em ser levado à forca, agiria dessa maneira!

— Mesmo assim, eu não entendo.

— Tampouco eu, *mon ami*. Também fico confuso. *Eu*, Hercule Poirot!

— Mas se você acredita na inocência dele, como explica o fato de ele ter comprado a estricnina?

— Muito simples. Ele *não* comprou o veneno.

— Mas Mace o reconheceu!

— Desculpe-me contrariá-lo: ele viu um homem de barba negra como mr. Inglethorp, usando óculos como mr. Inglethorp e vestido com o mesmo tipo de roupa que mr. Inglethorp usa. Ele não poderia reconhecer um homem que provavelmente sempre vira à distância, especialmente sendo um morador que, como você sabe, só estava na vila havia quinze dias. Além disso, mrs. Inglethorp era freguesa da Coot's, em Tadminster.

— Então você acha que...

— *Mon ami*, lembra-se de dois pontos que enfatizei para você? Esqueça o primeiro por um momento. Qual era o segundo?

— O fato relevante de que Alfred Inglethorp usa trajes peculiares, usa barba e óculos — respondi.

— Exatamente. Agora, suponha que alguém quisesse se fazer passar por John ou Lawrence Cavendish. Seria fácil?

— Não — respondi pensativo. — É claro que um ator... Mas Poirot cortou-me sem dó.

— E por que não seria fácil? Eu lhe digo, meu amigo: porque ambos são homens que não usam barba. Para se fazer passar com êxito por um desses dois em plena luz do dia seria necessário um ator genial e uma semelhança facial já de início. Mas, no caso de Alfred Inglethorp, tudo é diferente. Suas roupas, a barba, os óculos que escondem seus olhos são pontos marcantes de sua aparência pessoal. Agora, qual é o instinto básico do criminoso? Afastar qualquer suspeita de si próprio, não é mesmo? E qual a melhor maneira de se fazer isso? Atribuindo essa suspeita a outra pessoa. Nesse caso, já havia um homem à disposição: todo mundo estaria predisposto a acreditar que mr. Inglethorp seria o culpado. Podia-se concluir de antemão que ele seria o suspeito. Mas, para fazer isso, era preciso uma prova tangível tal como a compra do veneno. E conseguir isso com um homem de aparência tão peculiar como mr. Inglethorp não seria difícil. Lembre-se,

O MISTERIOSO CASO DE STYLES   143

esse jovem Mace nunca ao menos tinha conversado com mr. Inglethorp. Como duvidar que um homem vestido como ele, barbado e de óculos, não seria Alfred Inglethorp?

— Pode ser — admiti, fascinado pela eloquência de Poirot —, mas se foi assim, por que ele não revelou onde estava na segunda-feira às seis horas da tarde?

— Ah, por que será, de verdade? — exclamou Poirot, acalmando-se. — Se fosse detido, ele provavelmente falaria, mas não quero que isso chegue a acontecer. Preciso fazer com que ele enxergue a gravidade de sua situação no caso. Há, é claro, alguma coisa repreensível por trás de seu silêncio. Se ele não assassinou a esposa, continua sendo, ainda assim, um pilantra, e tem algo a esconder, algo à parte do crime.

— O que será? — indaguei curioso, conquistado pelos pontos de vista de Poirot, embora ainda tivesse a vaga convicção de que a dedução óbvia seria a correta.

— Não é capaz de adivinhar? — perguntou Poirot sorrindo.

— Não. E você?

— Ah, sim, tive algumas deduções há algum tempo... e minhas hipóteses se confirmaram.

— Você nunca me contou — reprovei.

Poirot estendeu suas mãos como se pedisse desculpas.

— Perdoe-me, *mon ami*, você não foi exatamente *sympathique*. — Virou-se para mim com determinação. — Diga-me: compreende agora que ele não deve ser detido?

— Talvez — respondi hesitante, porque me sentia realmente indiferente ao destino de Alfred Inglethorp e considerava que um bom susto não faria nenhum mal a ele.

Poirot, que me observava com atenção, suspirou.

— Diga, meu amigo — chamou, mudando de assunto —, fora mr. Inglethorp, de que maneira as evidências expostas no inquérito o impressionaram?

— Oh, foi tudo exatamente como eu esperava.

— Nada em especial despertou sua atenção?

Meus pensamentos se voltaram para Mary Cavendish, então busquei uma posição defensiva: — Sob que aspecto?

— Bem, o depoimento de mr. Lawrence Cavendish, por exemplo?

Fiquei aliviado.

— Oh, Lawrence! Não, não me chamou atenção. Ele é sempre aquele sujeito meio nervoso.

— A sugestão de que a mãe dele envenenou-se acidentalmente tomando aquele tônico não lhe pareceu estranha, *hein?*

— Não, eu não diria isso. Os médicos o ridicularizaram, é claro. Mas foi simplesmente a sugestão típica de um leigo.

— Mas *monsieur* Lawrence não é leigo. Você mesmo me contou que ele cursou medicina e chegou a formar-se.

— Sim, é verdade. Nem me lembrei disso — Fiquei um tanto confuso. — Isso sim *é* estranho.

Poirot concordou com um gesto de cabeça.

— Seu comportamento foi peculiar desde o início. Entre todos os moradores da mansão, provavelmente só ele teria sido capaz de reconhecer os sintomas de envenenamento por estricnina. Entretanto, é o único membro da família que defende exaustivamente a teoria de morte por causas naturais. Se essa atitude tivesse partido de *monsieur* John, eu poderia compreender, pois que ele não possui nenhum conhecimento técnico e, por natureza, é uma pessoa sem imaginação. Mas *monsieur* Lawrence...

Não! E agora, ainda hoje, apresentou-me uma sugestão que até ele mesmo deve ter achado ridícula. Há muito que pensar sobre isso, *mon ami!*

— É muito confuso — concordei.

— E ainda temos mrs. Cavendish — continuou Poirot. — Essa é outra que não está dizendo tudo o que sabe! O que você acha da atitude dela?

— Não sei o que dizer. Parece inconcebível que ela esteja protegendo Alfred Inglethorp. Entretanto, é o que parece.

Poirot assentiu reflexivo.

— É muito estranho. Uma coisa é certa: ela ficou escutando algo além daquela "conversa particular". Ouviu mais do que quis admitir.

— Mas, apesar disso, é a última pessoa que alguém acusaria de bisbilhoteira!

— Exatamente. Uma coisa o depoimento dela *deixou claro* para mim. Cometi um erro. Dorcas tinha razão. A discussão ocorreu mais cedo naquela tarde, por volta das quatro horas, conforme ela afirmou.

Olhei para ele com curiosidade. Nunca entendi sua insistência nesse ponto.

— Sim, muitas peculiaridades vieram à tona hoje — continuou Poirot. — O dr. Bauerstein, por exemplo, o que fazia acordado e vestido àquela hora da madrugada? É surpreendente para mim que ninguém tenha comentado sobre isso.

— Parece-me que ele sofre de insônia — declarei hesitante.

— O que pode ser uma ótima explicação, mas também uma péssima. — observou Poirot. — Engloba tudo e não explica nada. Vou ficar de olho vivo sobre o nosso astuto dr. Bauerstein.

— Há mais alguma falha nos depoimentos? — perguntei com ironia.

— *Mon ami* — respondeu Poirot muito sério —, quando você perceber que as pessoas não estão lhe dizendo a verdade, tenha cuidado! A não ser que eu esteja redondamente enganado, na sessão de hoje no tribunal, apenas uma, no máximo duas pessoas estavam falando a verdade sem reservas nem subterfúgios.

— Oh, Poirot, tenha paciência! Eu não citaria Lawrence ou mrs. Cavendish. Mas John e miss Howard, estes certamente estavam falando a verdade!

— Os dois, meu amigo? Um, eu garanto que sim, mas ambos...

Suas palavras me causaram um choque desagradável. O depoimento de miss Howard, mesmo sem importância, fora prestado de forma tão direta e espontânea que eu jamais duvidaria de sua sinceridade. Contudo, eu tinha grande respeito pela sagacidade de Poirot, salvo nas ocasiões em que ele agia como um "burro teimoso", como eu costumava dizer para mim mesmo.

— Você acha mesmo? — perguntei. — Miss Howard sempre me pareceu tão essencialmente honesta. É quase inconveniente, de tão honesta.

Poirot lançou-me um olhar curioso, que mal pude decifrar. Parecia querer dizer-me algo, mas subitamente se conteve.

— Também miss Murdoch — continuei —, não há nenhuma falsidade *nela*.

— Não. Mas não considera estranho que ela nunca tenha ouvido barulho nenhum, mesmo dormindo no quarto ao lado? Já mrs. Cavendish, que estava do outro lado da casa, ouviu perfeitamente o barulho da mesinha de cabeceira caindo.

— Bem, mas Cynthia é jovem e dorme profundamente.

— É, com certeza! Deve ser uma dorminhoca ilustre, aquela moça!

Em nada apreciei seu tom de voz, mas naquele momento um batido vigoroso fez-se ouvir do lado de fora. Olhando pela janela, percebemos a presença dos dois detetives, que nos esperavam lá embaixo.

Poirot pegou seu chapéu, torceu ferozmente os cantos do bigode e, limpando criteriosamente um imaginário grão de poeira da manga do paletó, pôs-me em movimento para segui-lo escada abaixo. Lá, juntamo-nos aos detetives e rumamos para Styles.

Creio que o aparecimento dos dois homens da Scotland Yard foi um tanto chocante, especialmente para John, embora, naturalmente, após o veredito, ele já soubesse que isso era apenas uma questão de tempo. Além disso, a presença dos detetives na mansão fez com que ele percebesse a real dimensão do problema mais do que qualquer outra coisa seria capaz de fazer.

Poirot confabulou em voz baixa com Japp durante todo o caminho. Japp pediu que todos da casa, à exceção dos criados, fossem reunidos na sala de estar. Percebi a importância disso. Cabia agora a Poirot tirar proveito dessa situação.

Pessoalmente, não punha muita fé nisso. Poirot podia ter excelentes razões para acreditar na inocência de Inglethorp, mas um homem como Summerhaye iria exigir provas tangíveis e eu duvidava que Poirot as tivesse a contento.

Logo estávamos todos reunidos na sala de estar, cuja porta Japp fechou. Gentilmente, Poirot distribuiu cadeiras para todos. Os homens da Scotland Yard eram o centro das atenções de todos os olhares. Creio que aquela foi a primeira vez em que percebemos que tudo aquilo não se tratava de um pesadelo, mas de uma realidade tangível. Já havíamos lido sobre acontecimentos semelhantes — e agora éramos nós próprios atores naquele drama. No dia seguinte, todos os jornais ingleses estampariam manchetes chamativas como esta:

TRAGÉDIA MISTERIOSA EM ESSEX
RICA SENHORA ENVENENADA

Haveria fotografias de Styles, flagrantes da "Família deixando o tribunal". O fotógrafo local certamente teve muito que fazer! Todas essas coisas que as pessoas já leram centenas de vezes, coisas que acontecem com os outros, não com a gente. E agora, naquela casa, um assassinato havia sido cometido. Bem diante de nós estavam "os detetives encarregados do caso". A bem-conhecida e edulcorada fraseologia passava rapidamente diante da minha mente pouco antes de Poirot abrir a sessão.

Creio que todos estavam um pouco surpresos que ele e não um dos detetives oficiais tivesse tomado a iniciativa.

— *Mesdames* e *messieurs* — iniciou Poirot, curvando-se e fazendo uma mesura como se fosse uma celebridade na abertura de uma conferência —, convidei-os a se reunirem aqui para um objetivo comum relacionado a mr. Alfred Inglethorp.

Inglethorp estava sentado um pouco distante dos outros. Penso que, inconscientemente, todos tinham posicionado suas cadeiras ligeiramente longe dele. E ele estremeceu discretamente ao ouvir Poirot pronunciar seu nome.

— Mr. Inglethorp — começou Poirot, dirigindo-se diretamente a ele —, uma sombra muito obscura paira sobre esta casa, a sombra de um homicídio.

Inglethorp balançou a cabeça com tristeza.

— Minha pobre esposa — murmurou. — Pobre Emily! Como é terrível.

— Tenho a impressão, *monsieur* — afirmou Poirot diretamente —, que o senhor não tem a noção exata do quão terrível tudo isso pode ser... para o senhor. — E, como Inglethorp parecesse não entender, ele acrescentou: — Mr. Inglethorp, o senhor está correndo grande perigo.

Os dois detetives se impacientaram. Pareceu-me que a sentença oficial "tudo o que disser poderá ser usado contra o senhor" estava prestes a sair dos lábios de Summerhaye. Poirot continuou:

— O senhor compreende agora, *monsieur?*

— Não. O que o senhor quer dizer?

— Quero dizer — disse Poirot deliberadamente — que o senhor é suspeito de ter envenenado sua mulher.

Enquanto ele falava, certo suspiro coletivo preencheu o ar entre os presentes.

— Deus do céu — exclamou Inglethorp, levantando-se. — Mas que ideia monstruosa! Eu... envenenar minha querida Emily!

— Parece-me que o senhor — Poirot o observava com atenção — ainda não percebeu a natureza desfavorável de seu depoimento no tribunal. Mr. Inglethorp, agora que o senhor está ciente do que estou lhe dizendo, ainda se recusa a dizer onde esteve às seis horas da tarde na segunda-feira?

Com um gemido, Alfred Inglethorp deixou-se afundar novamente na cadeira e cobriu o rosto com as mãos. Poirot aproximou-se e ficou de pé ao lado dele.

— Fale! — gritou em tom ameaçador.

Com esforço, Inglethorp ergueu o rosto. Então, devagar e deliberadamente, sacudiu a cabeça.

— Então, não vai falar?

— Não. Não creio que alguém possa ser tão monstruoso a ponto de me acusar do que o senhor está me dizendo.

Poirot fez um gesto com a cabeça, com ar pensativo, como um homem que já tomou uma decisão. — *Soit!* — exclamou. — Então terei de falar em seu lugar.

Alfred Inglethorp levantou-se novamente.

— O senhor? Como pode falar em meu lugar? O senhor não sabe... — e calou-se abruptamente.

Poirot voltou-se para nós:

— *Mesdames* e *messieurs*! Eu vou falar! Ouçam! Eu, Hercule Poirot, afirmo que o homem que entrou na farmácia da vila e comprou estricnina às seis horas da tarde da segunda-feira não foi mr. Inglethorp, pois às seis horas da tarde daquele dia, mr. Inglethorp estava acompanhando mrs. Raikes de volta à sua casa. Os dois vinham de uma fazenda vizinha. Posso apresentar nada menos que cinco testemunhas que juram tê-los visto juntos, tanto às seis como um pouco depois dessa hora e, como vocês devem saber, a fazenda Abbey, onde reside mrs. Raikes, está situada a pelo menos cinco quilômetros da vila. Absolutamente, não há nenhum questionamento possível contra esse álibi!

8

NOVAS SUSPEITAS

Houve um momento de silêncio entorpecedor. Japp, o menos surpreso entre todos nós, foi o primeiro a se manifestar:

— Isso é notável — exclamou. — Você é mesmo incrível! Bem na mosca! E essas testemunhas são mesmo confiáveis, eu suponho.

— *Voilà!* Preparei uma lista delas — nomes e endereços. Você precisa encontrá-las, é claro. Mas verá que está tudo certo com elas.

— Estou convencido disso — Japp baixou a voz. — Agradeço-lhe muito. A prisão dele teria sido um equívoco terrível. — E, virando-se para Inglethorp: — Mas, com seu perdão, senhor, por que não declarou isso no tribunal?

— Eu lhe direi por quê — interrompeu Poirot. — Havia certos rumores...

— Boatos extremamente maliciosos e inteiramente mentirosos — Alfred Inglethorp também cortou a fala de Poirot, com voz agitada.

— E mr. Inglethorp queria evitar reavivar o escândalo a todo custo no momento presente. Estou certo?

— Sim — concordou Inglethorp. — Com minha pobre Emily ainda insepulta, o senhor pode fazer ideia de como eu estava ansioso por evitar o aparecimento de boatos mentirosos.

— Cá entre nós, senhor — observou Japp —, eu preferiria qualquer boato a ser preso sob a acusação de homicídio. E imagino que sua pobre esposa também pensaria da mesma forma. E não fosse pelo *monsieur* Poirot aqui, o senhor seria realmente detido, tão certamente como dois e dois são quatro!

— Não há dúvidas de que agi como um tolo — murmurou Inglethorp. — Mas o senhor não sabe, inspetor, como tenho sido perseguido e atacado. — E lançou um olhar de forte ressentimento contra Evelyn Howard.

—Agora, senhor — falou Japp virando-se rapidamente para John —, gostaria de ver o quarto da senhora, por favor. E, depois disso, apreciaria uma conversa com os criados. Não é preciso preocupar-se com nada. *Monsieur* Poirot me indicará o caminho.

Quando todos deixaram a sala, Poirot fez um sinal para mim convidando-me a segui-lo escada acima. No andar de cima, tomou-me pelo braço e chamou-me de lado.

— Depressa, vá para o outro lado da mansão. Fique lá, bem ao lado daquela porta forrada com tecido. Não saia de lá até eu aparecer. — E, virando-se rapidamente, juntou-se novamente aos dois detetives.

Segui suas instruções, assumindo minha posição perto da porta, sem ter a menor noção sobre o motivo daquele pedido. Para que ficar de guarda naquele lugar específico? Estudei cuidadosamente o corredor diante de mim. Uma ideia me ocorreu. Com exceção do quarto de Cynthia Murdoch, todos os outros ficavam na ala esquerda. Teria alguma implicação esse fato? Eu deveria relatar quem entraria e quem sairia? Permaneci fielmente instalado em meu posto. Os minutos se passaram. Ninguém apareceu. Nada aconteceu.

Cerca de vinte minutos depois, Poirot veio até mim.

— Alguma coisa chamou sua atenção?

— Não, fiquei parado aqui como uma pedra. Não aconteceu nada.

— Ah! — Poirot estava satisfeito ou desapontado? — Você não viu absolutamente nada?

— Não.

— Mas provavelmente ouviu alguma coisa. Algo caindo, hein, *mon ami*?

— Não.

— Será possível? Ah, mas estou com vergonha de mim mesmo! Normalmente, não sou desajeitado. Fiz apenas um pequeno gesto com a mão esquerda — eu conhecia os gestos típicos de Poirot — e acabei derrubando a mesa de cabeceira que estava ao lado da cama!

Ele parecia envergonhado e humilhado como uma criança, de modo que me pus a consolá-lo.

— Deixe isso de lado, meu velho. Que importância tem isso? Seu triunfo lá embaixo o deixou excitado. Posso lhe garantir que você surpreendeu a todos nós. Deve haver bem mais nesse caso entre Inglethorp e mrs. Raikes do que pensávamos para que ele fizesse questão de tanto segredo. O que você fará agora? Onde estão os rapazes da Scotland Yard?

— Desceram para interrogar os criados. Mostrei a eles todos os objetos que coletamos. Estou desapontado com Japp. Ele não tem nenhum método!

— Alô! — eu disse, olhando para fora da janela. — Lá vem o dr. Bauerstein. Acredito que esteja com a razão a respeito desse homem, Poirot. Não gosto dele.

— Ele é esperto — observou Poirot meditativo.

— Oh, esperto como o diabo! Devo dizer que me regozijei ao vê-lo todo sujo de lama na terça-feira. Que espetáculo! — e descrevi a aventura do médico. — Ele parecia um espantalho completo! Tinha lama da cabeça aos pés.

— Você o viu, então?

— Sim. É claro, ele não queria entrar. Foi pouco depois do jantar. Porém mr. Inglethorp insistiu.

— O quê? — Poirot tomou-me violentamente pelos ombros.

— O dr. Bauerstein esteve aqui no início da noite de terça-feira? Aqui? E você não me disse nada? Por que não me contou? Por quê? Por quê?

Ele parecia ter entrado num absoluto frenesi.

— Meu caro Poirot — expliquei —, nunca pensei que isso fosse de seu interesse. Nunca imaginei que isso tivesse a mínima importância.

— Importância? Mas é da máxima importância! Quer dizer que o dr. Bauerstein esteve aqui na noite de terça-feira... A noite do crime. Hastings, você não percebe? Isso muda tudo... Tudo!

Nunca o tinha visto tão descontrolado. Tirando as mãos de mim, ele mecanicamente endireitou um par de castiçais sobre a mesa, ainda murmurando para si mesmo: "Sim, isso muda tudo... Tudo!

De repente, pareceu tomar uma decisão.

— *Allons!* — exclamou. — Precisamos agir imediatamente. Onde está mr. Cavendish?

John estava na sala de fumar. Poirot foi direto até ele.

— Mr. Cavendish, tenho assuntos importantes a tratar em Tadminster. Uma nova pista. O senhor me emprestaria seu carro?

— Ora, naturalmente. Agora mesmo?

— Sim, por favor.

John tocou a campainha e deu ordens a respeito do carro. Em dez minutos, descíamos através do parque, logo tomando a autoestrada em direção a Tadminster.

— Agora, Poirot — observei resignado —, talvez você possa me dizer do que se trata tudo isso.

— Bem, *mon ami*, muita coisa deixo para você mesmo inferir. É claro, como você pode ver, agora que mr. Inglethorp está fora disso, o foco muda inteiramente. Estamos frente a frente com um problema completamente diferente. Agora sabemos que uma pessoa não comprou o veneno. Afastamos as pistas falsas. Então precisamos nos preocupar com as verdadeiras. Certifiquei-me de que todos na casa, com exceção de mrs. Cavendish, que estava jogando tênis com você, poderia ter personificado mr. Inglethorp no início da noite da segunda-feira. Da mesma forma, ele afirmou ter deixado o café no *hall*. Ninguém prestou muita atenção a isso no tribunal, mas agora este fato ganha um significado muito diferente. Precisamos descobrir quem realmente levou aquele café para mrs. Inglethorp ou quem passou pelo *hall* enquanto o líquido se encontrava lá. Conforme você nos diz, há apenas duas pessoas que positivamente estiveram longe do café: Mrs. Cavendish e *mademoiselle* Cynthia.

— Sim, é isso mesmo. — Senti um grande alívio em meu coração. Mary Cavendish certamente estava longe das suspeitas.

— Ao afastar mr. Inglethorp da situação — continuou Poirot —, fui obrigado a mostrar meu jogo antes do que imaginava. Enquanto todos pensavam que eu estava atrás dele, o criminoso se encontrava numa situação confortável. Agora, redobrará sua atenção. Sim, irá tomar duas vezes mais cuidado. — e, voltando-se para mim: — Diga-me, Hastings, você, você mesmo... não suspeita de ninguém?

Hesitei. Para dizer a verdade, uma ideia muito estranha e extravagante passara por minha cabeça umas duas vezes naquela manhã. Rejeitei-a como absurda, embora ela persistisse em minha mente.

— Não se pode chamar isso de suspeita — murmurei —, pois que é uma ideia muito tola.

— Ora, deixe disso — encorajou-me Poirot. — Não tenha medo, desabafe. Sempre preste atenção ao que lhe diz seu instinto.

— Bem, então — fui dizendo de uma vez —, é um absurdo, mas suspeito de miss Howard porque não diz tudo o que sabe!

— Miss Howard?

— Sim, você vai rir de mim...

— De jeito nenhum. Por que eu riria de você?

— Não consigo deixar de pensar — continuei, sem pensar duas vezes — no fato de a termos deixado fora da lista de suspeitos simplesmente porque ela estava longe do local do crime. Mas, afinal, ela estava a apenas vinte e quatro quilômetros de distância. Um automóvel teria resolvido toda a questão em meia hora. Podemos mesmo afirmar que ela estava longe de Styles na noite do assassinato?

— Sim, meu amigo — disse Poirot, de maneira inesperada —, podemos. Uma das minhas primeiras providências foi telefonar para o hospital onde ela estava trabalhando.

— E daí?

— E daí eu soube que miss Howard estava de plantão naquela tarde de terça-feira e que, ao chegar um contingente inesperado de feridos, ela gentilmente se ofereceu para permanecer e fazer plantão durante a noite, uma proposta aceita com gratidão pelo hospital. Isso tira miss Howard de nossa mira.

— Oh! — exclamei, um tanto perplexo — É mesmo? Foi extraordinária veemência dela contra mr. Inglethorp que despertou minhas suspeitas. Não consigo parar de pensar no fato de que ela faria qualquer coisa contra ele. Além disso, desconfiei que ela pudesse saber algo sobre a destruição do testamento. Ela poderia ter queimado o mais recente, tendo-o confundido com o anterior, aquele que o favorecia. Ela tem tanto ódio dele.

— Você considera a veemência dela anormal?

— S-sim... Ela é tão violenta. Questiono sua sanidade em relação a esse assunto.

Poirot fez movimentos enérgicos com a cabeça.

— Não, não, você está indo pelo caminho errado. Não há nenhuma fraqueza emocional nem degeneração em miss Howard. Ela é um excelente espécime da equilibrada brutalidade inglesa. A própria sanidade em pessoa.

— Contudo, seu ódio por Alfred Inglethorp parece ser quase uma mania. Minha ideia é que, um tanto ridícula, não há dúvida, ela tencionava envená-lo. E que, de algum modo, mrs. Inglethorp tomou o veneno por engano, embora eu não vislumbre exatamente como isso aconteceu. A coisa toda é absurda e ridícula até não mais poder.

— Mesmo assim, você tem razão num ponto. É sempre prudente suspeitar de todo mundo até que se possa provar com toda a lógica, até alcançar sua plena satisfação, que as pessoas são inocentes. Agora, quais são os motivos que você tem contra o fato de miss Howard ter pretendido envenenar deliberadamente a própria mrs. Inglethorp?

— Ora, ela era devotada a ela! — exclamei.

— *Tcha! Tcha!* — gritou Poirot irritado. — Você argumenta como uma criança. Se miss Howard fosse capaz de envenenar a velha senhora, seria igualmente capaz de simular devoção. Não, precisamos olhar a coisa sobre outros prismas. Você está absolutamente certo em sua desconfiança de que a veemência dela contra Alfred Inglethorp é violenta demais para ser natural, mas está se equivocando em suas deduções a partir disso. Tenho eu minhas próprias deduções, que acredito serem corretas, mas não desejo falar sobre elas no momento. — Fez uma pausa e então continuou: — Agora, segundo meu raciocínio, há uma objeção insuperável contra miss Howard ser a assassina.

— E qual é?

— Não há a menor possibilidade de a morte de mrs. Inglethorp beneficiar miss Howard. E, naturalmente, não existe homicídio sem motivo.

Refleti.

— Será que mrs. Inglethorp fez algum testamento em favor dela?

Poirot negou com um movimento de cabeça.

— Mas foi você mesmo quem fez essa sugestão a mr. Wells.

Poirot sorriu.

— Tive um motivo para isso. Eu não queria mencionar o nome da pessoa que realmente tinha em mente. Miss Howard ocupava exatamente a mesma posição dessa pessoa, então usei o nome dela em lugar da outra.

— Mesmo assim, mrs. Inglethorp poderia ter feito isso, pois aquele testamento feito na tarde de sua morte poderia...

Mas outro movimento de cabeça de Poirot foi tão enérgico que me detive.

— Não, meu amigo. Bem tenho algumas ideias particulares sobre aquele testamento. Mas uma coisa posso afirmar: não beneficiava miss Howard.

Aceitei sua afirmação, embora não conseguisse entender exatamente como ele podia ser tão positivo a respeito da questão.

— Bem — eu disse, num suspiro —, então absolvemos miss Howard. Em parte, é sua culpa que eu tenha suspeitado dela. Foi o que você disse sobre o depoimento dela no tribunal que me chamou a atenção.

Poirot parecia confuso.

— O que eu disse sobre o depoimento dela no tribunal?

— Você não se lembra? Quando eu citei o nome dela e o de John Cavendish como fora de suspeita?

— Oh... ah... sim — ele parecia um pouco confuso, mas refez-se. — A propósito, Hastings, há algo que quero que faça para mim.

— Certamente. O que é?

— Da próxima vez que estiver a sós com Lawrence Cavendish, quero que diga isto a ele: "tenho uma mensagem de Poirot para você, que diz: 'encontre a xícara extra de café e você poderá ficar em paz!'" Nada mais, nada menos.

— "Encontre a xícara extra de café e você poderá ficar em paz!" É isso mesmo? — perguntei, sem entender nada.

— Excelente.

— Mas o que significa isso?

— Ah, isso deixarei para você descobrir. Você tem acesso aos fatos. Apenas diga isso a ele e observe como ele irá reagir.

— Muito bem, mas soa extremamente misterioso.

Entrávamos em Tadminster nesse momento e Poirot dirigiu o carro diretamente até o estabelecimento do químico.

Poirot saltou do carro rapidamente e entrou no prédio. Em pouco tempo, já estava de volta.

— Pronto — exclamou —, esse é meu trabalho.

— O que você foi fazer lá? — perguntei, cheio de curiosidade.

— Deixei uma coisa para ser analisada.

— Sim, mas o quê?

— A amostra de chocolate que retirei da pequena caçarola que estava no quarto.

— Mas esse exame já foi feito! — gritei estupefato. — O dr. Bauerstein mandou examinar e você mesmo riu da possibilidade de haver estricnina ali.

— Eu sei que o dr. Bauerstein mandou fazer o exame — respondeu Poirot calmamente.

— E daí?

— Bem, tive uma intuição de que deveria mandar fazer novo exame, só isso.

E não consegui extrair nem mais uma palavra dele a respeito desse assunto.

Essa atitude de Poirot em relação ao chocolate deixou-me intensamente aturdido. Achei aquilo tudo uma coisa sem pé nem cabeça. Todavia, minha confiança nele, que em outros tempos havia estado em baixa, agora se encontrava totalmente recuperada desde que sua afirmação sobre a inocência de Alfred Inglethorp tinha sido provada de maneira tão triunfante.

O funeral de mrs. Inglethorp ocorreu no dia seguinte e, na segunda-feira, quando cheguei atrasado para o café da manhã,

John me puxou de lado e me informou que mr. Inglethorp estava de partida daí a pouco para instalar-se em Stylites Arms até concluir seus planos.

— E, de fato, é um grande alívio saber que ele vai embora, Hastings — continuou meu honesto amigo John. — Já era ruim antes, quando pensávamos que ele fosse o responsável pelo crime, mas não há dúvidas de que as coisas ficaram muito piores agora, quando todos se sentem culpados pelo julgamento maldoso que fizemos dele. A verdade é que o tratamos de forma abominável. É claro que as coisas não estavam nada boas para o lado dele. Não vejo como qualquer pessoa pudesse nos culpar pelas conclusões que tiramos. Agora, as coisas estão assim: estávamos equivocados e paira no ar esse sentimento de que alguém tem de pedir desculpas ao sujeito. Mas isso é difícil porque ninguém gosta dele nem um pouco mais agora do que gostava antes. A situação é toda muito esquisita! E, felizmente, ele teve a sensatez de se retirar. É uma boa coisa, pois mamãe não deixou Styles para ele. Eu mal consigo imaginá-lo dando ordens por aqui. Ele já está feliz em ter o dinheiro dela.

— Você conseguirá manter o lugar adequadamente? — perguntei.

— Oh, sim. Naturalmente, há os impostos que incidem sobre a situação do óbito, mas metade do dinheiro de meu pai vem junto com a propriedade. Por ora, Lawrence ficará conosco, então há a parte dele também. No início enfrentaremos alguns problemas porque, como lhe disse antes, estou passando por algumas dificuldades financeiras. Este será o momento em que os credores terão de esperar.

Em meio ao grande alívio causado pela partida iminente de Inglethorp, tomamos o mais genial café da manhã que nos foi servido desde a tragédia. Cynthia, cujo espírito jovem era naturalmente animado, parecia totalmente recuperada naquela manhã e todos nós, com exceção de Lawrence, que parecia inexoravelmente mal humorado e nervoso, apresentávamos uma boa disposição diante de um futuro novo e promissor.

Os jornais, como era de se esperar, tinham explorado a tragédia sob todos os ângulos. Manchetes sensacionalistas, biografias malfeitas de todos os habitantes da casa, insinuações sutis, a típica e já familiar notícia de que a polícia descobrira novas pistas. Nada nos foi poupado. Foi um período sem novidades. A guerra passava por uma fase de calmaria momentânea, então os periódicos exploravam avidamente aquele crime ocorrido na alta sociedade: era "O misterioso caso de Styles", o grande assunto do momento.

Naturalmente, isso aborrecia muito os Cavendish. A casa era constantemente assediada por repórteres, a quem negavam a entrada veementemente, mas que continuavam a assombrar a vila e as redondezas, onde permaneciam vigilantes com suas câmeras, esperando surpreender qualquer atitude desavisada de qualquer morador da casa. Vivíamos uma situação de intensa publicidade. Os homens da Scotland Yard iam e vinham, examinavam, questionavam, a tudo esquadrinhavam com olhos de lince e sem dizer palavra. Que linha de investigação seguiam, não sabíamos. Tinham alguma pista ou a coisa toda permaneceria na categoria dos crimes insolúveis?

Terminado o café da manhã, Dorcas veio até mim com um quê de mistério perguntando se podia conversar brevemente comigo.

— Certamente. Do que se trata, Dorcas?

— Bem, eu só gostaria de saber se o senhor irá se encontrar com o cavalheiro belga ainda hoje.

Assenti.

— Bem, senhor, lembra-se de que ele me perguntou, muito particularmente, se a senhora ou alguém mais na casa tinha um vestido verde?

— Sim, sim. Você encontrou algum? — perguntei interessado.

— Não, não é isso, senhor. Mas desde então me lembrei daquilo que os rapazes — John e Lawrence ainda continuavam como "rapazes" aos olhos de Dorcas — chamam de "a arca das fantasias". Está lá em cima, no sótão dianteiro, senhor. Uma grande arca repleta de indumentárias antigas e fantasias entre outras vestimentas. Então ocorreu-me que pode haver um vestido verde lá dentro. Se o senhor puder dizer isso ao cavalheiro belga...

— Eu direi a ele, Dorcas — prometi.

— Muito obrigada, senhor. Ele é um cavalheiro muito fino, senhor. Muito diferente daqueles outros dois detetives de Londres, que ficam espiando tudo e fazendo perguntas. Normalmente, não me dou muito com estrangeiros, mas com o que dizem os jornais, imagino que esses belgas corajosos sejam diferentes e ele certamente é um homem muito bem-educado.

A velha e querida Dorcas! Enquanto ela se manteve ali, olhando para mim com seu rosto honesto, pensei em como ela representava bem o tipo de criadagem à moda antiga que hoje está desaparecendo tão depressa.

Decidi descer imediatamente até a vila e procurar Poirot, mas o encontrei no meio do caminho, quando ele se dirigia à casa. De imediato, dei-lhe o recado de Dorcas.

— Ah, a boa Dorcas! Daremos uma olhada na arca, embora... Não importa... Bem, nós a examinaremos de qualquer modo.

Entramos na casa por uma das portas de dois batentes. Não havia ninguém no *hall*. Subimos diretamente para o sótão.

De fato, lá estava a arca, uma peça antiga e sofisticada, toda ornamentada com pregos de latão. Roupas de todos os tipos imagináveis transbordavam de dentro dela.

Sem nenhuma cerimônia, Poirot jogou as roupas aos montes pelo chão. Havia uma ou duas peças com tecidos verdes em diferentes tons, mas Poirot fez gestos negativos em relação a elas. Ele parecia um tanto apático em sua busca, como se não nutrisse grandes esperanças em relação ao que iria encontrar. Subitamente, soltou uma exclamação.

— O que foi?

— Veja!

A arca estava praticamente vazia, mas num canto, repousando bem ao fundo, estava uma magnífica barba negra.

— *Ohó!* — disse Poirot. — *Ohó!* — Ele a girava em suas mãos, examinando-a bem de perto. — Nova — observou. — Sim, inteiramente nova.

Após alguns momentos de hesitação, ele a recolocou na arca, depositou todas as roupas de volta, como estavam antes, e disparou escada abaixo. Foi direto para a copa, onde encontramos Dorcas ocupada, polindo a prataria.

Poirot desejou-lhe um bom-dia com a boa educação gaulesa e prosseguiu:

— Estivemos examinando aquela arca, Dorcas. Agradeço muitíssimo que tenha mencionado sua existência. Há, de fato, uma coleção preciosa lá dentro. Posso saber se são vestimentas usadas com frequência?

— Bem, senhor, não são usadas com frequência atualmente, embora uma vez ou outra realmente haja o que os rapazes chamam de "noite de gala". É bastante divertido; às vezes, senhor. Mr. Lawrence é maravilhoso. Tão cômico! Nunca me esquecerei da noite em que apareceu vestido de xá da Pérsia, acho que foi assim que ele chamou a fantasia, uma espécie de rei oriental. Empunhava um grande sabre de papelão e me disse: "cuidado, Dorcas, você precisa ter todo o respeito para comigo. Esta é minha cimitarra, muito afiada, e cortarei sua cabeça se você me desagradar!" Miss Cynthia estava vestida como o que chamavam de apache ou coisa parecida... Um tipo de algoz afrancesado, conforme entendi. Ela ficou muito bem caracterizada. O senhor não acreditaria que uma mocinha tão jovem e bonita pudesse ter-se transformado num autêntico rufião. Ninguém a teria reconhecido.

— Essas noites devem ter sido mesmo muito engraçadas — admitiu Poirot cordialmente. — Acredito que mr. Lawrence tenha usado aquela longa barba negra que está na arca ao se vestir como o xá da Pérsia.

— Ele usou mesmo uma barba, senhor — respondeu Dorcas, sorrindo. — Lembro-me bem disso, pois ele me pediu dois novelos de lã preta para confeccioná-la! E tenho certeza de que ela lhe caiu perfeitamente natural se vista de longe. Eu não tinha a menor ideia de que essa barba estava lá. Deve ter sido posta lá muito recentemente, eu acho. Sei que havia uma peruca vermelha, mas não era feita de cabelos. Eles normalmente usavam rolha queimada, apesar da dificuldade em limpar depois. Miss

Cynthia representou uma negra, uma vez e, oh, quanto trabalho ela teve mais tarde.

— Quer dizer que Dorcas nada sabe sobre a barba negra — disse Poirot meditativamente, enquanto caminhávamos de volta ao *hall*.

— Você crê que seja *aquela*? — sussurrei enfático.

Poirot fez um gesto afirmativo.

— Creio. Você reparou que ela foi aparada?

— Não.

— Pois foi aparada exatamente no formato da barba de mr. Inglethorp e pude encontrar um ou dois fios cortados. Hastings, este caso é muito intrincado.

— Quem será que pôs a barba na arca?

— Alguém com bastante inteligência — observou Poirot secamente. — Você se dá conta de que a pessoa a escondeu no único lugar da casa em que sua presença não seria notada? Sim, muito inteligente. Mas precisamos ser mais inteligentes ainda. Temos de ser tão inteligentes que a tal pessoa não irá suspeitar nem um pouco da nossa inteligência.

Aquiesci.

— É, *mon ami*, você será de grande ajuda para mim.

Fiquei satisfeito com o cumprimento. Em outros tempos, pensei que Poirot não me desse o devido valor.

— Sim — ele continuou, fitando-me intensamente —, será de um valor inestimável.

Foi uma atitude naturalmente gratificante, mas as palavras seguintes de Poirot não foram assim tão afetuosas.

— Necessito de um aliado na casa — observou reflexivo.

— Você tem a mim — protestei.

— É verdade, mas você não é suficiente.

Fiquei magoado e o demonstrei. Poirot apressou-se em explicar.

— Você não está entendendo o que quero dizer. Todos sabem que você trabalha comigo. Quero alguém que não esteja associado a nós sob nenhum aspecto.

— Compreendo. O que acha de John?

— Não, acho que não.

— O prezado companheiro talvez não seja mesmo muito brilhante — falei pensativo.

— Lá vem miss Howard — anunciou Poirot de repente. — Ela é exatamente essa pessoa. Mas minha reputação junto a ela está péssima desde que inocentei mr. Inglethorp. Apesar disso, vamos tentar.

Com um gesto de cabeça feito meramente por conveniência, miss Howard concordou com o pedido de Poirot por uma conversa rápida.

Entramos na saleta matinal e Poirot fechou a porta.

— Bem, *monsieur* Poirot — disse miss Howard com impaciência —, sobre o que quer conversar? Ande logo, estou ocupada.

— Lembra-se, *mademoiselle*, que uma vez pedi que me auxiliasse?

— Sim, eu me lembro — ela afirmou. — E eu lhe disse que prestaria ajuda com prazer... para enforcar Alfred Inglethorp.

— Ah! — Poirot a estudou com seriedade. — miss Howard, vou lhe fazer uma pergunta. Peço-lhe efusivamente que me responda com toda a sinceridade.

— Nunca falo mentiras — replicou miss Howard.

— Por isso mesmo: a senhora ainda acredita que mrs. Inglethorp foi envenenada pelo marido?

— O que quer dizer com isso? — ela perguntou, de maneira rude. — O senhor não pense que suas belas explicações tenham me influenciado nem um pouco. Admito que não tenha sido ele quem comprou estricnina na farmácia. Mas e daí? Ouso dizer que ele usou papel umedecido com inseticida para matar moscas, como eu lhe disse desde o início.

— Isso é arsênico, não estricnina — explicou Poirot calmamente.

— E que diferença faz? O arsênico liquidaria com a pobre Emily do mesmo jeito que a estricnina. Se estou convencida de que ele foi o responsável, não me importa nem um pouco *como* ele fez isso.

— Exatamente. Se está convencida de que ele fez isso — disse Poirot calmamente —, farei minha pergunta de um outro jeito. Alguma vez, do fundo do seu coração, a senhorita acreditou que mrs. Inglethorp foi envenenada pelo marido?

— Por Deus do céu! — gritou miss Howard. — Mas eu sempre lhe disse que o homem é um vilão! Eu sempre lhe disse que ele a mataria em sua cama! Eu sempre o odiei como a um veneno!

— Exatamente — afirmou Poirot. — Isso confirma inteiramente minha pequena ideia.

— Que pequena ideia?

— Miss Howard, a senhorita se lembra de uma conversa que aconteceu no dia da chegada do meu amigo aqui? Ele a repetiu para mim e há uma frase pronunciada pela senhorita que me impressionou muitíssimo. A senhorita se lembra de ter afirmado que, caso um crime fosse cometido, e uma pessoa de sua estima fosse assassinada, a senhorita teria certeza de que saberia instintivamente quem seria o criminoso, mesmo que não tivesse meios para prová-lo?

— Sim, bem me lembro de ter dito isso. Acredito nisso, sim. Suponho que considere isso uma bobagem, não é?

— Absolutamente não.

— Mesmo assim, o senhor não presta a menor atenção ao meu instinto no que se refere a Alfred Inglethorp.

— Não — disse Poirot rapidamente —, porque seu instinto não está voltado contra mr. Inglethorp.

— O quê?

— Não. A senhorita quer acreditar que ele cometeu o crime. A senhorita crê que ele foi capaz de fazê-lo. Mas seu instinto lhe diz que ele não matou a esposa. Ele lhe diz mais... Posso continuar?

Ela o encarava fascinada e fez um breve movimento afirmativo com a mão.

— Devo lhe dizer por que a senhorita tem se comportado tão veementemente contra mr. Inglethorp? É porque a senhorita vem tentando acreditar naquilo que deseja acreditar. É porque a senhorita está tentando afogar e sufocar seu instinto, que lhe aponta para outro nome...

— Não, não, não! — gritou miss Howard desesperada, sacudindo as mãos. — Não diga isso! Oh, por favor, não diga isso! Não é verdade! Não pode ser verdade! Não sei como essa ideia terrível e assustadora entrou em minha cabeça!

— Estou certo ou não? — inquiriu Poirot.

— Sim, sim. O senhor deve ser um bruxo por ter adivinhado isso. Mas não pode ser assim... É tão monstruoso, é uma coisa impossível. *Tem de ser* Alfred Inglethorp.

Poirot sacudiu a cabeça em tom grave.

— Não me pergunte sobre isso — continuou miss Howard — porque eu não vou lhe dizer nada. Não vou admiti-lo nem para mim mesma. Devo estar louca por pensar tal coisa.

Poirot fez um gesto afirmativo, aparentando estar satisfeito.

— Não vou lhe perguntar nada. Já é o suficiente para mim que as coisas sejam como pensei. E eu... também eu tenho um instinto. Estamos trabalhando juntos por um propósito comum.

— Não me peça para ajudá-lo, porque não o farei. Eu não levantaria nem um dedo para... para... — e fraquejou.

— A senhorita irá me ajudar a despeito de si própria. Não vou lhe perguntar nada, mas será minha aliada. A senhorita não conseguirá ajudar a si mesma. Fará somente a única coisa que eu quero que faça.

— O que é?

— Ficará de olhos abertos!

Evelyn Howard baixou a cabeça.

— Sim, não posso evitar isso. Estou sempre de olhos abertos, esperando que esteja errada.

— Se estivermos enganados, paciência — disse Poirot.

— Ninguém ficará mais satisfeito que eu. Mas e se estivermos certos? Se estivermos certos, miss Howard, do lado de quem a senhorita vai ficar?

— Não sei, não sei...

— Ora, vamos...

— Tudo poderia ser abafado.

— Não, nada deve ser abafado.

— Mas a própria Emily... — e calou-se.

— Miss Howard — falou Poirot, muito sério —, essa postura é indigna da senhorita.

Subitamente, ela tirou as mãos do rosto.

— Sim — afirmou com calma. — Aquela não era Evelyn Howard falando! — E ergueu a cabeça orgulhosamente. — *Esta* é Evelyn Howard! A que está do lado da justiça! Custe o que custar! — E, com estas palavras, caminhou com firmeza para fora da sala.

Poirot a acompanhou com os olhos.

— Lá vai uma aliada valorosa. Aquela mulher, Hastings, tem cérebro e coração.

Não respondi.

— O instinto é uma coisa maravilhosa — murmurou Poirot. — Não se pode explicá-lo nem ignorá-lo.

— Você e miss Howard parecem saber sobre o que estão falando — observei com frieza. — Talvez você não se dê conta de que ainda continuo nas trevas.

— É mesmo? É assim, *mon ami?*

— Sim. Pode me explicar, por favor?

Poirot me estudou com atenção por alguns instantes. Então, para minha completa surpresa, sacudiu a cabeça de modo decidido.

— Não, meu amigo.

— Ora, mas o que é isso, por que não?

— Bastam dois para se guardar um segredo.

— Bem, considero muito injusto esconder fatos de mim.

— Não estou escondendo fatos. Todos os fatos que sei agora estão em sua posse. Você pode fazer suas próprias deduções a partir deles. Dessa vez, trata-se de uma questão de ideias.

— Ainda assim, eu gostaria de saber.

Poirot olhou para mim com sinceridade e, de novo, sacudiu a cabeça.

— Como vê — concluiu com ar triste —, *você* não tem instintos.

— Era inteligência o que você queria agora há pouco — argumentei.

— As duas coisas frequentemente andam juntas — declarou Poirot em tom enigmático.

Sua observação soou tão imensamente irrelevante que nem me dei ao trabalho de responder. Porém decidi que, caso fizesse alguma descoberta interessante ou importante, que eu certamente faria, eu as guardaria para mim para então surpreender Poirot no final.

Há situações em que você tem de confiar em si mesmo.

9

O DR. BAUERSTEIN

Ainda não tivera a oportunidade de passar a Lawrence o recado de Poirot. Porém agora, enquanto caminhava pelo gramado, ainda ruminando certo desgosto pela superioridade intelectual de meu amigo, avistei Lawrence no campo de croqué, acertando velhas bolas com um malho ainda mais antigo.

Julguei ser aquele um momento oportuno para passar a mensagem. De outro modo, o próprio Poirot poderia me dispensar de realizar essa tarefa. Era fato que eu não fazia ideia do propósito da mensagem, mas fantasiei que, com a resposta de Lawrence e talvez com alguma reflexão atenta de minha parte, acabaria percebendo seu significado. Assim, aproximei-me dele.

— Estava procurando por você — falei despretensiosamente.

— É mesmo?

— Sim. Na verdade, tenho uma mensagem para você. É de Poirot.

— Sim?

— Ele me disse para esperar até que estivesse a sós com você — disse eu, baixando significativamente meu tom de voz e olhando para ele meio de soslaio, mas com atenção. Sempre fui bom na arte de, digamos, criar um clima.

O MISTERIOSO CASO DE STYLES   175

— E então?

Não houve nenhuma alteração na expressão daquele rosto obscuro e melancólico. Será que ele fazia ideia do que eu tinha a lhe dizer?

— Esta é a mensagem — deixei meu tom de voz cair ainda mais: — "Encontre a xícara extra de café e você poderá ficar em paz".

— Mas que diabos quer dizer isso? — Lawrence me encarou em total estupefação.

— Você não sabe?

— Não faço a menor ideia. E você?

Tive de sacudir a cabeça.

— Que xícara extra de café é essa?

— Não sei.

— Ele deveria perguntar a Dorcas ou a uma das criadas se quer saber sobre xícaras de café. Elas é que sabem dessas coisas, não eu. Não sei nada sobre xícaras de café, exceto que há algumas que nunca usamos, pois são um sonho perfeito! Porcelana Worcester antiga. Você não é um perito nisso, é, Hastings?

Neguei com outro gesto de cabeça.

— Você não faz ideia como é incrível. Uma peça de porcelana antiga de verdade. É puro deleite segurar uma em suas mãos ou mesmo ficar só olhando.

— Bem, e o que direi a Poirot?

— Diga a ele que não sei sobre o que ele está falando. É como se estivesse falando grego.

— Está bem.

Eu já iniciava meu retorno à casa, quando ele subitamente me chamou de volta.

— Diga-me novamente o final da mensagem, por favor.

— "Encontre a xícara extra de café e você poderá ficar em paz". Tem certeza de que não compreende o que quer dizer? — perguntei a ele ansioso.

Ele negou.

— Não — respondeu pensativo. — Não sei. Bem gostaria de saber.

Tocaram o gongo do lado de dentro da casa. Voltamos juntos. John convidara Poirot a permanecer para o almoço e ele já se encontrava sentado à mesa.

Num acordo tácito, nenhuma referência à tragédia era feita por ninguém. Conversamos sobre a guerra e outros assuntos gerais. Contudo, após os queijos e os biscoitos terem sido servidos, e depois de Dorcas deixar o ambiente, Poirot inclinou-se subitamente em direção a mrs. Cavendish.

— Perdoe-me, *madame*, por trazer de volta lembranças desagradáveis, mas tive uma pequena ideia — as "pequenas ideias" de Poirot estavam se tornando perfeitos adágios — e gostaria de lhe fazer uma ou duas perguntinhas.

— Para mim? Pois não.

— A senhora é muito amável, *madame*. O que gostaria de perguntar é: a porta que leva ao quarto de mrs. Inglethorp a partir dos aposentos de Mademoiselle Cynthia estava trancada como a senhora afirmou?

— Estava certamente trancada — respondeu mrs. Cavendish, um tanto surpresa. — Afirmei isso no tribunal.

— Trancada?

— Sim. — Ela parecia perplexa.

— Quero dizer — explicou Poirot —, a senhora tem certeza

de que ela estava travada com o trinco e não meramente trancada a chave?

— Oh, agora entendo sua pergunta. Não, não sei. Eu disse trancada querendo dizer que estava cerrada e eu não conseguia abri-la, mas creio que todas as portas estavam trancadas por dentro.

— Mesmo assim, de acordo com sua opinião, a porta podia estar também trancada a chave?

— Oh, sim.

— A senhora não observou, *madame*, ao entrar no quarto de mrs. Inglethorp, se a porta estava trancada com o trinco ou não?

— E-eu acho que estava.

— Mas a senhora não notou?

— N-não... Eu não verifiquei.

— Mas eu sim — interrompeu Lawrence de súbito. — Notei que ela *estava* trancada com o trinco.

— Ah, isso responde à minha pergunta. — E Poirot parecia ter ficado decepcionado.

Não pude conter certo regozijo em perceber que, pelo menos uma vez, uma das "pequenas ideias" de Poirot tinha dado em nada.

Depois do almoço, Poirot pediu-me que o acompanhasse até sua casa. Concordei, ainda que um pouco a contragosto.

— Você está aborrecido, não é? — ele perguntou-me ansioso enquanto caminhávamos pelo parque.

— Nem um pouco — respondi friamente.

— Então está bem. Isso tira grande peso de minha consciência.

Não era bem isso o que eu pretendia obter dele. Eu esperava que ele percebesse certa secura em meus modos. De qualquer maneira, o fervor de suas palavras colaborou um pouco para amenizar meu justo descontentamento. Abrandei meus ânimos.

— Dei seu recado a Lawrence.

— E o que ele disse? Ficou completamente confuso?

— Sim. Tenho certeza de que ele não fazia a menor ideia do que você quis dizer com aquilo.

Esperei que Poirot reagisse com desapontamento, mas, para minha surpresa, ele me respondeu que aquilo era exatamente o que esperava e que por isso estava muito contente. Meu orgulho me impediu de lhe fazer mais perguntas sobre o assunto.

Poirot mudou depressa para outro ponto.

— *Mademoiselle* Cynthia não veio almoçar hoje? Por quê?

— Está novamente no hospital. Reassumiu seu posto hoje.

— Ah, como ela é trabalhadeira! E linda também. Ela me lembra quadros que vi na Itália. Gostaria muito de visitar aquele dispensário onde ela trabalha. Você acha que ela me mostraria o lugar?

— Tenho certeza de que ela adoraria. É um lugarzinho interessante.

— Ela vai lá todos os dias?

— Ela tem todas as quartas-feiras livres e vem almoçar aos sábados. São suas únicas folgas.

— Vou me lembrar disso. As mulheres vêm fazendo grandes trabalhos atualmente e *mademoiselle* Cynthia é inteligente. Ah, sim, ela tem cérebro, a pequena.

— Sim, creio que fez exames muito difíceis.

— Sem dúvida. Afinal, o trabalho dela envolve grande responsabilidade. Acredito que guardem venenos fortíssimos lá.

— Sim, ela nos mostrou os venenos. Ficam trancados num pequeno armário. Creio que têm de ser muito cuidadosos. Sempre carregam a chave quando saem da sala.

— É verdade. Esse pequeno armário fica próximo à janela?

— Não, fica bem na outra extremidade da sala. Por quê?

Poirot deu de ombros.

—Apenas gostaria de saber. Só isso. Você vai entrar?

Tínhamos chegado à casa dele.

— Não, acho que já vou voltar. Tenho de cruzar o longo caminho pelo bosque.

O bosque no entorno de Styles era muito bonito. Depois da caminhada através do parque, era agradável passear calmamente no frescor das clareiras. Ali o vento mal soprava e até o chilrear dos passarinhos era mais ameno. Caminhei por um pequeno atalho e acabei chegando aos pés de uma velha e grande faia, onde me deitei. Meus pensamentos em relação à humanidade eram gentis e cheios de compaixão. Até perdoei Poirot por seu segredo absurdo. De fato, eu estava em paz no mundo. Então bocejei.

Refleti sobre o crime e ele me pareceu inteiramente irreal e distante.

Bocejei outra vez.

Provavelmente, pensei, ele nunca acontecera. Claro, não passava de um pesadelo. A história verdadeira era que Lawrence havia assassinado Alfred Inglethorp com um malho de croqué. Mas era um absurdo John ter feito tanto escândalo por causa disso e ter saído gritando: "Estou lhe dizendo que não deixarei isso acontecer!"

Despertei agitado.

Imediatamente, percebi que me encontrava numa situação muito embaraçosa. Porque, a cerca de seis metros de mim, John e Mary Cavendish estavam de pé, um diante do outro, e logo ficou claro que discutiam. E, tão claramente quanto discutiam, também não se davam conta de minha presença, pois John repetiu as palavras que apareceram em meu sonho.

— Estou lhe dizendo, Mary, que não deixarei isso acontecer.

A voz de Mary se fez notar fria e líquida:

— Que direito tem *você* de criticar minhas atitudes?

— Vai ser o boato da vila! Minha mãe mal foi enterrada no sábado e você fica perambulando por aí com esse sujeito.

— Oh — ela sacudiu os ombros —, você dá muita importância para as fofocas da vila!

— Não, não dou. Estou farto desse sujeito zanzando por aqui. Ele não passa de um judeu polonês.

— Um pouco de sangue judeu não é algo mau. Dá um tempero — ela o fitou — à estupidez predominante do inglês comum.

Mary emanava fogo pelos olhos e gelo pela voz. Não foi surpresa ver as faces de John ficarem rapidamente vermelhas como brasa.

— Mary!

— O que foi? — Seu tom não se alterou.

Já o tom de súplica desapareceu da voz de John.

— Quer dizer que você continua a se encontrar com Bauerstein contra a minha vontade?

— Se eu quiser, sim.

— Você está me desafiando?

— Não, mas desprezo o seu direito de criticar minhas ações. *Você* não tem nenhum amigo que me desagrade?

John recuou. O sangue subitamente sumiu de suas faces.

— O que você quer dizer? — ele perguntou, com voz instável.

— Está vendo? — disse Mary calmamente. — Percebe que *você* não tem nenhum direito de legislar sobre a escolha das *minhas* amizades?

John a fitou com um olhar suplicante que revelava um semblante triste.

— Nenhum direito? Não tenho mesmo *nenhum* direito, Mary? — falou descontrolado. Esticou as mãos. — Mary...

Por alguns instantes, pensei que ela estivesse fraquejando. Uma expressão mais leve tomou seu rosto e, de repente, ela se virou para o lado de modo quase feroz.

— Nenhum!

Já se afastava quando John correu atrás dela e a segurou pelo braço.

— Mary — sua voz soava calma agora —, você está apaixonada por esse Bauerstein?

Ela hesitou e subitamente surgiu em seu rosto uma expressão estranha, algo remoto, ancestral, embora com um traço eternamente jovem, tal como o sorriso de alguma esfinge egípcia.

Sem agitação, ela se livrou dos braços de John e falou sobre os ombros:

— Talvez — e atravessou calmamente a clareira, deixando John ali parado, de pé, como se houvesse se transformado numa estátua de pedra.

Fazendo bastante barulho, avancei pisando sobre gravetos e folhas, fazendo-os estalar sob meus pés. John se virou para mim. Por sorte, ele entendeu que eu acabava de chegar à cena naquele instante.

— Alô, Hastings. Você levou nosso amiguinho em segurança até em casa? Como ele é esquisito! Será bom detetive de fato?

— Foi considerado um dos melhores detetives de seu tempo.

— Oh, bem, suponho que seja bom mesmo. Mas que mundo horrível este!

— Você pensa assim? — perguntei.

— Por Deus, se penso! Veja você esse caso terrível com o qual temos de lidar. Aqueles homens da Scotland Yard entrando e saindo de casa como bonecos de mola numa caixa de segredos! A gente nunca sabe quando irão aparecer outra vez. Manchetes sensacionalistas pipocando em todos os jornais do país. Para os diabos com todos os jornalistas, é o que digo! Você sabia que apareceu uma multidão de curiosos diante dos portões da mansão esta manhã? Tal como uma câmara dos horrores de Madame Tussaud que você pode ver sem pagar. É duro de aguentar, você não acha?

— Acalme-se, John! — falei em tom apaziguador. — Isso não vai durar para sempre.

— Não mesmo? Mas vai durar tempo suficiente para nos impedir de seguir adiante com nossas vidas.

— Não, não, assim você parece estar levando a coisa de modo doentio.

— Esse assédio de jornalistas imbecis é o suficiente para deixar um homem doente: ser observado com pasmo por qualquer idiota onde quer que eu vá! Mas, enfim, há algo pior que isso.

— O quê?

John baixou a voz.

— Alguma vez você já pensou, Hastings... Você sabe, isto é um pesadelo para mim... Quem fez isso? Às vezes tento me convencer de que não passou de um acidente. Porque... porque quem

O MISTERIOSO CASO DE STYLES   183

poderia ter feito aquilo? Agora que Inglethorp está fora de suspeita, não há mais ninguém. Ninguém, quero dizer, exceto... um de nós.

De fato, aquele era um pesadelo e tanto para um homem! Um de nós? Sim, certamente era assim, a não ser que...

Uma nova ideia surgiu em minha mente. Rapidamente, levei-a em consideração. Uma luz se fez. As atitudes misteriosas de Poirot, suas insinuações... Tudo se encaixava. Achei-me um tolo por não ter pensado nessa possibilidade antes. E que alívio seria para todos nós.

— Não, John — falei. — Não é um de nós. Por que seria?

— Eu sei, mas... Quem mais estava lá?

— Não consegue adivinhar?

— Não.

Olhei cautelosamente ao redor e baixei o tom de voz:

— O dr. Bauerstein! — sussurrei.

— Impossível!

— Absolutamente possível.

— Mas que interesse material ele teria na morte de minha mãe?

— Isso eu não sei — confessei —, mas posso lhe dizer isto: Poirot pensa assim.

— Poirot? Ele pensa isso mesmo? Como você sabe?

Contei a ele da intensa excitação de Poirot ao saber que o dr. Bauerstein estivera em Styles na noite fatídica. E acrescentei:

— Ele disse duas vezes: "Isto muda tudo". Então estive pensando: você se lembra de Inglethorp dizendo que deixara o café no *hall*? Pois é aí que Bauerstein entra em cena. Você não acha possível que ele tenha despejado alguma coisa no café enquanto Inglethorp passava com ele pelo *hall*?

— Hum — disse John — Teria sido um gesto muito arriscado.

— Sim, mas é possível.

— E como ele saberia que aquele café era dela? Não, meu amigo, acho que essa ideia não tem lógica.

Porém, lembrei-me de algo mais.

— Você tem toda a razão. Não foi assim que tudo aconteceu. Ouça — e contei-lhe da amostra de chocolate que Poirot enviara para análise.

John interrompeu-me assim que eu disse isso.

— Mas, espere um pouco, Bauerstein já não tinha enviado esse chocolate para análise?

— Sim, sim, e aí está a questão. Eu também não compreendia isso até agora. Você não entende? Bauerstein mandou analisar a amostra. E isso explica tudo! Se Bauerstein é o assassino, nada mais simples para ele que substituir a amostra da bebida e enviá-la ao laboratório. E, é claro, nenhuma estricnina seria encontrada! Mas ninguém nem sonharia em suspeitar de Bauerstein, muito menos da troca de amostras, exceto Poirot — acrescentei com veemência.

— Sim, mas o que me diz daquele gosto amargo que o chocolate não seria capaz de mascarar?

— Bem, essa é uma afirmação que partiu dele mesmo. Há outras possibilidades. Ele é reconhecido como um dos maiores toxicologistas do mundo.

— Um dos maiores o quê do mundo? Repita isso.

— Ele conhece mais sobre venenos que qualquer pessoa — expliquei. — Bem, minha hipótese é a de que ele tenha descoberto uma maneira de anular o sabor da estricnina. Ou talvez nem tenha sido estricnina, mas alguma droga obscura da qual ninguém tenha ouvido falar, mas que produz os mesmos sintomas.

— Hum... Bem, pode ser — concordou John. — Mas, veja bem, como ele conseguiu ter acesso ao chocolate? Não estava no andar de baixo.

— Não, não estava — admiti com relutância.

E, então, uma possibilidade terrível me ocorreu. Desejei sinceramente que o mesmo não acontecesse com John. Olhei para ele de lado. Ele trazia um ar de perplexidade no rosto e respirei com grande alívio, pois a possibilidade terrível que passara por minha mente era a de que o dr. Bauerstein tivera alguém como cúmplice.

No entanto, isso também não seria possível! Uma mulher tão linda como Mary Cavendish simplesmente não podia ser uma assassina, ainda que se conheçam histórias envolvendo mulheres bonitas e venenos.

E, de súbito, lembrei-me de nossa primeira conversa durante o chá no dia de minha chegada e do brilho em seus olhos quando afirmou que o veneno era a arma das mulheres. Quão agitada ela estivera naquela fatal noite de terça-feira! Será que mrs. Inglethorp descobrira algo entre ela e Bauerstein e fizera alguma ameaça de contar tudo a John? O crime teria sido cometido para impedir essa denúncia?

Também me lembrei daquela enigmática conversa entre Poirot e Evelyn Howard. Será que era a isso que eles se referiam? Seria nessa monstruosa possibilidade que Evelyn se negara a acreditar?

Sim, tudo se encaixava.

Não era de se espantar que miss Howard houvesse sugerido que "tudo pode ser abafado". Agora eu conseguia entender aquela frase inacabada: "Mas a própria Emily..." — e, em meu coração, concordava com ela. Teria mrs. Inglethorp preferido perdoar a deixar tão terrível desonra se abater sobre o nome dos Cavendish?

— Há uma outra coisa.— declarou John, de repente, e o som inesperado de sua voz surpreendeu-me em estado de culpa — que me faz duvidar da veracidade das coisas que você está me dizendo.

— O que é? — perguntei, agradecido por ele ter deixado de lado a questão de como o veneno teria sido colocado no chocolate.

— Ora, refiro-me ao fato de Bauerstein ter solicitado uma autópsia. Ele não precisava ter feito isso. O bobinho do Wilkins teria ficado satisfeito com um ataque cardíaco.

— Sim — concordei hesitante. — Mas a gente nunca sabe. Talvez ele tenha considerado essa decisão mais segura no longo prazo. Alguém poderia lançar dúvidas mais tarde e daí a justiça pediria uma exumação. A coisa toda viria à tona e então ele se veria numa situação complicada porque ninguém acreditaria que um homem com a reputação dele pudesse se enganar a ponto de considerar o caso um ataque cardíaco.

— É possível — admitiu John. — Mesmo assim, vou ficar bastante contente se descobrir quais foram seus motivos.

Estremeci.

— Olhe aqui — falei —, posso estar totalmente enganado. E, lembre-se, tudo isso é confidencial.

— Oh, é claro. Nem precisa dizer.

Havíamos caminhado enquanto conversávamos e cruzamos o portão do jardim. Ouvimos vozes próximas, pois que o chá havia sido servido sob o plátano, tal como ocorrera no dia de minha chegada.

Cynthia havia voltado do hospital. Coloquei minha cadeira próxima à dela. Comentei sobre o desejo de Poirot de visitar o dispensário.

— Com prazer! Adoraria que ele conhecesse. Ele pode vir tomar chá conosco um dia desses. Vou marcar a data com ele. Ele é um homenzinho tão querido! Mas é também engraçado. Outro dia, me fez tirar o broche da roupa e prendê-lo novamente porque ele achava que estava torto.

Eu ri.

— É uma mania bem típica dele.

— Realmente.

Ficamos em silêncio por um ou dois minutos e então, olhando na direção de Mary Cavendish, e baixando a voz, Cynthia me chamou:

— Mr. Hastings.

— Sim?

— Gostaria de conversar com o senhor depois do chá.

O jeito como ela olhou para Mary me fez refletir. Desconfiava que havia pouca simpatia entre as duas. Pela primeira vez, comecei a pensar sobre qual seria o futuro da moça. Mrs. Inglethorp não havia deixado nenhum tipo de provisão para ela, mas eu imaginava que John e Mary provavelmente insistiriam para que ela ficasse morando com eles, pelo menos até o término da guerra. John, eu sabia, gostava muito de Cynthia e lamentaria caso ela partisse.

John, que havia entrado na casa, agora reaparecera. Seu rosto geralmente bem humorado agora mostrava uma carranca enraivecida.

— Esses detetives me confundem! Nunca sei o que eles querem! Entram em todos os cômodos da casa. Reviram e remexem as coisas de todas as maneiras possíveis. É muito desagradável! Creio que se aproveitaram de nossa ausência. Vou falar com o tal Japp assim que o encontrar!

— Bisbilhoteiros descarados — resmungou miss Howard.

Lawrence opinou que eles deveriam prestar contas do que estavam fazendo.

Mary Cavendish não disse nada.

Depois do chá, convidei Cynthia para um passeio e partimos juntos em direção ao bosque.

— E então? — perguntei quando já estávamos fora do alcance das vistas das outras pessoas, protegidos pela folhagem.

Com um suspiro, Cynthia sentou-se na relva e jogou de lado o chapéu. A luz do sol, penetrando por entre os galhos das árvores, transformava o castanho avermelhado de seus cabelos em dourado reluzente.

— Mr. Hastings, o senhor é sempre tão gentil e tão inteligente.

Ocorreu-me, naquele momento, que Cynthia era uma moça extremamente charmosa! Muito mais que Mary, que jamais me dissera algo assim.

— Você acha? — perguntei amável diante de certa hesitação dela.

— Gostaria de pedir seu conselho. O que devo fazer?

— Como assim?

— O senhor sabe, Tia Emily sempre disse que cuidaria de mim. Acho que ela se esqueceu ou nem pensou que um dia fosse morrer... De qualquer modo, agora não há ninguém cuidando de mim! E não sei o que fazer. O senhor acha que devo partir imediatamente?

— Por Deus, não! Tenho certeza de que eles não querem que você vá embora.

Cynthia hesitou por um instante, arrancando pedacinhos de grama do chão com suas mãos minúsculas. E então falou: — Mrs. Cavendish quer, sim. Ela me odeia.

— Odeia? — exclamei surpreso.

Cynthia confirmou.

— Sim. — Não sei o motivo, mas ela não me suporta e *ele* também não.

— Nisso sei que você está equivocada — disse eu, em tom apaziguador. — Ao contrário, John gosta muito de você.

— Oh, sim... *John*. Eu quis dizer Lawrence. Não que eu me importe se ele gosta de mim ou não. De qualquer modo, é horrível quando ninguém gosta de você, não é?

— Mas eles gostam de você, querida Cynthia — observei com sinceridade. — Estou certo de que você está enganada. Veja só, o John... e miss Howard...

Cynthia balançou a cabeça expressando tristeza. — Sim, creio que John gosta de mim, e naturalmente Evie que, apesar de seus modos rudes, não faria mal a uma mosca. Porém, se puder, Lawrence nunca fala comigo e Mary tem grande dificuldade em tratar-me com civilidade. Ela quer que Evie permaneça aqui, aliás, tem implorado que fique, mas ela não me quer e... e... não sei o que fazer. — De repente, a mocinha caiu em prantos.

Não sei o que se apossou de mim naquele momento. Talvez a beleza da moça ali sentada com a luz do sol contornando sua figura; talvez o sentimento de alívio por ter encontrado alguém que tão obviamente não tinha nenhuma ligação com aquela tragédia; talvez compaixão real por sua juventude e solidão. Apenas sei que me inclinei para frente e, tomando sua pequenina mão nas minhas, declarei, meio sem jeito:

— Case-se comigo, Cynthia.

Sem perceber, eu tinha aplicado o remédio exato para conter-lhe as lágrimas. Ela endireitou o corpo imediatamente, retirou sua mão das minhas e exclamou com certa aspereza:

— Não seja tolo!

Fiquei um pouco acabrunhado.

— Não estou sendo tolo. Estou propondo que me dê a honra de se tornar minha esposa.

Para minha total surpresa, Cynthia desatou a rir e me chamou de "fofinho".

— É tão meigo de sua parte — exclamou —, mas o senhor mesmo sabe que não quer isso.

— Quero sim, tenho...

— Não importa. O senhor não quer isso de verdade e eu tampouco.

— Então, se é assim, caso resolvido — retorqui secamente. — Porém não vejo razão para rir. Não há nada de engraçado em minha proposta.

— De fato, não. Outra pessoa a aceitará em oportunidade futura. Até logo, o senhor me cativou *muito*.

E, com um último gesto de contentamento incontido, desapareceu entre as árvores.

Refletindo sobre nossa conversa, dei-me conta de que tinha sido profundamente desagradável.

Ocorreu-me de ir imediatamente para a vila e procurar por Bauerstein. Alguém precisava vigiar o sujeito. Ao mesmo tempo, era necessário evitar a todo custo que ele desconfiasse que estava sob suspeita. Lembrei-me da confiança que Poirot depositava em minha diplomacia. Então me dirigi para a pequena casa que ostentava na janela uma placa em que se lia "quartos", e que eu sabia ser o local onde ele estava hospedado. Bati à porta.

Uma velha senhora apareceu.

— Boa tarde — cumprimentei com simpatia. — O dr. Bauerstein está?

Ela me encarou.

— O senhor não soube?

— Soube de quê?

— Sobre ele.

— Como assim, sobre ele?

— Foi levado.

— Levado, como? Morto?

— Não, levado pela polícia.

— Pela polícia! — engasguei. — Quer dizer que foi preso?

— Exatamente, e...

Não quis ouvir mais nada. Cruzei a vila apressado em busca de Poirot.

10

A PRISÃO

Para minha completa aflição, não encontrei Poirot e o velho belga que me atendeu à porta informou-me que desconfiava que ele tivesse partido para Londres.

Fiquei confuso. Que diabos Poirot estaria fazendo em Londres? Fora uma decisão de última hora ou ele já havia planejado aquilo algumas horas antes, quando ainda estava comigo?

Retornei a Styles bastante aborrecido. Com Poirot fora de cena, sentia-me inseguro para agir. Será que ele previra a prisão de Bauerstein? Se não, em todo o caso, qual teria sido o motivo da detenção? Eram perguntas que eu não sabia responder. E o que eu poderia fazer no meio-tempo? Deveria ou não anunciar o ocorrido para todos em Styles? Embora não quisesse admiti-lo, Mary Cavendish não me saía do pensamento. Certamente aquela história seria um choque terrível para ela. Por ora, eu refutava qualquer suspeita em relação a Mary. Ela não poderia ter implicação no caso. Se tivesse, eu teria percebido qualquer indício.

Naturalmente, não havia a menor possibilidade de ocultar indefinidamente a prisão do dr. Bauerstein. Seria anunciada em todos os jornais na manhã seguinte. Todavia, optei por não dizer nada. Se ao menos Poirot estivesse disponível, eu poderia me aconselhar com ele. Afinal, o que teria acontecido para ele decidir ir a Londres de forma tão enigmática?

A despeito dos meus sentimentos, minha opinião a respeito de sua sagacidade era imensamente positiva. Eu nunca teria suspeitado do médico se Poirot não tivesse conversado comigo a esse respeito. Sim, decididamente, o baixinho era muito esperto.

Depois de refletir um pouco, resolvi confidenciar-me com John e deixá-lo tornar o assunto público ou não, conforme seu próprio critério.

Quando lhe dei a notícia, ele soltou um longo assobio.

— Mas é surpreendente! Então você tinha razão. Não quis acreditar nisso quando você me falou.

— É espantoso até você se acostumar com a ideia e logo perceber como tudo se encaixa. Agora, o que devemos fazer? Naturalmente todos saberão amanhã.

John refletiu.

— Não se preocupe — disse afinal. — Não falaremos nada a ninguém por enquanto. Não há necessidade. Como você mesmo diz, será de conhecimento geral muito em breve.

Porém, para minha completa surpresa, na manhã seguinte, ao descer ansioso para ler os jornais, não encontrei nenhuma palavra a respeito da prisão! Havia apenas uma pequena nota insignificante sobre "o misterioso caso de envenenamento em Styles", sem grandes novidades. Em princípio, não encontrei explicação, mas logo supus que Japp, por uma razão ou outra, preferiu manter a notícia longe da imprensa. Isso me preocupou um pouco, pois sugeria a possibilidade de ainda haver novas detenções.

Após o café da manhã, decidi ir até a vila verificar se Poirot já havia retornado. Mas, antes que me pusesse em marcha, um rosto conhecido surgiu por uma das portas, e uma voz bem familiar se fez ouvir:

— *Bonjour, mon ami!*

— Poirot! — exclamei aliviado e, puxando-o com ambas as mãos, trouxe-o para dentro da sala. — Nunca fiquei tão feliz por rever alguém. Escute, não contei nada a ninguém, exceto John. Fiz a coisa certa?

— Meu amigo — retorquiu Poirot —, não sei do que você está falando.

— Da prisão do dr. Bauerstein, é claro — respondi impaciente.

— Bauerstein está preso?

— Você não sabia?

— Não sei de nada. — Mas, pausando por um momento, acrescentou: — De qualquer modo, não me surpreende. Afinal, estamos a apenas seis quilômetros e meio da costa.

— Da costa? — perguntei confuso. — O que uma coisa tem a ver com a outra?

Poirot deu de ombros.

— Certamente, mas isto é óbvio!

— Para mim não é. Sei que sou muito burro, mas não entendo como a proximidade da costa se relaciona com o assassinato de mrs. Inglethorp.

— Nada de mais, é claro — respondeu Poirot, sorrindo. — Mas nós estávamos falando da prisão do dr. Bauerstein.

— Bem, ele foi preso pelo assassinato de mrs. Inglethorp...

— O quê? — gritou Poirot, aparentemente em absoluto transtorno. — O dr. Bauerstein preso pelo assassinato de mrs. Inglethorp?

— Sim.

— Impossível! Seria uma farsa hedionda! Quem lhe disse isso, meu amigo?

— Ora, ninguém me disse isso exatamente — confessei. — Mas ele está preso.

— Oh, sim, é muito provável, mas por espionagem, *mon ami*.

— Espionagem? — engasguei.

— Precisamente.

— Não por ter envenenado mrs. Inglethorp?

— Não, a menos que nosso amigo Japp tenha perdido completamente o juízo — replicou Poirot placidamente.

— Mas... eu pensei que você também pensasse assim...

Poirot dirigiu-me um olhar de completa piedade, expressando seu mais profundo sentimento do absurdo que representava tal ideia.

— Então você quer dizer — perguntei, aos poucos me acostumando com a nova ideia —, que o dr. Bauerstein é um espião?

Poirot assentiu.

— Você nunca suspeitou disso?

— Isso nunca passou pela minha cabeça.

— Nunca lhe pareceu estranho que um famoso médico de Londres viesse se enfiar num vilarejo como este e que ficasse perambulando por aí, todo bem vestido, durante a noite inteira?

— Não — confessei —, isso nunca me ocorreu.

— Ele é, com certeza, um alemão de nascimento — observou Poirot reflexivo —, embora tenha trabalhado há tanto tempo neste país que ninguém pense nele senão como cidadão inglês. Foi naturalizado há cerca de quinze anos. Um homem muito inteligente. Um judeu, naturalmente.

— Um patife! — gritei indignado.

— De jeito nenhum. Ele é, ao contrário, um patriota. Pense no que ele pode vir a perder. Eu mesmo admiro esse homem.

Contudo, eu não conseguia encarar o caso ao modo filosófico de Poirot.

— E esse é o homem com quem mrs. Cavendish tem passeado para todo lado! — protestei indignado.

— Sim, imagino que ele viu muita utilidade nela — observou Poirot. — Desde que todos se dedicassem às fofocas sobre os dois estarem sempre juntos, as verdadeiras intenções do doutor permaneceriam despercebidas.

— Então você crê que ele nunca esteve interessado nela? — perguntei ansioso, talvez ansioso até demais, dadas as circunstâncias.

— Naturalmente, isso não posso afirmar, mas... Posso lhe dar minha opinião particular, Hastings?

— Claro.

— Bem, eis tudo: mrs. Cavendish não se interessa pelo dr. Bauerstein nem nunca deu a mínima a ele!

— Você realmente acredita nisso? — Eu não podia disfarçar meu contentamento.

— Estou convencido disso. E vou lhe dizer por quê.

— Por quê?

— Porque ela se interessa por outra pessoa, *mon ami*.

— Oh! — O que Poirot queria dizer com isso? Não pude conter uma agradável sensação que percorreu todo o meu corpo. Não sou um homem vaidoso que só pensa em mulheres, mas me lembrei de certas evidências, consideradas talvez muito superficialmente na ocasião, mas que certamente poderiam indicar que...

Meus agradáveis pensamentos foram interrompidos pela entrada inesperada de miss Howard. Ela olhava inquieta para os lados para se certificar que não havia mais ninguém na sala e rapidamente nos mostrou um velho pedaço de papel pardo. Ela o entregou a Poirot, economizando nas palavras, como de costume:

— Sobre o guarda-roupa. — E deixou apressadamente o recinto.

Curioso, Poirot desdobrou a folha de papel e deixou escapar uma expressão de contentamento. Em seguida, depositou o papel sobre a mesa.

— Veja isto, Hastings. Agora me diga que inicial é esta: J ou L?

Era uma folha de papel de tamanho médio, um tanto empoeirada, como se tivesse ficado esquecida em algum lugar por muito tempo. Porém era o timbrado que chamava a atenção de Poirot. No cabeçalho, via-se o selo oficial dos Parkson, conhecidos cavalheiros que confeccionavam costumes de teatro, e estava endereçado a (inicial difícil de ler) Cavendish, Esq., Styles Court, Styles St. Mary, Essex.

— Pode ser um T, mas também pode ser L — arrisquei, após estudar a coisa por alguns instantes. — Mas certamente não é um J.

— Muito bem — replicou Poirot, dobrando novamente a folha de papel. — Concordo com você. É um L, com certeza.

— De onde surgiu isso? — perguntei curioso. — É importante?

— Moderadamente importante. Confirma uma suspeita minha. Eu suspeitava de sua existência, então pedi a miss Howard que procurasse e, como você vê, ela foi bem-sucedida.

— O que ela quis dizer com "sobre o guarda-roupa"?

— Ela quis dizer — respondeu Poirot prontamente — que o papel foi encontrado sobre o guarda-roupa.

— Um lugar curioso para um pedaço de papel pardo — ironizei.

— De jeito nenhum. A parte de cima de um guarda-roupa é um lugar excelente para papéis de embrulho e caixas de papelão. Eu mesmo guardo essas coisas em cima do meu guarda-roupa. Muito bem organizados para não ofender as vistas.

— Poirot — perguntei confiante —, você já tem uma solução para este crime?

— Sim... quero dizer, acho que já sei como foi cometido.

— Ah!

— Infelizmente, não possuo as provas de minhas suspeitas, a menos que... — com um gesto abrupto, tomou-me pelo braço e puxou-me escada abaixo até o *hall*, gritando em francês, pleno de excitação: — *Mademoiselle Dorcas, Mademoiselle Dorcas, un moment, s'il vous plâit!*

Dorcas, um tanto desnorteada pelo barulho, saiu correndo da despensa.

— Minha bondosa Dorcas, tive uma ideia, uma pequena ideia que, se for comprovada, será de grande ajuda! Diga-me se na segunda-feira, não na terça, Dorcas, mas na segunda, um dia antes da tragédia, houve algum problema com a campainha do quarto de mrs. Inglethorp?

Dorcas parecia muito surpresa.

— Sim, agora que o senhor mencionou isso, sim, realmente, embora eu não faça ideia de como o senhor tenha ouvido falar desse acontecimento. Um camundongo ou coisa parecida parece ter roído o fio. Um homem veio consertar na terça-feira de manhã.

Com uma longa exclamação de êxtase, Poirot correu até a sala matinal.

— Veja você, não precisamos de provas externas. Não, a razão é o suficiente. Mas a carne é fraca. É gratificante perceber que estamos na pista certa. Ah, meu amigo, sinto-me tão renovado! Sou capaz de correr e saltar!

E, de fato, correu e saltou de um jeito travesso e dançante sobre o gramado em frente à mansão.

— O que seu notável amiguinho está fazendo? — perguntou uma voz atrás de mim. Ao me virar, deparei-me com Mary Cavendish.

Ela sorriu e eu também. — Por que ele está fazendo isso?

— Realmente não sei dizer. Ele fez uma pergunta a Dorcas sobre uma campainha e ficou tão feliz com a resposta que começou a saltitar, como você pode ver.

Mary riu.

— Que ridículo! Ele está saindo pelo portão. Não vai mais voltar hoje?

— Não sei. Já desisti de tentar adivinhar as coisas que ele vai fazer.

— Ele é meio louco, não é, mr. Hastings?

— Honestamente, não sei. Às vezes, acho que é louco varrido e, de repente, em meio a mais disparatada loucura, vislumbro coerência em sua atitude.

— Compreendo.

Apesar do riso, Mary parecia pensativa naquela manhã. Aparentava um ar grave, quase triste.

Pareceu-me boa oportunidade de abordá-la a respeito de Cynthia. Considero que iniciei a conversa com bastante cautela, mas ela logo me interrompeu de modo autoritário.

— Não tenho dúvidas de que o senhor é um excelente advogado, mr. Hastings, mas nesse caso seus talentos estão sendo desperdiçados. Cynthia não corre o menor risco de enfrentar animosidades de minha parte.

Comecei a gaguejar, surpreso com o jeito dela, achando que talvez falasse sem pensar, mas ela logo me interrompeu novamente e suas palavras eram tão inesperadas que me fizeram deixar Cynthia e seus problemas de lado.

— Mr. Hastings — ela disse —, o senhor acha que meu marido e eu somos um casal feliz?

Eu me senti subitamente acuado e murmurei alguma coisa no sentido de que aquele assunto não era da minha conta.

— Bem — continuou ela calmamente —, seja ou não da sua conta, devo lhe dizer que nós *não* somos felizes.

Permaneci calado ao perceber que ela ainda não tinha terminado.

Devagar, ela começou a caminhar pela sala com a cabeça ligeiramente inclinada, com seu corpo esbelto e flexível deslizando suavemente enquanto se movimentava. Ela parou de repente e me encarou.

— O senhor não sabe nada a meu respeito, não é? De onde venho, quem eu era antes de me casar com John... nada, nada mesmo? Bem, vou lhe contar. Farei do senhor meu confidente paternal. O senhor é bom, eu acho... Sim, tenho certeza de que o senhor é bom.

De algum modo, não me sentia tão lisonjeado como deveria estar. Lembrei-me de que Cynthia havia iniciado suas confidências comigo no mesmo tom. Além do mais, um confidente paternal seria uma pessoa mais idosa, não um homem da minha idade.

— Meu pai era inglês — disse mrs. Cavendish —, mas minha mãe era russa.

— Ah — falei —, agora compreendo...

— Compreende o quê?

— Algo estrangeiro, diferente, que sempre notei na senhora.

— Acredito que minha mãe era linda. Não sei bem, porque nunca a vi. Ela morreu quando eu era criancinha ainda. Creio que houve alguma tragédia ligada à sua morte. Ela tomou, por engano, uma overdose de alguma droga para dormir. De qualquer maneira, meu pai ficou arrasado. Pouco tempo depois, ele entrou para o serviço diplomático. Para todo lugar que ia, eu ia junto. Quando tinha vinte e três anos, já havia visitado praticamente o mundo inteiro. Era uma vida esplêndida. Eu adorava.

Notei um sorriso em seu rosto. Ela jogou a cabeça para trás. Parecia estar revivendo a memória daqueles dias incríveis.

— Então meu pai morreu. Ele me deixou numa situação difícil. Tive de ir morar com umas tias velhas em Yorkshire — ela estremeceu. — O senhor deve compreender como foi horrível a nova realidade para uma garota acostumada com a vida que eu tinha antes. A ignorância e a monotonia mortal quase me levaram à loucura. — Fez uma pequena pausa e acrescentou, num tom de voz diferente: — Foi quando conheci John Cavendish.

— É mesmo?

— O senhor pode imaginar que, do ponto de vista das minhas tias, ele era o partido perfeito para mim. Porém eu posso afirmar honestamente que não foi isso que mais levei em conta. Não, ele era apenas uma maneira de eu escapar da monotonia sufocante que era a minha vida.

Eu não disse nada. Logo, ela continuou:

— Não me entenda mal. Fui muito honesta com ele. Eu lhe disse a verdade, que gostava muito dele e que esperava vir a gostar ainda mais, mas que não estava absolutamente naquela situação que as pessoas chamam de "apaixonada" por ele. Ele declarou que aquilo era satisfatório para ele e, assim, nos casamos.

Ela então se calou. Uma ruga se formou em sua testa. Parecia estar remoendo silenciosamente fatos do passado.

— Eu acho... tenho certeza... de que ele se importava comigo no início. Mas não formávamos um casal feliz. Pouco tempo depois, ele começou a se afastar. Não é algo cativante para meu amor-próprio, mas é a verdade: ele se cansou de mim muito cedo. — Devo ter murmurado alguma coisa discordando, pois ela prosseguiu rapidamente: — Oh, sim, ele se cansou! Não que isso tenha importância agora, justamente agora que estamos prestes a nos separar.

— O que está querendo dizer?

Ela respondeu calmamente:

— Quero dizer que não ficarei em Styles.

— A senhora e John não vão mais viver aqui?

— John deve ficar aqui, mas eu não.

— A senhora vai deixá-lo?

— Sim.

— Mas por quê?

Ela fez um longo silêncio e então declarou:

— Talvez porque eu queira ser... livre!

E, enquanto ela falava, tive a súbita visão de amplos espaços, florestas virgens, terras nunca exploradas; a percepção do que liberdade poderia significar para alguém com a natureza de Mary Cavendish. Pareceu-me ter a visão momentânea de quem ela realmente era, uma criatura selvagem e orgulhosa, inacessível para a civilização como certos pássaros que vivem nas montanhas. Foi quando ela soltou um ligeiro grito:

— O senhor não sabe, não sabe mesmo, como esse lugar odioso tem sido uma prisão para mim!

— Compreendo — eu disse —, mas... não faça nada por impulso.

— Oh, por impulso! — sua voz ironizava minha prudência.

Então, de repente, deixei escapar algo pelo que merecia ter mordido a língua:

— A senhora soube que o dr. Bauerstein foi preso?

Uma frieza instantânea caiu como uma máscara sobre seu rosto, suprimindo qualquer expressão.

— John teve a delicadeza de me dar esta notícia logo cedo, pela manhã.

— Então, o que acha disso? — perguntei indeciso.

— Disso o quê?

— Da prisão.

— O que deveria pensar? Aparentemente, ele é um espião alemão. Foi o que o jardineiro disse a John.

Seu rosto e sua voz eram absolutamente frios e desprovidos de expressividade. Ela dava ou não importância ao fato?

Ela então deu alguns passos e mexeu num dos vasos de flor.

— Estão murchando. Preciso trocá-las. O senhor me dá licença... Obrigada, mr. Hastings. — E passou calmamente por mim saindo pela porta, deixando-me com um frio aceno de despedida.

Não, seguramente ela não dava importância a Bauerstein. Nenhuma mulher poderia desempenhar aquele papel com tamanha frieza e desinteresse.

Poirot não apareceu na manhã seguinte e também os homens da Scotland Yard não deram sinal de vida.

Porém, na hora do almoço, surgiu uma nova prova ou, melhor que isso, uma falta de prova. Em vão, havíamos tentado encontrar a quarta carta que mrs. Inglethorp escrevera na noite que precedeu sua morte. Como nossos esforços foram inúteis, abandonamos a empreitada, na esperança de que a carta aparecesse por si mesma em algum momento. E foi exatamente o que aconteceu, chegando via correios, na forma de um comunicado expedido por uma editora francesa voltada para o mercado de música, acusando o recebimento de um cheque de mrs. Inglethorp e lamentando a impossibilidade de encontrarem determinada série de canções populares russas. Assim, a última esperança de solucionar o mistério por meio da correspondência escrita por mrs. Inglethorp durante a noite fatal teve de ser abandonada.

Pouco antes do chá, desci até a casa de Poirot para lhe contar sobre essa frustração, quando descobri, para meu desagrado, que ele novamente não estava lá.

— Partiu para Londres outra vez?

— Oh, não, *monsieur*, desta vez ele tomou o trem para Tadminster para visitar o dispensário de uma jovem, conforme me contou.

— Mas como é burro! — Deixei escapar. — Eu disse a ele que a quarta-feira é o único dia em que ela não está lá! Bem, peça a ele para nos procurar amanhã de manhã, por favor.

— Certamente, *monsieur*.

Mas, no dia seguinte, não houve nem sinal de Poirot. Eu já estava ficando com raiva. Ele estava nos tratando com total desconsideração.

Depois do almoço, Lawrence me puxou para um canto e me perguntou se eu iria visitar Poirot.

— Não, não vou fazer isso. Ele bem pode vir até aqui se quiser falar conosco.

— Oh! — Lawrence pareceu hesitar. Certo nervosismo e excitação incomuns em seus modos despertaram minha curiosidade.

— Mas o que foi? — perguntei. — Eu posso ir, se for algo assim tão especial.

— Não é nada de mais, mas... Bem, se você for, pode lhe dizer que... — e baixou sua voz num sussurro — acho que encontrei a xícara extra de café!

Eu já havia praticamente apagado de minha mente aquela enigmática mensagem de Poirot, mas agora minha curiosidade estava totalmente renovada.

Lawrence não disse mais nada, então decidi que desceria de meu pedestal e, mais uma vez, iria atrás de Poirot em Leastways Cottage.

Dessa vez, fui recebido com um sorriso. Sim, *monsieur* Poirot estava em casa. Gostaria de subir? Sim, subi até seu quarto.

Poirot se encontrava sentado à mesa com o rosto enterrado em suas mãos. Ele se levantou imediatamente quando entrei.

— O que houve? — perguntei solícito. — Você não está doente, está?

— Não, não, doente não. Mas estou prestes a tomar uma decisão muito importante.

— Vai decidir se vai pegar o criminoso ou não? — perguntei, fazendo graça.

Mas, para minha grande surpresa, Poirot ficou muito sério.

— Falar ou não falar, como diria o seu grandioso Shakespeare... Eis a questão.

Não me ocupei em corrigir a citação.

— Você está falando sério, Poirot?

— Nunca falei tão sério antes. Porque a mais séria de todas as coisas está em jogo.

— Do que está falando?

— Da felicidade de uma mulher, *mon ami* — afirmou com gravidade.

Eu não sabia bem o que dizer.

— É chegada a hora — continuou, reflexivo — e não sei o que fazer. Porque, veja você, estou no meio de uma situação muito grave. Ninguém, exceto eu, Hercule Poirot, teria coragem de tentar fazer o que tenho de fazer! — e bateu a mão orgulhosamente sobre o próprio peito.

Fiquei em silêncio por alguns instantes, a fim de não estragar o efeito de seu gesto. Em seguida, dei a ele o recado de Lawrence.

— Aha! — exclamou. — Então ele encontrou a xícara extra de café. Isso é bom. Ele tem mais inteligência do que parece, esse circunspecto *monsieur* Lawrence!

Pessoalmente, não considerava Lawrence homem de grande inteligência, mas evitei contradizer Poirot e gentilmente pedi que me explicasse como pôde se esquecer dos dias de folga de Cynthia, conforme eu havia lhe informado anteriormente.

— É verdade. Minha memória anda péssima. Contudo, a outra jovem foi uma graça. Lamentou meu desapontamento e mostrou-me tudo com a maior gentileza.

— Oh, bem, então está tudo certo. Mas você deve tomar um chá com Cynthia em outra oportunidade.

Contei-lhe sobre a carta.

— Lamento sobre isso — ele falou. — Sempre nutri esperanças em relação a essa carta. Mas, enfim, não era para ser. Esse caso terá de ser solucionado inteiramente de dentro para fora. — e deu uns tapinhas na testa. — Estas pequenas células cinzentas. "Agora é com elas", como vocês dizem por aqui. — E, de repente, perguntou: — Você entende alguma coisa de impressões digitais, meu amigo?

— Não — respondi, bastante surpreso. — Sei que não existem duas impressões digitais iguais, mas meu conhecimento não vai além disso.

— Exatamente.

Ele destrancou uma pequena gaveta e dela retirou algumas fotografias que logo foram dispostas sobre a mesa.

— Eu as numerei: 1, 2, 3. Pode descrevê-las para mim?

Observei as provas com atenção.

— Muito bem ampliadas, pode-se ver. A foto de número 1, devo dizer, mostra as impressões digitais de um homem: polegar e dedo indicador. As impressões na foto de número 2 são de uma mulher. São bem menores e bastante diferentes sob vários aspectos. As da número 3... — fiz uma pequena pausa — parecem ser diversas impressões bastante confusas, mas... aqui, com distinção, estão as de número 1.

— Sobrepostas às outras?

— Sim.

— Você as reconhece sem dúvida nenhuma?

— Oh, sim, são idênticas.

Poirot fez um gesto com a cabeça e, retirando gentilmente as fotografias de minhas mãos, trancou-as novamente na gaveta.

— Suponho que — afirmei —, como de costume, você não vai me explicar nada?

— Pelo contrário. As da foto número 1 são as impressões digitais de *monsieur* Lawrence. As da número 2 são as de *mademoiselle* Cynthia. Não são importantes. Eu as obtive apenas para fins de comparação. Já as da número 3 são um pouco mais complicadas.

— Mesmo?

— Encontram-se ampliadas ao extremo, como você pode ver. Você pode ter notado uma espécie de mancha que se estende por toda a fotografia. Nem vou lhe descrever o tipo de aparelhagem especial ou o tipo de pó que utilizei. É um processo muito conhecido na polícia, por meio do qual você consegue obter a imagem das impressões digitais sobre qualquer objeto num espaço de tempo bastante curto. Então, meu amigo, você viu as impressões. Agora preciso lhe contar sobre qual objeto em particular elas foram encontradas.

— Continue. Estou muito ansioso para saber.

— *Eh bien!* A foto número 3 representa a superfície muitas vezes ampliada de um pequeno frasco que estava na parte de cima do armário de venenos do dispensário do Hospital da Cruz Vermelha de Tadminster. Sim, aquele hospital popular!

— Deus do Céu! — exclamei. — Mas o que as impressões digitais de Lawrence Cavendish estavam fazendo nesse frasco? Se ele nem chegou perto daquele armário de venenos no dia em que estivemos lá?

— Oh, sim, ele chegou perto, sim!

— Impossível! Estivemos juntos um do outro durante todo o tempo!

Poirot sacudiu a cabeça.

— Não, meu amigo, houve um momento em que vocês não estiveram juntos. Um momento em que vocês não podiam estar juntos, senão *monsieur* Lawrence não teria sido convidado a se juntar a vocês na sacada.

— Eu me esqueci disso — admiti. — Mas foi por tão pouco tempo.

— Tempo suficiente.

— Suficiente para quê?

O sorriso de Poirot era um tanto enigmático.

— Tempo suficiente para um cavalheiro que já estudou medicina satisfazer um interesse e uma curiosidade muito naturais. Nossos olhos se encontraram. Os de Poirot mostravam-se um tanto vagos. Ele se levantou e pôs-se a cantarolar. Observei-o desconfiado.

— Poirot — interferi. — O que havia de especial nesse frasco?

Poirot olhou para fora da janela.

— Hidrocloreto de estricnina. — respondeu, sem se virar. E continuou a cantarolar.

— Santo Deus! — falei baixinho. Não era uma surpresa para mim. Já esperava aquela resposta.

— Eles raramente usam o hidrocloreto de estricnina em estado puro. Apenas ocasionalmente para fazer pílulas. É a solução oficial, hidrocloreto de estricnina líquida, utilizada em diversos tipos de medicamentos. Por isso as impressões digitais ficaram ali intocadas.

— Como você conseguiu fazer estas fotos?

— Deixei meu chapéu cair da sacada — explicou Poirot com simplicidade. — Não se permitem visitantes lá embaixo naquele horário, então, sob minhas mais sinceras desculpas, a colega de *mademoiselle* Cynthia teve de descer até lá para buscá-lo.

— Então você sabia o que iria encontrar?

— Não, absolutamente. Apenas pensei na possibilidade de *monsieur* Lawrence ter-se dirigido ao armário de venenos a partir da história que você mesmo me contou. Eu precisava confirmar ou eliminar essa hipótese.

— Poirot — observei —, essa sua alegria não me engana. Essa descoberta é muito importante.

— Não sei dizer — disse Poirot. — Mas uma coisa chama minha atenção. Sem dúvida surpreende a você também.

— O quê?

— Ora, há estricnina em excesso nesse caso. Já é a terceira vez que nos deparamos com ela. Havia estricnina no tônico de mrs. Inglethorp. Também Mace vendeu estricnina no balcão da farmácia em Styles St. Mary. Agora temos mais estricnina manuseada por uma pessoa da casa. É muito confuso e, como você sabe, detesto confusão.

Antes que eu pudesse responder, um dos outros belgas abriu a porta e esticou a cabeça para dentro do quarto, dizendo:

— Há uma senhora lá embaixo à procura de mr. Hastings.

— Uma senhora?

Pus-me de pé num salto. Poirot seguiu-me escada abaixo. Mary Cavendish estava de pé à porta.

— Vim visitar uma velhinha aqui na vila — explicou — e, como Lawrence me disse que o senhor estava com *monsieur* Poirot, pensei em chamá-lo para voltarmos juntos.

— Ah, minha senhora — lamentou Poirot —, pensei que tivesse vindo dar-me a honra de sua visita.

— Eu o farei um dia, se me convidar — ela prometeu sorridente.

— Assim é melhor. Se precisar de um velho confidente, *madame* — ela pareceu constrangida —, lembre-se: Papai Poirot estará sempre às suas ordens.

Ela o encarou por alguns minutos como se procurasse decifrar algum significado oculto em suas palavras. Então ela se virou repentinamente de lado.

— Vamos, então. O senhor não quer nos acompanhar, *monsieur* Poirot?

— Encantado, *madame*.

Mary falou muito rápida e intensamente durante todo o percurso até Styles. Pareceu-me que ela estava de alguma forma intimidada com a presença de Poirot.

O tempo havia mudado. Soprava um vento cortante de intensidade quase outonal. Mary tremia um pouco e abotoou seu casaco preto esportivo até em cima. Passando pelas árvores, a ventania produzia um ruído estranho como o de um suspiro gigantesco.

Seguimos até a porta principal de Styles e imediatamente tivemos a sensação de que algo estava errado.

Dorcas veio correndo ao nosso encontro. Chorava e sacudia as mãos. Notei a presença de outros criados reunidos ao fundo, todos atentos ao que se passava.

— Oh, minha senhora! Minha senhora! Não sei como dizer isto...

— O que aconteceu, Dorcas? — perguntei impaciente. — Fale de uma vez!

— Aqueles detetives horríveis. Eles o prenderam. Prenderam mr. Cavendish!

— Prenderam Lawrence? — perguntei ofegante.

Percebi um estranhamento no olhar de Dorcas.

— Não, senhor, não foi mr. Lawrence. Foi mr. John.

Soltando um grito desesperado, Mary Cavendish deixou-se cair contra mim. Quando me virei para ampará-la, Poirot me fitava com um olhar triunfante.

11

O JULGAMENTO

O julgamento de John Cavendish pelo assassinato de sua madrasta ocorreu dois meses mais tarde.

Pouco tenho a dizer sobre as semanas anteriores, mas devo reafirmar minha total admiração e simpatia por mrs. Mary Cavendish. Ela manteve uma postura extremamente apaixonada ao lado do marido, repelindo qualquer menção à possibilidade de culpa e lutando por ele com unhas e dentes.

Revelei minha admiração a Poirot e ele expressou-se por um gesto de cabeça pensativo.

— Sim, ela é dessas mulheres que mostram o melhor de si diante da adversidade. Os momentos difíceis trazem de dentro delas o que há de mais meigo e verdadeiro. Seu orgulho e seu ciúme...

— Ciúme? — perguntei.

— Sim. Você não reparou como ela é extremamente ciumenta? Como eu ia dizendo, seu orgulho e seu ciúme ficaram de lado. Agora ela não pensa em nada mais senão no marido e no terrível destino que o espera.

Ele falou demonstrando estar bastante sensibilizado. Fitei-o, ansioso, lembrando-me daquela tarde em que ele estivera a deliberar se deveria falar ou não. Com sua compaixão pela "felici-

O MISTERIOSO CASO DE STYLES   213

dade de uma mulher", fiquei satisfeito que a decisão tivesse sido tomada sem minha intervenção.

— Mesmo agora — disse eu —, mal posso acreditar nisso. Para mim, até o último momento, tratava-se de Lawrence!

Poirot riu.

— Eu sei que você pensava assim.

— Mas John! Meu velho amigo John!

— Todo assassino é provavelmente um velho amigo de alguém — observou Poirot filosoficamente. — Você não deve misturar sentimento e razão.

— Mas acho que você devia ter-me dado uma pista.

— Talvez, *mon ami*, eu não tenha feito isso simplesmente porque ele *era* seu velho amigo.

Fiquei um tanto desconcertado com isso, lembrando-me de como eu revelara a John o que eu acreditava serem as suspeitas de Poirot em relação a Bauerstein. Este, por sua vez, havia sido absolvido da acusação de espionagem. Não obstante, embora tivesse sido de extrema perspicácia contra aqueles que o acusaram, suas asas ficaram devidamente aparadas em relação a possíveis ações futuras.

Perguntei a Poirot se ele achava que John seria condenado. Para minha completa surpresa, ele respondeu que, pelo contrário, era totalmente possível que fosse absolvido.

— Mas Poirot... — protestei.

— Oh, meu amigo, já não lhe disse tantas vezes que não disponho de provas? Saber que um homem é culpado é uma coisa; prová-lo é outra completamente diferente. E, neste caso, há pouquíssimas provas. Esse é o grande problema. Eu, Hercule Poirot, sei, mas ainda me falta o último elo da corrente. E, a menos que encontre esse elo... — e sacudiu a cabeça com austeridade.

— Quando você suspeitou de John Cavendish pela primeira vez? — perguntei, depois de um tempo.

— Você nunca suspeitou dele?

— De fato, nunca.

— Nem mesmo após aquele fragmento de conversa que você ouviu entre mrs. Cavendish e sua sogra, sem falar na subsequente falta de sinceridade dela no tribunal?

— Não.

— Você não somou dois e dois refletindo que não foi Alfred Inglethorp quem discutiu com a mulher? E, como ele negou isso efusivamente no depoimento, restavam apenas Lawrence e John? Se fosse Lawrence, a conduta de Mary Cavendish seria simplesmente inexplicável. Por outro lado, se fosse John, naturalmente a coisa toda faria sentido.

— Então — ponderei, sentindo que agora tudo ficava claro para mim —, quer dizer que foi John quem discutiu com a mãe naquela tarde?

— Exatamente.

— E você sabia disso o tempo todo?

— Com certeza. O comportamento de mrs. Cavendish só podia ser explicado dessa maneira.

— Mesmo assim, você acredita que ele será absolvido?

Poirot sacudiu os ombros.

— Certamente. No tribunal, vamos ouvir os detalhes da acusação, mas seus advogados certamente o terão instruído sobre as estratégias reservadas para a defesa. No meio de tudo isso poderá surgir alguma novidade para nós. E... a propósito, devo lhe advertir sobre uma coisa, meu amigo. Não devo aparecer no caso.

— O quê?

— Não. Oficialmente, nada tenho a ver com isso. Até eu encontrar aquele último elo da corrente, devo permanecer nos bastidores. Mrs. Cavendish deve pensar que estou trabalhando em prol de seu marido, não contra ele.

— Isso me parece meio hipócrita — protestei.

— Nem um pouco. Estamos lidando com um homem extremamente esperto e inescrupuloso, então temos de usar todos os meios possíveis que estiverem ao nosso alcance, senão ele escapará de nós. É por isso que cautelosamente pretendo permanecer fora de cena. Todas as descobertas foram feitas por Japp, e ele deverá ser creditado por tudo. Se eu for convocado para dar depoimento — ele abriu um grande sorriso —, certamente será como testemunha de defesa.

Eu mal podia acreditar no que estava ouvindo.

— Tudo isto está perfeitamente *en règle* — continuou Poirot. — Por mais estranho que possa parecer, disponho de uma prova que pode pôr abaixo um dos argumentos da acusação.

— Que prova é essa?

— Está relacionada à destruição do testamento. John Cavendish não destruiu aquele documento.

Poirot era um verdadeiro profeta. Não entrarei nos detalhes do inquérito policial porque envolvem várias repetições enfadonhas. Digo apenas que John Cavendish aguardou a argumentação da defesa até ser levado a julgamento.

Em setembro, estávamos todos em Londres. Mary alugou uma casa em Kensington, incluindo Poirot como membro da família.

Quanto a mim, consegui um emprego no Ministério da Guerra, então podia vê-los sempre que quisesse.

À medida que as semanas passavam, o estado de nervos de Poirot só piorava. Aquele "último elo" continuava faltando. Secretamente, eu achava que esse elo devia continuar assim porque, se John fosse condenado, que felicidade restaria a Mary?

Em 15 de setembro, John Cavendish foi levado ao banco dos réus, em Old Bailey, acusado pelo "homicídio doloso de Emily Agnes Inglethorp", onde declarou ser "inocente".

Sir Ernest Heavywether, famoso K.C.*, foi o responsável por sua defesa.

Mr. Philips, K.C., fez a abertura da sessão em nome da Coroa.

O homicídio, segundo ele, foi cometido sob o mais alto grau de premeditação e sangue-frio. Não significara nada mais, nada menos que o envenenamento deliberado de uma boa e singela senhora pelo enteado para quem ela sempre fora mais que uma mãe. Desde a infância, ela o amparara. Ele e sua esposa haviam vivido no luxo de Styles Court, cercados de toda a atenção e cuidado. Ela tinha sido para eles a mais pura e generosa benfeitora.

Propôs chamar testemunhas para mostrar como o acusado, um libertino perdulário, havia ido à bancarrota e que também estava metido numa intriga envolvendo uma certa mrs. Raikes, a esposa de um vizinho fazendeiro. Quando tal fato chegara aos ouvidos da madrasta, esta o censurara na tarde anterior à sua morte, causando uma discussão, que fora ouvida em parte. No dia anterior, o acusado havia comprado estricnina na farmácia da vila, usando um disfarce para incriminar outro homem — no

* K.C., ou *Knight Commander*, é a segunda mais importante ordem de cavalaria do Império Britânico [N.T.]

caso, o marido de mrs. Inglethorp, de quem nutria profundo ciúme. Por sorte, mr. Inglethorp conseguira apresentar um álibi incontestável.

Na tarde do dia 17 de julho, prosseguiu o promotor, imediatamente após a discussão com seu filho, mrs. Inglethorp redigira novo testamento. Esse documento fora encontrado destruído na lareira de seu quarto na manhã seguinte, mas ficou provado que fora escrito em favor de seu marido. A falecida já havia feito um testamento anterior que o favorecia, mas — e mr. Philips agitava expressivamente seu dedo indicador — o acusado não tinha conhecimento desse fato. O que havia induzido a morta a renovar seu testamento, sendo que o anterior ainda estava vigente, ele não conseguiu explicar. Era uma senhora idosa e provavelmente se esquecera do testamento anterior ou — o que para ele parecia mais provável — achava que o anterior tivesse sido invalidado em consequência de seu casamento, por ocasião de uma conversa que houve a respeito desse assunto. Velhas senhoras nem sempre eram versadas em assuntos jurídicos. Cerca de um ano antes, ela havia firmado um testamento em favor do réu. Ele apresentaria provas mostrando que fora o réu quem levara o café para a madrasta na fatídica noite. Mais tarde, naquela noite, ele conseguira entrar em seu quarto quando, sem dúvida, encontrara oportunidade para destruir o testamento — uma ação que, ele esperava, revalidaria o testamento anterior, cujo conteúdo vinha em seu próprio benefício.

O prisioneiro havia sido detido em consequência da descoberta, em seu quarto, feita pelo inspetor-detetive Japp — um policial brilhante —, de um frasco de estricnina vendido pelo farmacêutico da vila ao suposto mr. Inglethorp um dia antes do crime. Caberia ao júri decidir se esses fatos danosos constituíam provas irrefutáveis da culpabilidade do réu.

E, de forma sutil, deixando implícito que seria um absurdo se os jurados não se decidissem pela culpa, mr. Philips sentou-se, enxugando o suor da testa.

As primeiras testemunhas da acusação foram praticamente as mesmas que haviam participado do primeiro inquérito. De novo, as provas médicas foram apresentadas primeiro.

Sir Ernest Heavywether, famoso em toda a Inglaterra por seu modo inescrupuloso de intimidar as testemunhas, fez apenas duas perguntas.

— Devo entender, dr. Bauerstein, que a estricnina é uma droga de ação rápida?

— Sim.

— E que o senhor não consegue explicar por que a droga demorou a fazer efeito neste caso?

— Sim.

— Obrigado.

Mr. Mace identificou o frasco exibido pela promotoria como o que foi vendido por ele a "mr. Inglethorp". Pressionado, admitiu que só conhecia mr. Inglethorp de vista e que nunca tinha conversado com ele. Essa testemunha não foi interrogada pela defesa.

Alfred Inglethorp foi chamado a depor e negou ter comprado o veneno. Negou, ainda, ter discutido com a esposa. Várias testemunhas corroboraram a veracidade de suas afirmações.

A prova dos jardineiros terem servido como testemunhas no testamento também foi utilizada e Dorcas foi chamada a prestar depoimento.

Fiel a seus "jovens cavalheiros", Dorcas negou terminantemente que a voz ouvida por ela poderia ter sido de John e, resoluta, contrariou o depoimento de todos declarando que mr. Inglethorp estivera com a mulher no toucador. Um tímido sorriso se fez notar no rosto do prisioneiro no banco dos réus. Ele sabia simplesmente o quão inútil era o desafio apresentado por ela, desde que negar essa questão não era objetivo da defesa. Obviamente, mrs. Cavendish não podia ser chamada a testemunhar contra o próprio marido.

Depois de várias perguntas sobre essas questões, mr. Philips perguntou:

— No último mês de junho, a senhora se lembra de haver recebido um pacote destinado a mr. Lawrence Cavendish vindo da Casa Parkson?

Dorcas sacudiu a cabeça.

— Não me lembro, senhor. Pode ter chegado um pacote para ele, mas mr. Lawrence esteve fora durante parte do mês de junho.

— Na eventualidade de um pacote chegar para ele enquanto ele estivesse fora, qual procedimento seria tomado?

— Seria colocado no quarto dele ou então enviado para ele onde estivesse.

— Pela senhora?

— Não, senhor, eu deveria deixá-lo na mesa do *hall*. Caberia a miss Howard providenciar o expediente desse tipo de coisa.

Evelyn Howard foi chamada e, após depor sobre outros assuntos, foi questionada a respeito do pacote.

— Não me lembro. Muitos pacotes chegam. Não me lembro de nenhum em especial.

— Não consegue dizer se foi enviado para mr. Lawrence Cavendish em Gales ou se foi posto em seu quarto?

— Não creio que tenha sido enviado para ele. Eu me lembraria caso isso acontecesse.

— Suponhamos que um pacote chegasse endereçado a mr. Lawrence Cavendish e que, mais tarde, desaparecesse. A senhorita notaria a ausência desse pacote?

— Não, creio que não. Eu pensaria que alguém se tivesse encarregado dele.

— Acredito, miss Howard, que foi a senhorita quem encontrou esta folha de papel pardo? — e exibiu o mesmo pedaço empoeirado de papel que Poirot e eu havíamos examinado na sala matinal de Styles.

— Sim, fui eu.

— Explique como a senhorita saiu à procura disso.

— O detetive belga que estava cuidando do caso pediu-me que procurasse.

— Onde a senhorita o encontrou?

— Em cima de... de... um guarda-roupa.

— Em cima do guarda-roupa do réu?

— Acredito que sim.

— Não foi a senhorita mesma quem o encontrou?

— Sim.

— Então a senhorita deve ter certeza de onde o encontrou.

— Sim, estava no guarda-roupa do réu.

—Assim está melhor.

Um funcionário da Casa Parkson, os estilistas de indumentária teatral, atestou que em 29 de junho enviaram uma barba negra para mr. L. Cavendish sob encomenda. O pedido havia sido feito por correspondência. Uma ordem de pagamento postal fora incluída. Não, a carta não fora arquivada. Todas as transações ficaram registradas em livro. Eles enviaram a barba para o destinatário indicado: "L. Cavendish, Esq., Styles Court".

Sir Ernest Heavywether levantou-se imponente.

— Onde foi escrita essa carta?

— Veio de Styles Court.

— O mesmo endereço para onde o senhor enviou a encomenda?

— Sim.

Como uma ave de rapina, Heavywether saltou sobre ele:

— Como o senhor sabe?

— Eu... não compreendo.

— Como o senhor sabe que essa carta veio de Styles? O senhor verificou o carimbo de postagem?

— Não... mas...

— Ah, o senhor *não* verificou o carimbo postal! E, ainda assim, afirma veementemente que veio de Styles. Poderia, então, ser algum carimbo postal de outro local?

— S-sim.

— De fato, a carta, embora escrita em papel timbrado, poderia ter sido despachada de qualquer lugar. Do País de Gales, por exemplo?

A testemunha admitiu que havia essa possibilidade e sir Ernest declarou-se satisfeito.

Elizabeth Wells, arrumadeira em Styles, afirmou que, após ter ido para a cama, lembrou-se de haver trancado a porta da frente em vez de deixá-la fechada apenas com o trinco conforme lhe pedira mr. Inglethorp. Por essa razão, havia descido para reparar seu erro. Tendo ouvido um ruído na ala oeste, observara o corredor e vira mr. John Cavendish batendo à porta do quarto de mrs. Inglethorp.

Sir Ernest Heavywether demorou-se pouco com ela: sob sua impiedosa abordagem, a moça se contradisse irremediavelmente. Sir Ernest sentou-se novamente com um sorriso de satisfação no rosto.

Após o depoimento de Annie a respeito da mancha de cera no chão e de seu testemunho quanto ao réu ter levado o café até o toucador, a sessão foi adiada para o dia seguinte.

Enquanto voltávamos para casa, Mary Cavendish queixou--se amargamente da ação da promotoria.

— Que homem odioso! Teceu uma teia ardilosa em torno de meu pobre John! Como distorceu cada detalhe até fazer com que os fatos parecessem aquilo que não são!

— Bem — disse eu, tentando confortá-la —, amanhã as coisas serão diferentes.

— Sim — ela concordou meditativa. E, de repente, baixou o tom de voz. — Mr. Hastings, o senhor acha que certamente tenha sido Lawrence? Oh, acho que não poderia, não é?

Porém eu próprio me encontrava confuso e, assim que me encontrei com Poirot, perguntei-lhe sua opinião sobre a condução que sir Ernest estava dando ao caso.

— Ah! — exclamou Poirot em tom de apreciação. — Ele é um homem inteligente, esse sir Ernest.

— Você acha que ele acredita na culpa de Lawrence?

— Não acho que ele acredite nem se importe com coisa alguma! Não, o que ele está tentando fazer é criar tal confusão na cabeça dos jurados a fim de dividir suas opiniões em relação a qual dos dois irmãos é o culpado. Ele está se esforçando para deixar claro que há tantas provas contra Lawrence como as há contra John. E estou certo de que ele terá êxito nisso.

O inspetor-detetive Japp foi a primeira testemunha convocada na reabertura da sessão. Ele prestou um depoimento breve e sucinto. Após discorrer sobre os acontecimentos iniciais, prosseguiu:

— Trabalhando com as informações recebidas, o superintendente Summerhaye e eu demos uma busca no quarto do réu durante sua ausência temporária da casa. Em sua cômoda, escondido debaixo de roupas íntimas, encontramos o seguinte: primeiro, um par de *pince-nez* com aro de ouro, similares àqueles usados por mr. Inglethorp — os quais foram exibidos aos jurados — e, além disso, este frasco.

O frasco era aquele que já havia sido reconhecido pelo farmacêutico assistente, uma pequena garrafinha de vidro azul contendo alguns grãos de um pó branco cristalino, em cujo rótulo se lia: "hidrocloreto de estricnina. VENENO."

Uma prova inédita descoberta pelos detetives depois da abertura do inquérito policial foi apresentada: um longo pedaço de mata-borrão quase novo fora encontrado no talão de cheques de mrs. Inglethorp. Ao ser exposto diante de um espelho, mostrava nitidamente estas palavras: "... deixo todos os meus bens para meu amado esposo Alfred Ing...". Esta afirmação deixava inequívoco o fato de que o testamento destruído favorecia o marido da falecida. Japp prosseguiu exibindo o fragmento de papel encontrado na grelha da lareira, assim como a descoberta da barba, o que concluía seu depoimento.

Entretanto, a arguição de sir Ernest ainda estava por vir.

224   AGATHA CHRISTIE

— Em que dia o senhor vasculhou o quarto do réu?

— Terça-feira, 24 de julho.

— Exatamente uma semana após a tragédia ter acontecido?

— Sim.

— O senhor afirma ter encontrado estes dois objetos na cômoda. As gavetas estavam destrancadas?

— Sim.

— Não lhe parece improvável que um homem que cometeu um crime mantenha as provas em uma gaveta aberta que permite acesso a qualquer pessoa?

— Ele poderia tê-las escondido ali num momento de pressa.

— Mas o senhor acabou de dizer que uma semana inteira já havia se passado após o crime. Ele teve tempo suficiente para remover e destruir qualquer prova.

— Talvez.

— Não há *talvez* nesta questão. Ele teve ou não tempo suficiente para remover e destruir as provas?

— Teve.

— A pilha de roupas íntimas sob a qual as provas foram encontradas era composta de roupas leves ou pesadas?

— Pesadas.

— Em outras palavras, eram roupas íntimas de inverno. Obviamente, não é provável que o réu fosse buscar roupas naquela gaveta.

— Talvez não.

— Responda minha pergunta com sinceridade. Na semana mais quente do verão, o réu procuraria roupas íntimas de inverno naquela gaveta? Sim ou não?

— Não.

— Nesse caso, acha possível que os artigos em questão possam ter sido colocados lá por uma terceira pessoa e que o réu pudesse nem fazer a mais vaga ideia do que aconteceu?

— Não acredito nisso.

— Mas seria possível?

— Sim.

— Sem mais perguntas.

Outros depoimentos se seguiram. Sobre as dificuldades financeiras enfrentadas pelo réu em fins de julho. Sobre seu envolvimento com mrs. Raikes. Pobre Mary, aquilo deve ter sido difícil de ouvir para uma mulher de sua estirpe. Evelyn Howard estava certa em suas suspeitas, embora sua animosidade contra Alfred Inglethorp a tenha levado à conclusão precipitada de que ele era a pessoa envolvida no caso.

Lawrence Cavendish foi então chamado ao banco das testemunhas. Com a voz baixa, respondendo à inquirição de mr. Philips, negou ter encomendado qualquer coisa da Casa Parkson em junho. De fato, no dia 29 daquele mês, ele estivera fora, em Gales.

Imediatamente, sir Ernest ergueu o queixo num gesto desafiador.

— O senhor nega ter encomendado uma barba negra da Casa Parkson em 29 de junho?

— Nego.

— Ah! Na eventualidade de algo acontecer a seu irmão, quem herdaria Styles Court?

A brutalidade da pergunta fez o rosto pálido de Lawrence corar de forma notável. O juiz deixou escapar ligeiro som de desaprovação, enquanto o prisioneiro, no banco dos réus, inclinou-se para frente com raiva.

Heavywether não deu a mínima para a irritação de seu cliente.

— Responda à minha pergunta, por favor.

— Suponho — afirmou Lawrence calmamente — que seria eu.

— O que o senhor quer dizer com "suponho"? Seu irmão não tem filhos. O senhor *herdaria* a propriedade ou não?

— Sim.

— Ah, assim é melhor — disse Heavywether com marcante entusiasmo. — E o senhor herdaria uma bela quantia de dinheiro também, não é?

— Realmente, sir Ernest — protestou o juiz —, estas perguntas são irrelevantes.

Sir Ernest fez uma mesura. Tendo lançado sua flecha, prosseguiu:

— Na terça-feira, dia 17 de julho, o senhor foi, creio eu, acompanhado de outro convidado, visitar o dispensário do Hospital da Cruz Vermelha em Tadminster?

— Sim.

— Enquanto esteve sozinho por alguns segundos, o senhor destrancou o armário de venenos e examinou alguns frascos?

— E-e-eu posso ter feito isso, sim.

— Posso considerar que o senhor o fez?

— Sim.

Sir Ernest disparou a próxima pergunta:

— O senhor examinou um frasco em particular?

— Não, creio que não.

— Tenha cuidado, mr. Cavendish, refiro-me a um pequeno frasco contendo hipocloreto de estricnina.

Lawrence começava a apresentar uma palidez esverdeada.

— N-n-não... estou certo que não.

— Então como o senhor explica o fato de ter deixado impressões digitais no referido frasco?

Essa maneira acintosa surtiu um efeito altamente eficaz sobre o nervosismo de Lawrence.

— S-suponho que tenha segurado o vidro.

— Eu suponho o mesmo! O senhor recolheu algo do conteúdo do frasco?

— Certamente que não.

— Então por que o pegou?

— Já estudei medicina. Essas coisas me interessam naturalmente.

— Ah, então venenos são um "interesse natural" para o senhor? Além disso, o senhor esperou ficar sozinho para somente então satisfazer esse "interesse natural"?

— Foi mera questão de oportunidade. Se os outros estivesse ali naquele momento, eu teria agido da mesma forma.

— Mas a verdade é que os outros não estavam ali naquele momento.

— Não, mas...

— De fato, durante toda a tarde, o senhor ficou sozinho somente por dois minutinhos e aconteceu, eu disse, aconteceu, de o senhor manifestar seu "interesse natural" por hidrocloreto de estricnina exatamente nesses breves dois minutos.

Lawrence gaguejou irremediavelmente.

— E-eu...eu...

Com expressiva satisfação, sir Ernest observou:

— Nada mais tenho a lhe perguntar, mr. Cavendish.

Essa parte da inquirição de Lawrence causou grande excitação no tribunal. Muitas mulheres elegantemente vestidas juntavam-se em grupos com seus penteados adornados e o burburinho causado por essa movimentação logo se transformou num quase tumulto, de modo que o juiz, irritado, ameaçou esvaziar o recinto se o silêncio não fosse imediatamente restabelecido.

Poucos depoimentos se sucederam. Os especialistas em caligrafia foram convocados para dar parecer sobre a assinatura de Alfred Inglethorp no registro de venenos vendidos pelo farmacêutico. Houve unanimidade de que a escrita não era dele. Declararam que poderia ser a do réu falsificada. Interrogados pela defesa, admitiram que pudesse ser a caligrafia do réu muito bem falsificada por outrem.

A fala de abertura de sir Ernest Heavywether para a defesa do réu não foi longa, mas bem apoiada por sua postura enfática. Nunca, em toda a sua vida profissional, declarou, ele se deparara com uma acusação de homicídio baseada em evidências tão questionáveis. Eram não apenas inteiramente circunstanciais, mas sem nenhuma comprovação definitiva em sua maior parte. Rogava aos jurados que analisassem os depoimentos imparcialmente. A estricnina havia sido encontrada numa gaveta no quarto do réu. Era uma gaveta desprotegida, como ele afirmara antes, então não havia indícios sólidos de que o acusado era o responsável por ter escondido ali o veneno. Era, com certeza, uma tentativa maldosa de uma terceira pessoa desejosa de incriminar o prisioneiro. A promotoria fora incapaz de apresentar uma prova convincente de que o acusado fora o responsável pelo pedido de compra da barba negra adquirida da Casa Parkson. A discussão entre ele e a madrasta foi admitida livremente, mas tanto esse fato como as dificuldades financeiras de John haviam sido exageradas de maneira grosseira.

Seu cultíssimo amigo — e sir Ernest fez um aceno desleixado com a cabeça em direção a mr. Philips — afirmara que se o prisioneiro fosse inocente, ele teria se apresentado durante o inquérito inicial para explicar que fora ele, e não mr. Inglethorp, o interlocutor na discussão no toucador. Para sir Ernest, os fatos haviam sido distorcidos. O que realmente acontecera foi o seguinte: o réu, ao retornar a casa na terça-feira à noite, foi informado de uma violenta discussão entre mr. e mrs. Inglethorp. Em nenhum momento, ele suspeitara de que alguém pudesse ter confundido sua voz com a do marido de sua madrasta. Ele logo concluiu que ela discutira duas vezes naquele dia.

A promotoria alegou categoricamente que na segunda-feira, dia 16 de julho, o acusado havia entrado na farmácia da vila disfarçado, fazendo-se passar por mr. Inglethorp. O réu, ao contrário, encontrava-se naquele momento num local isolado conhecido como Marston's Spinney, para onde havia sido atraído por um bilhete anônimo, de conteúdo chantagista, no qual constavam ameaças de revelar determinados assuntos à sua esposa caso ele não concordasse em ceder às pressões descritas na mensagem. Por isso, o acusado se dirigira ao local indicado e, após ter esperado em vão por mais de meia hora, acabou voltando para casa. Infelizmente, não encontrara ninguém no percurso nem de ida nem de volta que pudesse testemunhar em seu favor. Por outro lado, tinha felizmente guardado o bilhete, que seria apresentado como prova.

Em relação à alegação sobre a destruição do testamento, o prisioneiro, que possuía experiência anterior nos tribunais como advogado, estava perfeitamente ciente de que o testamento previamente redigido em seu favor um ano antes se encontrava automaticamente revogado desde o novo casamento de sua madrasta. A defesa convocaria uma testemunha para provar quem realmente destruíra o testamento, o que provavelmente abriria novas perspectivas sobre o caso.

Finalmente, ressaltou aos jurados que havia provas existentes contra outras pessoas além de John Cavendish. Sua atenção deveria ser especialmente voltada para aquelas contra mr. Lawrence Cavendish, as quais seriam tão significativas, senão ainda mais fortes que as apresentadas contra seu irmão.

E, naquele momento, a defesa ouviria o réu.

John saiu-se bem no banco das testemunhas. Sob a orientação perspicaz de sir Ernest, contou sua história de maneira convincente. Ele exibiu o bilhete anônimo que recebera, passando-o aos jurados para que o examinassem. A firmeza com que admitiu tanto seus problemas financeiros como o conflito com a madrasta contribuiu para a aceitação de suas negativas.

Ao final do depoimento, fez uma pausa e acrescentou:

— Gostaria de esclarecer uma coisa. Rejeito integralmente e desaprovo as insinuações de sir Ernest Heavywether contra meu irmão. Estou convencido de que Lawrence, como eu, nada tem a ver com o crime.

Sir Ernest limitou-se a sorrir discretamente e observou com seus olhos vivazes que o protesto de John havia causado uma impressão favorável no júri.

Então teve início o interrogatório da promotoria.

— Entendo que o senhor declarou nunca ter passado por sua mente que as testemunhas no inquérito pudessem ter confundido sua voz com a de mr. Inglethorp. O senhor não acha isso muito surpreendente?

— Não, não acho. Ouvi dizer que houve uma discussão entre minha mãe e mr. Inglethorp e nunca me ocorreu que a situação não fosse bem essa.

— Nem mesmo quando a criada Dorcas repetiu determinados trechos da conversa, fragmentos que o senhor deveria ter reconhecido?

— Não os reconheci.

— Sua memória deve ser incrivelmente curta!

— Não, mas estávamos ambos zangados e, creio eu, dissemos mais do que realmente queríamos dizer. Prestei muito pouca atenção às reais palavras ditas por minha mãe.

A forma incrédula como mr. Philips expirou o ar foi uma artimanha forense de efeito triunfante. Em seguida, avançou para a questão do bilhete.

— O senhor apresentou este bilhete em momento muito oportuno. Diga-me: não há nada familiar em relação a esta caligrafia?

— Não que eu saiba.

— O senhor não acha que existe uma semelhança notável com sua própria caligrafia... porém mal disfarçada?

— Não, não acho.

— Pois lhe digo que esta letra é sua!

— Não.

— Afirmo que, na ânsia de obter um álibi, o senhor arquitetou a ideia de haver um compromisso fictício e consideravelmente inacreditável, tendo escrito, o senhor mesmo, este bilhete no intuito de corroborar sua afirmação.

— Não.

— Não é verdade que, durante o tempo em que o senhor afirma ter permanecido à espera num local solitário e ermo, o senhor realmente estava na farmácia de Styles St. Mary, onde comprou estricnina em nome de Alfred Inglethorp?

— Não, isso é mentira.

— Afirmo que, usando um terno de mr. Inglethorp e uma barba preta devidamente aparada para ficar semelhante à dele, o senhor esteve lá e assinou o registro em lugar dele!

— Isto é absolutamente falso.

— Então deixarei a notável semelhança entre a sua caligrafia e aquela encontrada no bilhete e no registro da farmácia a cargo dos jurados — afirmou mr. Philips, sentando-se com ar de quem havia cumprido sua missão, mas que não obstante revoltava-se diante de tamanho perjúrio.

Depois disso, em virtude de já estar ficando tarde, a continuação dos trabalhos foi adiada para a segunda-feira.

Poirot, como pude notar, apresentava um ar de profundo descontentamento. Ele trazia aquela pequena ruga entre os olhos que eu conhecia tão bem.

— O que foi, Poirot? — perguntei.

— Ah, *mon ami*, as coisas estão ficando ruins, ruins.

Apesar disso, senti um alívio no coração. Evidentemente havia a possibilidade de John Cavendish ser absolvido.

Quando chegamos a casa, meu amigo dispensou a oferta de Mary para tomar chá.

— Não, *madame*, obrigado. Subirei para meu quarto.

Eu o segui. Ainda com aquela ruga entre os olhos, dirigiu-se até a escrivaninha e pegou um maço de cartas de baralho. Depois, puxou uma cadeira até a mesa e, para minha total surpresa, começou solenemente a construir um castelo de cartas!

Meu queixo caiu involuntariamente e ele foi logo dizendo:

O MISTERIOSO CASO DE STYLES   233

— Não, *mon ami*, não estou na minha segunda infância! Estou acalmando meus nervos, é só isso. Este passatempo requer precisão dos dedos. A precisão dos dedos vem acompanhada da precisão do cérebro. E nunca antes precisei tanto disso como agora!

— Qual é o problema? — perguntei.

Com um forte murro sobre a mesa, Poirot demoliu seu castelo de cartas cuidadosamente armado.

— É isto, *mon ami!* Posso construir um castelo de cartas com sete andares, mas não consigo — e deu outro murro — encontrar — e mais outro — aquele último elo de que lhe falei.

Fiquei completamente sem ter o que dizer, então preferi ficar quieto, enquanto ele calmamente começou a reerguer as cartas, murmurando coisas desconexas enquanto o fazia.

— Pronto! Colocando... uma carta... sobre a outra... com precisão... matemática!

Observei o castelo de cartas surgindo de suas mãos, camada por camada. Em nenhum momento ele hesitou nem se perturbou. Era quase como um golpe de mágica.

— Que mão firme você tem — observei. — Até hoje, acho que só vi sua mão tremer uma vez.

— Uma ocasião em que eu estava zangado, não há dúvida — observou Poirot com grande placidez.

— Sim, de fato! Você estava com muita raiva. Não se lembra? Foi quando você descobriu que a fechadura da valise de documentos de mrs. Inglethorp tinha sido forçada. Você ficou de pé próximo à lareira, ajeitando os objetos sobre o aparador, como costuma fazer, e suas mãos tremiam sem parar! Devo dizer...

Porém interrompi minha fala de súbito, pois que Poirot, soltando um grito alto e desarticulado, pôs novamente abaixo sua obra-prima de cartas e, cobrindo os olhos com as mãos, começou a balançar o corpo para frente e para trás, aparentando profunda agonia.

— Por Deus, Poirot! — gritei. — O que está havendo? Você está passando mal?

— Não, não — respondeu ele ofegante —, é que... é que... tive uma ideia!

— Oh! — exclamei bastante aliviado — Uma de suas pequenas ideias?

— Ah, *ma foi*, não! — disse ele, com franqueza. — Desta vez é uma ideia gigantesca! Estupenda! E você... *você*, meu amigo, foi quem me deu esta ideia!

Tomando-me repentinamente em seus braços, beijou-me calorosamente em ambas as faces e, antes que pudesse me recobrar da surpresa, saiu do quarto em disparada.

Foi quando Mary Cavendish entrou.

— O que está se passando com *monsieur* Poirot? Passou por mim correndo e gritando: "uma oficina! Pelo amor de Deus, leve-me a uma oficina, *madame!*" E, antes que eu pudesse responder, ele já estava no meio da rua.

Corri até a janela. Era verdade: lá estava ele, descendo a rua, sem chapéu e gesticulando enquanto corria. Virei-me para Mary num gesto desesperado.

— Ele vai ser abordado por um policial a qualquer momento. Lá vai ele, dobrando a esquina!

Nossos olhos se encontraram e ficamos nos olhando como se perguntássemos o que deveríamos fazer.

— Mas o que terá acontecido?

Sacudi a cabeça.

— Não sei. Ele estava construindo castelos de cartas quando, de repente, disse que teve uma ideia e saiu em disparada conforme a senhora presenciou.

— Bem — disse Mary —, espero que volte para o jantar.

Mas a noite veio e Poirot não voltou.*

---

* A história continua no Capítulo 12. Para ler a versão original que Agatha Christie escreveu para o final do livro e que não foi publicada, salte para a página 271.

12

O ÚLTIMO ELO

A partida indecifrável de Poirot intrigara-nos muitíssimo. A manhã de domingo passou e ele ainda não havia aparecido. Mas por volta das três da tarde, um longo e feroz barulho de buzina do lado de fora levou a todos nós até as janelas para ver Poirot saltar de um carro, acompanhado de Japp e Summerhaye. O homenzinho estava transformado. Irradiava uma complacência absurda. Fez uma reverência exagerada a Mary Cavendish.

— *Madame*, tenho sua permissão para fazer uma pequena *reúnion* no *salon*? É necessário que todos compareçam.

Mary deu-lhe um sorriso triste.

— O senhor sabe, *monsieur* Poirot, que aqui o senhor tem *carte blanche* para fazer o que quiser.

— A senhora é muito amável, *madame*.

Ainda radiante, Poirot nos conduziu a todos para a sala de estar, trazendo cadeiras para acomodar todo mundo.

— Miss Howard... aqui. *Mademoiselle* Cynthia. *Monsieur* Lawrence. A boa Dorcas. E Annie. *Bien!* Ainda precisamos esperar um pouco até que mr. Inglethorp chegue. Enviei-lhe uma mensagem.

Miss Howard levantou-se imediatamente de sua cadeira.

— Se aquele homem entrar nesta casa, eu saio!

— Não, não! — Poirot foi até ela pedindo-lhe que ficasse em voz baixa.

Finalmente, ela consentiu em sentar-se novamente. Alguns minutos depois, Alfred Inglethorp entrou na sala.

Com todos reunidos, Poirot levantou-se com ar de palestrante renomado e fez ligeira reverência diante de sua plateia.

— *Messieurs*, *mesdames*, como todos sabem, fui convidado por *monsieur* John Cavendish para investigar esse caso. Imediatamente examinei o quarto da falecida, o qual, sob recomendação dos médicos, havia permanecido trancado e, por conseguinte, achava-se exatamente do mesmo jeito como na noite da tragédia. Primeiro, encontrei um fragmento de tecido verde. Depois, uma mancha no tapete próximo à janela, ainda úmida. E, em seguida, uma caixa vazia de brometo em pó.

"Em primeiro lugar, digo que o fragmento de tecido verde foi encontrado preso ao trinco da porta que dá acesso ao quarto de *mademoiselle* Cynthia. Entreguei esse fragmento para a polícia, que não lhe deu muita importância. Não o reconheceram pelo que realmente era: uma alça de tecido dessas utilizadas como adorno em vestimentas para trabalhos no campo.

Houve certo burburinho de excitação na sala.

— Havia apenas uma pessoa em Styles que trabalhava no campo: Mrs. Cavendish. Portanto, deve ter sido ela quem entrou no quarto da falecida pela porta contígua ao quarto de *mademoiselle* Cynthia.

— Mas a porta se encontrava trancada com o trinco pelo lado de dentro! — alertei.

— Quando examinei o quarto, sim. Mas, no início, aceitamos apenas a palavra dela, desde que foi ela quem examinou aquela porta e a deu por trancada. Na confusão que se seguiu, ela teria tido tempo suficiente para passar o trinco. Eu tratei de confirmar minhas conjeturas de antemão. Para começar, o pedaço de pano corresponde exatamente a um rasgo na manga do paletó de mrs. Cavendish. Também, no inquérito, mrs. Cavendish declarou que havia ouvido, de seu próprio quarto, a queda da mesinha ao lado da cama. Tive a oportunidade de testar essa afirmação pedindo a meu amigo mr. Hastings que permanecesse na ala esquerda da casa, exatamente do lado de fora do quarto de mrs. Cavendish. Eu próprio, em companhia da polícia, entrei no quarto da falecida e, enquanto estivemos lá, fiz tombar a mesinha de cabeceira em questão, aparentemente por acidente, mas descobri que, conforme era de se esperar, *monsieur* Hastings não ouvira coisa alguma. Isso confirmou minha suspeita de que mrs. Cavendish não disse a verdade ao declarar que estava se vestindo em seu quarto no momento da tragédia. De fato, eu estava convencido de que, longe de estar em seu próprio quarto, mrs. Cavendish estava exatamente dentro do aposento da falecida quando o alarme foi dado.

Lancei um olhar rápido para Mary. Ela estava muito pálida, porém sorrindo.

— Devo prosseguir nesta linha de raciocínio: mrs. Cavendish está dentro do quarto de sua sogra. Digamos que ela procura por alguma coisa e ainda não a encontrou. De repente, mrs. Inglethorp desperta em horríveis convulsões. Um golpe de seu braço derruba a mesinha de cabeceira. Desesperada, consegue tocar a campainha. Tomada de surpresa, mrs. Cavendish deixa cair a vela, derramando cera líquida no chão. Ela pega a vela e se retira rapidamente para o quarto de *mademoiselle* Cynthia, fechando a porta atrás de si. Apressa-se para alcançar o corredor, temerosa de que os criados a encontrem onde ela está. Mas é tarde demais! Ela ouve passos ecoando pela galeria que une as duas alas da mansão. O que ela pode fazer? Rápida como um pensamento, retorna ao quarto da jovem e tenta despertá-la. Todos da casa, despertos de repente, já se encontram no corredor e batem à porta de mrs. Inglethorp. Nenhum deles se deu conta de que mrs. Cavendish não está com eles, mas, e isto é muito importante, também não encontrei ninguém que a tenha visto surgir da outra ala. — Poirot fitou Mary Cavendish. — Estou certo, *madame?*

Ela assentiu.

— Com certeza, *monsieur*. O senhor há de compreender que, se eu achasse que ajudaria meu marido revelando esses fatos, eu o teria feito. Mas não me ocorreu que isso implicaria na questão da inocência ou da culpabilidade dele.

— Em certo sentido, isso procede, *madame*. Mas isso libertou minha mente de falsos pressupostos e deixou-me livre para enxergar outros fatos em seu verdadeiro significado.

— O testamento! — gritou Lawrence. — Então foi você, Mary, que o destruiu?

Ela negou sacudindo a cabeça e Poirot fez o mesmo.

— Não — disse ela calmamente. — Somente uma pessoa poderia ter de fato destruído aquele testamento: a própria mrs. Inglethorp!

— Impossível! — exclamei. — Ela já havia feito isso na tarde daquele mesmo dia!

— Não obstante, *mon ami*, foi mesmo mrs. Inglethorp. Porque não há explicação plausível para, num dos dias mais quentes do ano, ela ter ordenado que acendessem a lareira em seu quarto.

Quase engasguei. Fomos uns idiotas em nunca dar atenção ao absurdo de uma lareira acesa naquelas circunstâncias! Poirot continuou.

— Naquele dia, *messieurs*, a temperatura era de cerca de vinte e seis graus à sombra. Mesmo assim, mrs. Inglethorp quis a lareira acesa! Por quê? Porque queria incinerar alguma coisa e essa era a maneira mais fácil de fazê-lo. Vocês devem se lembrar de que, em consequência da guerra, era regra não jogar fora nenhum tipo de papel. Não havia, portanto, maneira melhor para se destruir um grosso volume de papel como aquele testamento. Assim que soube da lareira acesa no quarto de mrs. Inglethorp, concluí que ela pretendia destruir um documento importante, possivelmente um testamento. Dessa forma, a descoberta de um fragmento de papel na grelha não foi surpresa para mim. É claro que, naquele momento, eu não sabia que o testamento em questão tinha sido escrito naquela tarde e admito que, ao tomar conhecimento desse fato, acabei cometendo grave erro. Cheguei à conclusão de que a determinação de mrs. Inglethorp em dar cabo do testamento era uma consequência direta da discussão havida naquela tarde e que, portanto, a discussão acontecera depois, e não antes, da escritura do testamento.

"Aqui, como sabemos, eu estava enganado e fui forçado a abandonar essa ideia. Passei a enxergar o problema sob outro ponto de vista. Assim, às quatro horas, Dorcas ouviu sua patroa dizer zangada: 'Não pense que qualquer receio de publicidade ou escândalo entre marido e mulher irá me deter.' Conjeturei, e o fiz corretamente, que essas palavras não se referiam a seu esposo, mas sim a mr. John Cavendish. Uma hora mais tarde, às cinco horas, ela utiliza praticamente as mesmas palavras, mas sob um ângulo diferente. Ela admite para Dorcas que 'não sei o que fazer; um escândalo entre marido e mulher é uma coisa terrível.' Às quatro horas ela está zangada, mas inteiramente senhora de si. Às cinco, ela se encontra muito angustiada e revela estar passando por um 'grande choque.'

"Encarando a questão sob um ângulo psicológico, cheguei a uma dedução e me convenci de que ela estava correta. O segundo 'escândalo' a que ela se referia era outro, pois se relacionava a ela mesma!

"Então vamos reconstruir os fatos. Às quatro horas, mrs. Inglethorp tem uma discussão com seu filho e ameaça denunciá-lo à esposa que, a propósito, ouve grande parte da conversa. Às quatro e meia, mrs. Inglethorp, em consequência de uma conversa a respeito da validade dos testamentos, redige outro em favor de seu marido, o qual é testemunhado pelos jardineiros. Às cinco horas, Dorcas encontra a patroa em estado de considerável agitação, tendo em mãos uma folha de papel — uma 'carta', pensa Dorcas —, quando então recebe a ordem de acender o fogo na lareira. Presumivelmente, então, entre quatro e meia e cinco horas, alguma coisa acontece e ocasiona uma completa revolução de sentimentos, pois que agora ela está tão ansiosa por destruir o testamento como antes estivera em redigi-lo. Que coisa foi essa?

"Até onde sabemos, ela ficou sozinha durante essa meia hora. Ninguém entrou nem saiu daquele toucador. O que então ocasionou essa súbita mudança de sentimentos?

"Pode-se apenas deduzir, mas creio que minha dedução esteja correta. Mrs. Inglethorp não tinha selos. Sabemos disso porque mais tarde ela pediu a Dorcas que lhe trouxesse alguns. A escrivaninha de seu marido ficava no outro canto da sala, mas estava trancada. Ela estava ansiosa por encontrar selos e, de acordo com minha teoria, ela experimentou suas próprias chaves na escrivaninha dele. Eu já sabia que uma das chaves servia para abri-la. E, assim, ela a abriu. Na busca por selos, ela acabou se deparando com outra coisa — a tal folha de papel que Dorcas viu nas mãos da patroa e que, com toda a certeza, nunca poderia ser lida por mrs. Inglethorp. Por sua vez, mrs. Cavendish acreditava que aquele pedaço de papel ao qual sua sogra se agarrava com tanta obstinação tratava-se de uma prova escrita da infidelidade de John, seu próprio marido. Pediu a mrs. Inglethorp que lhe mostrasse o papel, mas esta lhe assegurou, de verdade, que aquele caso não tinha nenhuma relação com Mary. Mrs. Cavendish não acreditou em sua sogra. Ela achava que mrs. Inglethorp estava protegendo o enteado. Ora, mrs. Cavendish é uma mulher muito obstinada e, por trás da máscara de pessoa reservada, havia uma mulher loucamente tomada pelo ciúme. Assim, estava determinada a pôr as mãos naquele papel a qualquer custo e, nessa determinação, o acaso veio em seu auxílio. Ela acabou encontrando a chave da valise de documentos de mrs. Inglethorp, que havia sumido naquela manhã. E ela sabia que era nessa valise que sua sogra invariavelmente guardava todos os documentos importantes.

"Portanto, mrs. Cavendish arquitetou seus planos como somente uma mulher desesperada pelo ciúme poderia fazer. Em algum momento, à noite, destrancou a porta que dá para o quarto de *mademoiselle* Cynthia. É possível que tenha lubrificado as dobradiças porque descobri que não faziam nenhum barulho quando experimentei abrir a porta. Ela pensou em executar seu plano nas primeiras horas da manhã julgando ser um horário mais seguro, desde que os criados já estavam acostumados a ouvi-la se movimentando em seu quarto àquela hora. Ela se vestiu com suas roupas de jardinagem e entrou calmamente pelos aposentos de *mademoiselle* Cynthia até alcançar o de mrs. Inglethorp."

Ele fez uma pausa e Cynthia aproveitou para interrompê-lo:

— Mas eu acordaria se alguém entrasse em meu quarto!

— Não se estivesse dopada, *mademoiselle*.

— Dopada?

— *Mais, oui!*

— Vocês se recordam — Poirot dirigiu-se a todos novamente — que, mesmo com todo o tumulto e os ruídos no quarto ao lado, *mademoiselle* Cynthia continuava a dormir. Isso apontava para duas possibilidades: ou seu sono era fingimento, no que não creio, ou seu estado de inconsciência fora induzido artificialmente.

"Levando essa segunda hipótese em consideração, examinei todas as xícaras de café com muita atenção, tendo em mente que mrs. Cavendish foi quem levou café para *mademoiselle* Cynthia na noite anterior. Retirei uma amostra de cada xícara e mandei-as para análise — sem nenhum resultado. Eu havia contado as xícaras cuidadosamente para ver se alguma havia sido retirada do local. Seis pessoas haviam tomado café e as seis respectivas xícaras foram encontradas. Depois tive de reconhecer que me enganara.

"Descobri que havia cometido um grave equívoco. O café fora trazido para sete pessoas e não seis, pois o dr. Bauerstein estivera lá naquela noite. Isso mudou inteiramente o caso, porque agora havia uma xícara faltando. Os criados não notaram nada porque Annie, a moça que servira o café, havia trazido sete xícaras, sem saber que mr. Inglethorp não tomava essa bebida, enquanto Dorcas, que as recolheu na manhã seguinte, encontrou seis, como de costume — ou, melhor dizendo, cinco, desde que a sexta xícara foi encontrada aos pedaços nos aposentos de mrs. Inglethorp.

"Eu acreditava veementemente que a xícara desaparecida era a de *mademoiselle* Cynthia. Eu tinha uma razão a mais para crer nisso: todas as xícaras continham açúcar, mas *mademoiselle* Cynthia nunca adoçava seu café. Uma história contada por Annie também chamou minha atenção: havia um pouco de 'sal' na bandeja do chocolate que ela levava todas as noites para o quarto de mrs. Inglethorp. Da mesma forma, colhi uma amostra do chocolate e mandei-a analisar."

— Mas isso já tinha sido feito pelo dr. Bauerstein — disse Lawrence rapidamente.

— Não exatamente. O exame solicitado por ele era para detectar estricnina e não algum tipo de narcótico, que foi o meu pedido.

— Um narcótico?

— Sim. E aqui está o resultado emitido pelo químico. mrs. Cavendish deu um narcótico seguro, porém eficaz, para mrs. Inglethorp e para *mademoiselle* Cynthia. E é bem possível que tenha passado um *mauvais quart d'heure**** por causa disso! Imaginem como ela se sentiu quando sua sogra subitamente passa muito mal e morre, sendo que imediatamente depois ela ouve a palavra "veneno"! Ela acreditava que a droga para dormir que ela ministrara era perfeitamente inofensiva, mas, sem dúvida, por alguns instantes terríveis, ela deve ter temido que a morte

---

* "Mal quarto de hora", em francês, no original [N.T.]

de mrs. Inglethorp fosse culpa sua. Tomada pelo pânico, ela correu escada abaixo, jogando a xícara e o pires de café usados por *mademoiselle* Cynthia dentro de um grande vaso de bronze, onde foram descobertos depois por *monsieur* Lawrence. Mrs. Cavendish não ousa tocar no que restou do chocolate. Estava sob a mira de muitos olhos. Mas imaginem seu alívio quando mencionaram a estricnina e ela enfim descobriu que não fora ela quem causara a tragédia.

"Agora temos condições de explicar por que os efeitos do envenenamento por estricnina demoraram tanto a aparecer. Um narcótico ingerido junto desse veneno retarda sua ação durante algumas horas."

Poirot fez uma pausa. Mary olhou para ele enquanto suas faces retomavam a cor.

— Tudo o que disse é verdade, *monsieur* Poirot. Foram os momentos mais terríveis de toda a minha vida. Nunca esquecerei. Mas o senhor é maravilhoso. Agora entendo que...

— O que eu queria lhe dizer quando lhe disse que a senhora podia se confessar em segurança com Papai Poirot, hein? Mas a senhora não quis confiar em mim.

— Entendo tudo agora — disse Lawrence. — O chocolate com narcótico, tomado após o café envenenado, retardou totalmente os efeitos da droga.

— Exatamente. Mas o café estava envenenado ou não? Encontramos uma pequena dificuldade aqui, desde que mrs. Inglethorp nunca chegou a tomá-lo.

— O quê? — o grito de surpresa foi geral.

— Não. Vocês se lembram de quando lhes falei sobre uma mancha no tapete do quarto de mrs. Inglethorp? Há alguns pontos peculiares sobre aquela mancha. Ainda estava úmida, exalava forte de odor de café e, incrustados na trama do tapete, encontravam-se alguns fragmentos de porcelana. O que se passara estava claro para mim, pois dois minutos antes eu tinha colocado minha pequena pasta sobre a mesa próxima à janela e esta, em virtude de estar com o tampo solto, virou-se, jogou minha pasta exatamente no mesmo lugar da mancha. Da mesma maneira, mrs. Inglethorp havia apoiado sua xícara de café sobre aquela mesa, ao chegar a seu quarto, na noite anterior, e a mesa traiçoeira pregara-lhe a mesma peça.

"O que aconteceu em seguida é mera conjetura de minha parte, mas eu diria que mrs. Inglethorp recolheu a xícara quebrada do chão e a colocou na mesa de cabeceira. Sentindo vontade de tomar algum tipo de estimulante, ela aqueceu o chocolate e o foi bebendo aos poucos. Então nos deparamos com outro problema. Sabemos que o chocolate não continha estricnina nenhuma. O café nunca foi tomado. Mas a estricnina deve ter sido ministrada entre sete e nove horas da noite. Qual teria sido o terceiro meio — um meio tão apropriado para disfarçar o gosto da estricnina que parece extraordinário que ninguém tenha pensado nele?" — Poirot olhou para todos na sala e então respondeu ele mesmo, teatralmente:

— Seu medicamento!

— Você quer dizer que o assassino colocou a estricnina dentro do tônico que ela tomava? — gritei.

— Não havia necessidade de colocá-la, pois que a estricnina já se encontrava misturada na fórmula. A estricnina que matou mrs. Inglethorp era idêntica àquela prescrita pelo dr. Wilkins. Para deixar isso bem claro para vocês, lerei um trecho de uma receita extraído de um livro de farmácia que encontrei no dispensário do Hospital da Cruz Vermelha, em Tadminster.

"A seguinte prescrição já se tornou praxe nos livros de farmácia:

Sal de estricnina	1 gr.
Brometo de potássio	3 vi
Aqua ad	3 vii
Realizar mistura	

Em algumas horas, esta solução deposita a maior parte do sal de estricnina como brometo insolúvel em cristais transparentes. Uma senhora inglesa perdeu a vida ao tomar uma mistura similar: a estricnina precipitada acumulou-se no fundo e, ao beber a última dose do frasco, ela ingeriu praticamente toda a substância!

"Naturalmente, não havia nenhum brometo na prescrição do dr. Wilkins, mas vocês bem se lembram de quando mencionei uma caixa vazia de brometo em pó. Uma ou duas porções desse pó introduzidas no frasco de medicamento fariam precipitar a estricnina perfeitamente, conforme descrito nos livros de farmácia, possibilitando sua ingestão na última dose do remédio. Mais tarde, vocês saberão que a pessoa que usualmente servia o tônico de mrs. Inglethorp era sempre extremamente cautelosa para não chacoalhar o frasco a fim de favorecer o acúmulo de sedimentos no fundo.

"Durante toda a investigação, houve indícios de que a tragédia estava preparada para acontecer na noite da segunda-feira. Naquele dia, o fio da campainha de mrs. Inglethorp foi cuidadosamente cortado. *Mademoiselle* Cynthia ia passar a noite com amigos. Assim, mrs. Inglethorp teria ficado sozinha na ala direita da mansão, completamente longe de qualquer tipo de ajuda e teria morrido, com toda a certeza, antes que qualquer tipo de socorro médico pudesse chegar até ela. Contudo, na pressa para comparecer pontualmente a seu compromisso na vila, mrs. Inglethorp se esquecera de tomar o remédio e, no dia seguinte, almoçou longe de casa. Então, na verdade, a última e fatal dose foi tomada vinte e quatro horas depois do previsto pelo assassino. E é por causa desse atraso que uma prova final, o último elo da corrente, agora se encontra em meu poder."

Em meio a grande excitação, estendeu a mão mostrando três tiras finas de papel.

— Uma carta que o assassino escreveu com sua própria letra, *mes amis!* Se seus termos tivessem sido redigidos mais claramente, é possível que mrs. Inglethorp, avisada em tempo, tivesse escapado. Do jeito que está, ela percebeu o perigo, mas não de que maneira as coisas iriam acontecer.

Em meio a um silêncio sepulcral, Poirot reuniu as três tiras de papel e, limpando a garganta, leu em voz alta:

"Minha querida Evelyn,

você deve estar ansiosa porque nada aconteceu. Está tudo bem: apenas será hoje à noite em vez da noite passada. Compreenda que um tempo feliz chegará quando a velha estiver morta e fora do caminho. Ninguém poderá associar o crime a minha pessoa. Sua ideia de usar o brometo foi um golpe genial! Mas temos de ser muito discretos. Um passo em falso..."

— Aqui, meus amigos, termina a carta. Certamente o escritor foi interrompido, mas não restam dúvidas sobre sua identidade. Todos nós já conhecemos esta caligrafia e...

Uma exclamação que mais parecia um rugido quebrou o silêncio.

— Seu demônio! Como conseguiu isto?

Uma cadeira foi derrubada. Poirot esquivou-se habilmente de lado. Por esse movimento rápido, seu agressor caiu ruidosamente no chão.

— *Messieurs, mesdames* — disse Poirot, com requinte —, permitam-me apresentar-lhes o assassino, mr. Alfred Inglethorp!

13

POIROT EXPLICA

— Poirot, seu velho traidor — disse eu —, eu deveria estrangular você! Por que me enganou desse jeito?

Estávamos sentados na biblioteca. Vários dias de agitação já haviam passado. Na sala de baixo, John e Mary estavam novamente juntos, enquanto Alfred Inglethorp e miss Howard encontravam-se sob custódia da justiça. Agora, finalmente, Poirot estava à minha disposição e eu podia satisfazer a minha ainda pulsante curiosidade.

Poirot não me respondeu de pronto, mas finalmente exclamou:

— Eu não o enganei, *mon ami*. No máximo, permiti que você mesmo se enganasse.

— Sim, mas por quê?

— Bem, é difícil de explicar. Você compreende, meu amigo, você tem uma natureza tão honesta e um semblante tão transparente que... *enfin*, é impossível para você esconder seus sentimentos! Se eu houvesse lhe contado minhas ideias, da primeira vez que você encontrasse Alfred Inglethorp, aquele astuto cavalheiro teria pensado, como se diz em seu idioma, que "nesse mato tem coelho"! E então... *bonjour* para nossas chances de pôr as mãos nele!

— Acho que possuo mais diplomacia do que você acredita.

— Meu amigo — ponderou Poirot —, imploro que não fique magoado! Sua contribuição foi extraordinariamente valiosa. Mas foi a extrema bondade de sua natureza que me levou a conter-me.

— Bem — resmunguei, já com o ressentimento abrandado —, ainda acho que você deveria ter me dado alguma pista.

— Mas eu dei, meu amigo. Aliás, várias pistas. Você simplesmente não as levou em consideração. Reflita agora se alguma vez eu lhe disse que acreditava na culpa de John Cavendish. Não é verdade que eu lhe disse, ao contrário, que ele certamente seria inocentado?

— Sim, mas...

— E não lhe disse quase imediatamente depois sobre a dificuldade de se levar o assassino diante da justiça? Não ficou claro para você que eu estava falando de duas pessoas completamente diferentes?

— Não — repliquei —, não estava nada claro para mim!

— Então, vejamos outra vez: — continuou Poirot — no início, não repeti diversas vezes que eu não queria que mr. Inglethorp fosse preso *ainda*? Você deveria ter inferido alguma coisa a partir disso.

— Quer dizer que você já suspeitava dele naquele momento?

— Sim. Para começar, quem mais se beneficiaria com a morte de mrs. Inglethorp do que o marido? Esse era um ponto pacífico. Quando fui a Styles com você pela primeira vez, eu não fazia a mínima ideia de como o crime havia sido cometido, mas, pelo que eu sabia a respeito de mr. Inglethorp, imaginei que seria muito difícil encontrar qualquer coisa que pudesse vinculá-lo ao caso. Ao chegar à mansão, percebi que fora mrs. Inglethorp quem queimara o testamento. E, a propósito, foi lá que fiz de tudo para que você compreendesse a estranheza daquela lareira acesa em pleno verão. Disso você não pode se queixar.

— Sim, sim — retorqui com impaciência. — Continue.

— Bem, meu amigo, como eu ia dizendo, minha percepção em relação à culpabilidade de mr. Inglethorp ficou muito abalada. Havia, na verdade, tantas evidências contra ele que eu me senti inclinado a acreditar que ele não tinha feito aquilo.

— Quando foi que você mudou de ideia?

— Ao descobrir que, quanto mais eu me esforçava para inocentá-lo, mais ele se empenhava em ser preso. E, também, quando descobri que Inglethorp não tinha nenhuma relação com mrs. Raikes, mas que, de fato, era John Cavendish quem estava interessado nela. Aí tive quase certeza.

— Mas por quê?

— Por isso mesmo simplesmente. Se Inglethorp tivesse qualquer envolvimento com mrs. Raikes, seu silêncio seria perfeitamente compreensível. Mas, quando descobri que toda a vila comentava que era John quem estava atraído pela bela mulher do fazendeiro, seu silêncio me conduziu a uma interpretação completamente diferente. Não fazia sentido fingir que estava temeroso de um escândalo desde que não havia razão para incriminá-lo. Essa atitude dele me fez refletir muito e, aos poucos, fui forçado a concluir que Alfred Inglethorp desejava ser preso. *Eh bien!* A partir daquele momento, eu estava determinado a não permitir que ele fosse preso!

— Mas espere um momento. Não vejo motivo para ele querer ir para a cadeia!

— Porque, *mon ami,* a lei de seu país diz que um homem absolvido nunca pode ser indiciado pelo mesmo crime novamente. Ahá! Foi uma ideia espertíssima da parte dele! Com toda a certeza, é um homem de método. Veja bem: ele sabia que, em sua situação, seria o principal suspeito. Então, concebeu a extraordinária ideia de forjar várias provas contra si mesmo. Ele queria ser o principal suspeito. Ele queria ser detido. Então ele produziria um álibi perfeito e, depois disso, estaria livre para sempre!

— Mas ainda não compreendo como ele conseguiu provar seu álibi e aparecer na farmácia para comprar o veneno.

Poirot olhou para mim espantado.

— É possível uma coisa dessas? Meu pobre amigo! Você não percebeu ainda que quem apareceu na farmácia foi miss Howard?

— Miss Howard?

— Mas certamente! Quem mais? Era fácil para ela. É uma mulher alta, com voz forte e masculina. Além disso, não se esqueça, ela e Inglethorp são primos e guardam notável semelhança entre si, especialmente no modo de andar e nos gestos. Foi simples assim. Uma dupla ousada!

— Estou um tanto confuso sobre a maneira exata como a tramoia do brometo foi realizada — ressaltei.

— *Bon!* Vou reconstituí-la para você até onde me for possível. Sou levado a pensar que miss Howard foi a mentora de todo o processo. Você se lembra dela mencionando o fato de que o pai dela tinha sido médico? Possivelmente ela preparava medicamentos para ele. Ela também pode ter tirado a ideia de algum dos vários livros que *mademoiselle* Cynthia deixava à disposição durante o tempo em que passou estudando para seus exames. De qualquer modo, ela estava familiarizada com o fato de que a adição de brometo a um preparado contendo estricnina resultaria na precipitação do veneno. Provavelmente, ela teve a ideia de súbito: mrs. Inglethorp possuía uma caixa com brometo em pó que ocasionalmente tomava à noite. Nada mais fácil que calmamente dissolver esse pó no tônico tomado por mrs. Inglethorp tão logo o grande frasco dessa fórmula chegasse da farmácia Coot's. O risco era praticamente nulo. A tragédia só aconteceria cerca de quinze dias mais tarde. Se alguém visse qualquer um dos dois tocando o frasco do remédio, logo esqueceria o fato. Miss Howard tratou de levar a cabo a discussão para deixar a casa. O lapso de tempo e sua ausência afastariam qualquer suspeita. Sim, uma ideia inteligente! Se tivessem feito uso apenas dela, é possível que o crime nunca tivesse sido associado a eles. Mas eles não estavam satisfeitos. Tentaram ser espertos demais... e aí reside seu fracasso.

Poirot tragou um minúsculo cigarro, fitando o teto.

— Eles tramaram um plano para lançar suspeitas sobre John Cavendish comprando estricnina na farmácia da vila e assinando o registro numa falsificação da letra dele.

"Na segunda-feira, mrs. Inglethorp tomaria a última dose de seu medicamento. Nesse dia, portanto, às seis horas, Alfred Inglethorp tratou de ser visto por um grande número de pessoas em local bem distante da vila. Miss Howard inventara uma história sem pé nem cabeça sobre ele e mrs. Raikes para explicar o motivo de seu silêncio posteriormente. Às seis horas, disfarçada como Alfred Inglethorp, ela entrou na farmácia, contou sua história sobre um cachorro, obteve a estricnina e escreveu o nome de Alfred Inglethorp imitando a letra de John Cavendish, que ela estudara previamente com toda a atenção.

"Mas, como as coisas podiam dar errado se John também pudesse apresentar um álibi, ela escreveu um bilhete anônimo para ele — ainda imitando sua caligrafia —, o que o afastaria para um lugar remoto onde seria praticamente impossível que alguém testemunhasse sua presença.

"Até aqui, tudo dá certo. Miss Howard retornou a Middlingham. Alfred Inglethorp retornou a Styles. Não há nada que o incrimine de maneira nenhuma, mesmo porque é miss Howard quem tem a estricnina em seu poder, comprada com o propósito único de lançar suspeitas sobre John Cavendish.

"É quando surge uma dificuldade. Mrs. Inglethorp não toma seu remédio naquela noite. A campainha quebrada, a ausência de Cynthia — arranjada por Inglethorp por meio de sua mulher — tudo isso é perdido. E então... ele comete um deslize.

"Mrs. Inglethorp está fora e ele se ocupa em escrever para sua cúmplice que, ele receia, pode estar em pânico pela falta de sucesso de seu plano. É provável que mrs. Inglethorp tenha retornado mais cedo do que ele esperava e, pego em flagrante, bastante desnorteado, ele fecha e tranca às pressas sua escrivaninha. Ele teme que, se permanecer na sala, tenha de abri-la novamente e que mrs. Inglethorp possa ver a carta antes que ele possa tirá-la dali. Então ele decide dar uma volta no bosque, torcendo para que mrs. Inglethorp não consiga abrir a escrivaninha e descobrir o documento que o incrimina.

"Mas isso, como sabemos, é precisamente o que acontece. Mrs. Inglethorp lê a carta e toma conhecimento da perfídia de seu marido e Evelyn Howard, embora, infelizmente, ela não se dê conta da ameaça na frase sobre o brometo. Ela sabe que corre riscos, mas não faz ideia de que riscos são esses. Ela decide não dizer nada ao marido, mas senta-se e escreve uma carta ao advogado, chamando-o para uma reunião na manhã seguinte. E, assim, ela também decide destruir imediatamente o testamento que acabara de redigir, guardando consigo a carta fatal."

— É para descobrir essa carta que o marido dela forçou a fechadura da valise de documentos?

— Sim, e é pelo enorme risco a que ele se expôs que podemos ver quanta importância ele atribuiu a ela. Não havia nada mais que o ligasse ao crime senão aquela carta.

— Só não consigo entender por que ele não destruiu a carta tão logo pôs as mãos nela?

— Porque não ousou correr o maior risco de todos: o de mantê-la em seu próprio poder.

— Não entendo.

— Encare a situação sob o ponto de vista dele. Descobri que apenas cinco minutinhos haviam se passado desde que ele se apossara da carta: os cinco minutos imediatamente antes de nossa própria chegada à cena do crime. Porque, antes disso, Annie estava varrendo as escadas e teria visto qualquer pessoa que passasse rumo à ala direita. Imagine a cena! Ele entra no quarto, destrancando a porta com uma das chaves das outras portas, já que eram todas praticamente iguais. Corre até a valise, descobre que está trancada e não consegue encontrar a chave em lugar nenhum. Esse é um terrível golpe para ele porque significa que sua presença no quarto não pode ser ocultada tal como ele imaginara. Mas ele vê claramente que vale a pena correr qualquer risco para obter aquela droga de pedaço de papel. Rapidamente, força a fechadura com um canivete e revira os documentos até encontrar aquele que estava procurando.

"Eis que surge um pequeno dilema: ele não ousa manter a folha de papel consigo. Ele pode ser visto deixando o quarto. Pode ser revistado. Se a carta for encontrada em seu poder, sua condenação será óbvia. Provavelmente, também nesse minuto, ouve os sons de mr. Wells e John saindo do toucador. Ele precisa agir rápido. Onde pode esconder esse terrível pedaço de papel? O conteúdo da lixeira de papéis será recolhido e, com toda a certeza, examinado mais tarde. Não há como destruí-lo e ele não ousa ficar com a carta. Olha em redor e vê... O que você acha que ele vê, *mon ami?*

Sacudi a cabeça.

— Num instante ele rasga a carta em longas tiras e as enrola na forma de canudinhos de papel, misturando-os aos outros, aqueles que ficam num vaso sobre a cornija da lareira para acender o fogo.

Expressei minha surpresa numa exclamação.

— Ninguém pensaria em procurar a carta ali — continuou Poirot. — E ele poderia retornar ao local, a qualquer tempo, para finalmente destruir a única prova que existia contra ele.

— Então, durante todo esse tempo, a carta esteve ali naquele vaso de papéis em tiras sobre a lareira do quarto de mrs. Inglethorp, bem debaixo de nossos narizes? — gritei.

Poirot assentiu.

— Sim, meu amigo. Foi onde descobri meu "último elo" e devo minha muito feliz descoberta a você.

— A mim?

— Sim. Você se recorda quando disse que minhas mãos tremiam quando eu arrumava os enfeites sobre a cornija da lareira?

— Sim, mas não vejo razão para...

— Mas eu vi. Você sabe, meu amigo, lembrei-me de que, mais cedo naquela manhã, quando estivemos lá juntos, eu havia ajeitado todos os objetos que se encontravam sobre a cornija. E, se já estavam arrumados, não haveria motivo para alinhá-los outra vez, a menos que alguém os tivesse tocado naquele meio-tempo.

— É fato — murmurei. — Então esta é a explicação para aquele seu comportamento extraordinário. Você saiu correndo em direção a Styles e ainda encontrou a carta lá?

— Sim, numa corrida contra o tempo.

— Porém, ainda não consigo entender por que Inglethorp foi tão tolo deixando a carta lá durante tanto tempo se teve oportunidade de destruí-la.

— Ah, mas ele não teve oportunidade nenhuma. Eu cuidei disso.

— Você?

— Eu mesmo. Você se lembra de ter me reprovado porque eu parecia confiar muito no pessoal da casa?

— Sim.

— Bem, meu amigo, vislumbrei só uma chance. Não tinha ainda certeza se Inglethorp era culpado ou não, mas se ele fosse o criminoso, certamente não guardaria a carta consigo. Raciocinei que ele a esconderia em algum lugar. Ganhando a confiança do pessoal da casa, eu poderia efetivamente evitar que essa prova fosse destruída. Ele já estava sob suspeita e, tornando a coisa pública, pude contar com os serviços de cerca de dez detetives amadores, que estariam tomando conta dele incessantemente. Ele, tendo consciência de estar sendo vigiado a todo instante, não ousaria remexer nos papéis da lareira para encontrar e destruir a carta. Logo, foi forçado a sair da casa deixando a prova dentro do vaso.

— Mas certamente miss Howard teve diversas oportunidades para ajudá-lo.

— Ocorre que miss Howard não sabia da existência daquele papel. Para ser coerente com o plano que eles mesmos arquitetaram, ela nunca falaria com Alfred Inglethorp. Eles tinham de desempenhar o papel de inimigos mortais e, até que John Cavendish fosse condenado, eles jamais deveriam marcar qualquer encontro. Naturalmente, fiquei de olho vivo sobre mr. Inglethorp, na esperança de que, mais cedo ou mais tarde, ele me conduzisse até o esconderijo. Mas ele foi esperto demais para me dar alguma chance. A carta se encontrava segura onde estava. Como ninguém a havia procurado ali na primeira semana, as chances de que a procurassem mais tarde eram muito menores. Mas, não fosse por sua feliz observação, talvez nunca pudéssemos indiciá-lo pelo crime.

—Agora eu compreendo. Mas quando você começou a desconfiar de miss Howard?

— Quando descobri que ela havia contado uma mentira no inquérito inicial referindo-se à carta que recebera de mrs. Inglethorp.

— Ora, mas que mentira foi essa?

— Você leu a carta? Lembra-se de sua aparência geral?

— Hum... Mais ou menos.

— Você deve se lembrar, então, que mrs. Inglethorp escrevia com muita clareza, deixando grandes espaços entre as palavras. Mas se você observar a data, bem no início da carta, verá que o "17 de julho" foge bastante a essa regra. Entende o que quero dizer?

— Não, confesso que não.

— Você perceberá que aquela carta não foi escrita no dia 17, mas sim no dia 7, um dia depois da partida de miss Howard. O número "1" foi escrito antes do "7" para virar "17".

— Mas por quê?

— É exatamente a pergunta que fiz a mim mesmo. Por que miss Howard suprimiria a carta escrita no dia 17 para apresentar uma falsificação em seu lugar? Porque não queria mostrar a do dia 17. E, novamente, por quê? Foi quando uma suspeita brotou em minha mente. Você há de se lembrar de mim quando disse que devemos estar atentos com as pessoas que não dizem a verdade.

— E, mesmo assim, depois disso — protestei indignado —, você ainda me deu dois motivos por que miss Howard não poderia ter cometido o crime!

— Eram dois motivos muito bons, aliás — observou Poirot. — Por um longo tempo eles representaram obstáculos para mim até eu me lembrar de um fato muito significativo: o de que ela e Alfred Inglethorp eram primos. Ela não poderia ter cometido o crime sozinha, mas os motivos contra essa hipótese não afastavam a possibilidade de ela agir como cúmplice. Além disso, havia aquele ódio exagerado dela por ele! Esse exagero ocultava uma emoção totalmente oposta. Sem dúvida, havia ali laços de uma paixão antiga entre eles, que vinha de tempos anteriores a Styles. Eles já haviam feito toda uma armação infame: que ele deveria se casar com aquela velha senhora, rica e meio desatinada, induzi-la a redigir um testamento deixando todo o seu dinheiro em nome dele e então alcançar seus objetivos executando um crime concebido com máxima astúcia. Se tudo houvesse saído como planejaram, teriam provavelmente deixado a Inglaterra, indo viver juntos à custa do dinheiro de sua pobre vítima.

— Formam um par muito astuto e inescrupuloso. Enquanto as suspeitas se voltavam contra ele, ela fazia preparações silenciosas para um *dénouement** muito diferente. Ela retorna de Middlingham trazendo consigo todos os itens comprometedores. Nenhuma suspeita recai sobre ela, então ninguém repara em suas entradas e saídas da casa. Ela esconde a estricnina e os óculos no quarto de John. Coloca a barba no sótão. Dispõe essas coisas de modo que, mais cedo ou mais tarde, sejam descobertas.

— Mas não consigo entender por que pretendem colocar a culpa em John — indaguei. — Teria sido muito mais fácil para eles incriminar Lawrence.

— Sim, mas foi por mero acaso. Todas as provas contra ele surgiram por puro acidente. Deve ter sido, de fato, bastante perturbador para o casal de trapaceiros.

— Ele agiu de modo infeliz — observei pensativo.

— É verdade. Você percebe, afinal, o que estava por trás de seu modo de agir?

— Não.

— Você não percebeu que Lawrence acreditava que *mademoiselle* Cynthia fosse a culpada pelo crime?

— Não — exclamei abismado. — Impossível!

— Como não? Eu mesmo cheguei a ter a mesma suspeita. Isso passou por minha cabeça quando fiz a mr. Wells a primeira pergunta sobre o testamento. Havia aquele brometo em pó preparado por ela, sem falar nas impressivas interpretações de

---

* "Desfecho". Em francês, no original. [N.T.]

personagens masculinas, conforme nos contou Dorcas. Na verdade, havia mais evidências contra ela do que contra qualquer outra pessoa.

— Você deve estar brincando, Poirot!

— Não. Quer saber o que fez *monsieur* Lawrence ficar tão pálido ao entrar no quarto da mãe na noite fatal? Enquanto sua mãe jazia sobre a cama, obviamente envenenada, ele percebeu que a porta do quarto de *mademoiselle* Cynthia estava sem o trinco.

— Mas ele declarou que a porta estava trancada! — protestei.

— Exatamente — concordou Poirot secamente. — E foi isso o que confirmou minha suspeita de que essa porta estava destrancada. Ele estava protegendo *mademoiselle* Cynthia.

— Mas por que ele deveria protegê-la?

— Porque está apaixonado por ela.

Ri.

— Nisso, Poirot, você está enganado! Sei, por um detalhe, que ele está longe de estar apaixonado por ela. Na verdade, ele a detesta.

— Quem lhe disse isso, *mon ami?*

— A própria Cynthia.

— *La pauvre petite!* E ela estava preocupada com isso?

— Ela disse que não dava a mínima.

— Então é porque ela estava dando grande importância ao fato — observou Poirot. — Assim são elas... *les femmes!*

— O que você está dizendo sobre Lawrence me surpreende muitíssimo — disse eu.

— Mas por quê? Era mais que óbvio. Não é que *monsieur* Lawrence fechava a cara sempre que *mademoiselle* Cynthia con-

O MISTERIOSO CASO DE STYLES 263

versava e dava risadas junto a *monsieur* John? Ele meteu na cabeça que *mademoiselle* Cynthia estava apaixonada por seu irmão. Ao entrar no quarto da mãe e perceber que ela estava obviamente envenenada, ele logo concluiu que *mademoiselle* Cynthia sabia alguma coisa sobre o crime. Ele quase entrou em desespero. A primeira coisa que fez foi pisar sobre a xícara de café até transformá-la em migalhas, lembrando-se de que *ela* tinha subido junto de sua mãe na noite anterior. Assim ele acreditava que não haveria como examinar o conteúdo da xícara. A partir daquele momento, com grande insistência, ele passou a defender a tese de "morte por causas naturais".

— E o que me diz sobre a "xícara extra de café"?

— Eu tinha quase certeza de que fora mrs. Cavendish quem a havia escondido, mas precisava me certificar. *Monsieur* Lawrence não fazia ideia do que eu queria dizer com aquilo. Mas, refletindo, ele concluiu que, se encontrasse uma xícara extra de café em algum lugar, sua amada ficaria livre de suspeitas. E ele tinha toda a razão.

— Mais uma coisa. O que mrs. Inglethorp quis dizer com suas últimas palavras?

— Foram, naturalmente, acusações contra seu marido.

— Puxa vida, Poirot — disse eu suspirando —, acho que você explicou tudo. Estou feliz porque tudo acabou bem. Até John e a esposa estão reconciliados.

— Graças a mim.

— O que você quer dizer com isso?

— Meu caro amigo, você percebe que foi o julgamento a causa pura e simples de eles se unirem novamente? Eu já estava convencido de que John amava sua mulher e também de que ela o amava. Mas eles andaram se afastando um do outro, tudo por causa de um mal-entendido. Ela se casou sem amá-lo e ele sabia disso. Ele é um homem sensível a seu modo e não tentaria se impor se ela não o aceitasse. E, à medida que ele se afastava, o amor dela despertou. Mas ambos são particularmente muito orgulhosos e esse sentimento os manteve longe um do outro. Ele procurou um envolvimento com mrs. Raikes, enquanto ela deliberadamente cultivou amizade com o dr. Bauerstein. Você se lembra do dia em que John Cavendish foi preso e você me encontrou deliberando sobre uma importante decisão?

— Sim, entendi perfeitamente sua angústia.

— Desculpe-me, *mon ami,* mas você não entendeu absolutamente coisa alguma. Eu estava tentando decidir se inocentava John Cavendish de uma vez ou não. Eu poderia tê-lo posto fora de suspeita, embora isso pudesse significar uma falha em acusar os verdadeiros criminosos. Eles estavam completamente alheios a respeito de minhas reais atitudes até o último momento — o que, em parte, explica o meu sucesso.

— Você quer dizer que poderia ter evitado que John Cavendish fosse levado a julgamento?

— Sim, meu amigo. Mas finalmente tomei a decisão em favor "da felicidade de uma mulher". Nada, exceto o grande perigo pelo qual passaram, poderia ter unido aquelas duas almas orgulhosas outra vez.

Fitei Poirot com um espanto silencioso. Que tremenda desfaçatez cometeu aquele homenzinho! Quem mais neste planeta senão Poirot poderia ter pensado num julgamento por homicídio como meio para se recuperar a felicidade conjugal!

— Percebo o que está pensando, *mon ami* — disse ele sorrindo. — Ninguém senão Hercule Poirot faria uma coisa dessas! Mas você está errado em condenar minha atitude. A felicidade de um homem e de uma mulher é a coisa mais preciosa deste mundo.

Suas palavras me remeteram a acontecimentos passados pouco antes. Lembrei-me de Mary, quando a vira pálida e exausta sobre o sofá, atenta, à espera. A campainha tocou no andar de baixo. Ela se levantara assustada. Poirot abrira a porta e, encontrando seu olhar cabisbaixo, ponderou gentilmente: — Sim, minha senhora, eu o trouxe de volta. Ele se pôs de lado e, enquanto eu deixava a sala, percebi o brilho nos olhos de Mary enquanto John a tomava nos braços.

— Talvez tenha razão, Poirot — argumentei gentilmente. — Sim, é a coisa mais preciosa deste mundo.

Subitamente, alguém bateu à porta. Era Cynthia.

— E-eu apenas...

— Entre — convidei, levantando-me.

Ela entrou, porém não se sentou.

— Eu... gostaria apenas de dizer-lhes uma coisa...

— Sim?

Cynthia brincou com os pingentes da cortina por alguns instantes e, de repente, exclamou: — Vocês são tão queridos! — e beijou primeiramente a mim e em seguida a Poirot, saindo do quarto em disparada.

— Mas o que significa isso? — perguntei surpreso.

Era bom ganhar um beijo de Cynthia, mas a coisa feita assim, em público, tirava-lhe boa parte do prazer.

— Significa que ela descobriu que *monsieur* Lawrence não

a detesta como ela sempre pensou — respondeu Poirot em tom filosófico.

— Mas...

— E aí vem ele.

Lawrence vinha passando pela porta.

— Eh! *Monsieur* Lawrence — chamou Poirot. — Devemos lhe dar os parabéns, estou certo?

Lawrence corou e logo sorriu desajeitado. Um homem apaixonado pode ser um espetáculo lamentável. Cynthia parecia encantadora.

Suspirei.

— O que foi, *mon ami?*

— Nada — respondi com tristeza. — São duas mulheres maravilhosas!

— E nenhuma delas ficou com você — concluiu Poirot. — Mas não se preocupe. Console-se, meu amigo. Poderemos caçar juntos outra vez, quem sabe? E então...

APÊNDICE

12

O ÚLTIMO ELO
VERSÃO ORIGINAL NÃO PUBLICADA

Poirot retornou tarde da noite. Eu não o vi até a manhã seguinte. Ele estava radiante e me saldou com grande afeição.

— Ah, meu amigo... Tudo está bem... Tudo dará certo agora.

— Ora — exclamei —, vai me dizer que agora você encontrou...

— Sim, Hastings, sim... Encontrei o último elo. Mas falemos baixo...

Na segunda-feira, o caso foi retomado em sessão no tribunal e sir Ernest Heavywether assumiu a defesa.

Nunca, disse ele, em toda a sua vida profissional, ele havia se deparado com uma acusação de homicídio com provas tão insustentáveis. Sugeriu que as provas contra John Cavendish fossem examinadas imparcialmente. Qual seria a principal evidência contra ele? A de que a estricnina em pó fora encontrada em sua gaveta. Porém, era uma gaveta sem chaves, então não havia como provar que fora ele mesmo quem pusera o veneno lá dentro. Tratava-se, na realidade, de uma tentativa maliciosa feita por outra pessoa de incriminar o réu. Ele prosseguiu afirmando que a promotoria não fora capaz de provar em nenhuma instância que a encomenda da barba

O MISTERIOSO CASO DE STYLES   271

feita junto à Casa Parkson fora de responsabilidade do prisioneiro. Em relação à discussão com a mãe e suas dificuldades financeiras, ele afirmou que não passavam de argumentações grosseiramente exageradas.

Seu erudito amigo havia afirmado que, se o réu fosse um homem honesto, teria se pronunciado durante o inquérito inicial para explicar que fora ele, e não seu padrasto, o interlocutor na discussão com mrs. Inglethorp. Essa visão foi baseada em um mal-entendido. O réu, ao retornar à casa naquela noite, foi informado imediatamente que sua mãe tivera uma discussão violenta com o marido. Seria possível, seria provável, ele perguntou aos jurados, que se fizesse a conexão entre os dois? Estava além de sua compreensão como alguém poderia confundir sua voz com a de Alfred Inglethorp. Em relação à acusação de que o réu havia destruído um testamento, não passava de uma ideia absurda.

O réu havia estudado direito e, por conseguinte, sabia que o testamento anteriormente redigido em seu favor encontrava-se automaticamente revogado em virtude do casamento da mãe. Ele nunca ouvira uma sugestão mais ridícula! Entretanto, ele apresentaria provas de quem realmente destruíra o testamento e sob que pretexto. Por fim, ele mostraria ao júri provas contra outras pessoas além de John Cavendish. Ele não desejava acusar mr. Lawrence Cavendish sob nenhuma circunstância. Não obstante, a prova contra Lawrence era muita sólida. Até mais que aquela apresentada contra seu irmão.

Exatamente nesse momento, um bilhete foi passado para ele. Ao lê-lo, seus olhos brilharam. Sua enorme figura pareceu ganhar ainda mais corpulência, como se dobrasse de tamanho.

— Senhores jurados — anunciou, com um tom diferente em sua voz —, esse homicídio apresenta uma astúcia e uma complexidade muito singulares. Em primeiro lugar, chamarei o réu. Ele nos contará sua própria história e, estou certo, os senhores concordarão comigo que não há possibilidade de ele ser culpado. Em seguida, chamarei um cavalheiro, um membro muito famoso da polícia belga durante os últimos anos, que tem interesse particular neste caso e que poderá nos apresentar provas importantes de que não foi o réu quem cometeu esse crime. E agora convoco o réu a depor.

John apresentou-se da melhor maneira possível. Seu comportamento tranquilo e direto o favoreceu significativamente. No final de seu depoimento, fez uma pausa e declarou: — Gostaria de dizer uma coisa. Rejeito integralmente e desaprovo as insinuações de sir Ernest Heavywether contra meu irmão. Estou convencido de que Lawrence, como eu, nada tem a ver com o crime.

Sir Ernest permaneceu sentado, observando com seus olhos vivazes que o protesto de John havia causado uma impressão favorável no júri.

Então teve início o interrogatório da promotoria com a atuação de mr. Bunthorne.

— O senhor declara que é impossível que sua discussão com sua mãe seja a mesma citada no inquérito inicial. Não considera isso surpreendente?

— Não, não acho. Eu sabia que minha mãe e mr. Inglethorp haviam discutido. Apenas nunca me ocorreu que alguém pudesse ter confundido minha voz com a dele.

— Nem mesmo quando a criada Dorcas repetiu certos trechos da conversa que o senhor deveria ter reconhecido?

— Não. Estávamos ambos zangados e dissemos muitas coisas no calor do momento. Coisas que não pretendíamos dizer realmente e que por isso não podemos recordar depois. Eu nunca conseguiria repetir agora as palavras exatas que empreguei na discussão.

Mr. Bunthorne inspirou ruidosamente expressando incredulidade.

— E a respeito deste bilhete que o senhor apresentou tão oportunamente: a caligrafia não lhe é familiar?

— Não.

— O senhor não acha que a letra é muito semelhante à sua própria?

— Não... não acho.

— Pois eu lhe digo que esta caligrafia é sua.

— Não é.

— E afirmo que, ansioso por apresentar um álibi, o senhor concebeu a ideia de um encontro fictício e escreveu este bilhete para si mesmo na intenção de sustentar a farsa.

— Não.

— Também afirmo que, durante o tempo em que o senhor diz ter permanecido em Marldon Wood, o senhor estava, na verdade, na farmácia de Styles St. Mary, comprando estricnina em nome de Alfred Inglethorp.

— Não. Isto é mentira.

Mr. Bunthorne concluiu sua inquirição e sentou-se. Sir Ernest, erguendo-se, anunciou que sua próxima testemunha seria *monsieur* Hercule Poirot. O detetive belga saltou para o banco das testemunhas ostentando um porte pomposo, algo parecido com um galo garnisé. De fato, o homenzinho parecia transformado.

Impecavelmente vestido, seu semblante exibia autoconfiança e complacência. Após as perguntas preliminares, sir Ernest inquiriu:

— Ao ser chamado por mr. Cavendish, qual foi sua primeira providência?

— Examinei o quarto de mrs. Inglethorp e descobri certos pontos...

— Pode ser mais específico?

— Sim.

Com um floreio, Poirot sacou sua pequena caderneta de anotações.

— *Voilà* — anunciou. — No cômodo, havia cinco pontos de importância. Descobri, entre outras coisas, uma mancha amarronzada no tapete próximo à janela e um fragmento de certo tecido verde que foi colhido no trinco da porta de comunicação entre o quarto da senhora e o quarto ao lado, que era ocupado por miss Cynthia Murdoch.

— O que o senhor fez com o fragmento de tecido verde?

— Entreguei-o à polícia que, entretanto, não lhe deu importância.

— O senhor concorda com a atitude da polícia?

— Discordo inteiramente.

— O senhor considera o fragmento importante?

— Da máxima importância.

— Porém acredito — interrompeu o juiz — que ninguém na casa tinha uma peça de vestuário na cor verde.

— É verdade, *monsieur Le Juge* — concordou Poirot, encarando o juiz. — E, por isso, confesso, fiquei desconcertado. Até que encontrei a explicação.

Todos ouviam ansiosos.

— Que explicação é essa?

— O fragmento de tecido verde rasgou-se da manga de uma peça de vestuário de um dos moradores da mansão.

— Mas ninguém tinha uma roupa verde.

— Não, *monsieur Le Juge*, esse fragmento soltou-se de um traje para trabalho no campo.

Franzindo o cenho, o juiz virou-se para sir Ernest.

—Alguém naquela casa usa trajes para trabalho no campo?

— Sim, meritíssimo. Mrs. Cavendish, esposa do réu.

Houve uma súbita exclamação de surpresa entre os presentes e o juiz advertiu que mandaria esvaziar o recinto se não se fizesse silêncio imediatamente. Em seguida, inclinou-se em direção à testemunha.

— Devo inferir que o senhor afirma que mrs. Cavendish estava no quarto da vítima?

— Sim, *monsieur Le Juge*.

— Contudo, a porta estava trancada por dentro.

— *Pardon, monsieur Le Juge,* temos apenas uma pessoa que afirma isso: a própria mrs. Cavendish. O meritíssimo deve se lembrar de que foi mrs. Cavendish quem tentou abri-la e a encontrou trancada.

—A porta não estava trancada quando o senhor examinou o quarto?

— Sim, mas durante a tarde ela teve todo o tempo do mundo para puxar o trinco.

— Mas mr. Lawrence Cavendish afirma ter visto a porta trancada.

Houve um momento de hesitação por parte de Poirot antes que respondesse.

— Mr. Lawrence Cavendish estava equivocado.

E Poirot continuou calmamente:

— Descobri, sobre o chão, uma grande mancha de cera de vela. Inquirindo os criados, soube que essa mancha não estava lá no dia anterior. A presença dessa mancha no chão, o fato de que a porta se abriu sem fazer nenhum ruído (o que indica que ela fora lubrificada recentemente) e o fragmento de tecido verde levaram-me a concluir que a entrada para o quarto se dera pela porta de comunicação e que mrs. Cavendish foi a pessoa que passou por ali. Além disso, no inquérito inicial, mrs. Cavendish declarou ter ouvido a queda da mesinha de cabeceira a partir de seu próprio quarto. Então fiz eu mesmo um teste a esse respeito deixando meu amigo mr. Hastings na ala esquerda da casa, bem do lado de fora do quarto de mrs. Cavendish. Em companhia da polícia, entrei no quarto da falecida e, aparentemente por acidente, deixei tombar a tal mesinha e descobri, como já suspeitava, que nenhum som seria ouvido do outro lado. Isso confirmou minha opinião de que mrs. Cavendish não estava falando a verdade ao declarar que estava em seu próprio quarto no momento da tragédia. De fato, eu estava convencido, mais que nunca, de que mrs. Cavendish, longe de estar em seus aposentos, estava bem no quarto da morta no momento em que a mesinha tombou. Mas descobri que ninguém realmente a vira saindo do quarto. A única coisa que diziam era que ela estava nos aposentos de miss Murdoch tentando acordar a mocinha. Todos presumiram que ela viera de seu próprio quarto, mas não há ninguém que afirme tê-la visto vindo de lá.

O juiz mostrou grande interesse. — Compreendo. Com isso, sua explicação é que, em vez do réu, foi mrs. Cavendish quem destruiu o testamento.

Poirot sacudiu a cabeça.

— Não — objetou com rapidez. — Essa não foi a razão da presença de mrs. Cavendish no ambiente. Há somente uma pessoa que poderia ter destruído o testamento.

— E quem seria essa pessoa?

— A própria mrs. Inglethorp.

— O quê? O testamento que ela acabara de fazer naquela tarde?

— Sim. Só pode ter sido ela, porque não há outra explicação para o fato de que, no dia mais quente do ano, mrs. Inglethorp tenha mandado acender a lareira em seu quarto.

O juiz fez objeção: — Ela estava se sentindo mal...

— *Monsieur Le Juge*, a temperatura naquele dia era de cerca de vinte e seis graus à sombra. Só há uma razão por que mrs. Inglethorp poderia querer fogo na lareira: destruir um documento. Vocês devem se lembrar de que, em consequência da guerra, era regra em Styles não jogar fora nenhum tipo de papel e o fogo da cozinha era extinto após o almoço. Não havia, portanto, como destruir um grosso volume de papel como aquele testamento. O fogo na lareira me levou a concluir imediatamente que mrs. Inglethorp estava ansiosa por destruir um documento volumoso que não podia ser incinerado apenas riscando-se um palito de fósforo. Dessa forma, a descoberta de fragmentos de papel na grelha não foi surpresa para mim. É claro que, naquele momento, eu não sabia que o testamento em questão tinha sido escrito naquela tarde e admito que, ao tomar conhecimento desse fato, acabei cometendo grave erro. Cheguei à conclusão de que a determinação de mrs. Inglethorp em dar cabo do testamento era uma consequência direta da discussão havida naquela tarde e que, portanto, a discussão acontecera depois, e não antes, da escritura do testamento.

"Entretanto, quando mesmo relutante tive de abandonar essa hipótese — desde que vários interrogatórios apontavam nitidamente para esta questão do tempo —, fui forçado a pensar em outra saída para a situação e a encontrei na carta que Dorcas relatou ter visto nas mãos de sua patroa. Também se deve observar a diferença de atitude. Às três e trinta, Dorcas ouviu mrs. Inglethorp dizendo furiosa que "nenhum escândalo iria detê-la". "Você mesmo causou tudo isso", foram suas palavras. Mas, às quatro e meia, quando Dorcas trouxe o chá, embora as palavras empregadas pela patroa fossem praticamente as mesmas, os significados eram bastante distintos. Mrs. Inglethorp estava extremamente angustiada nesse segundo momento. Não sabia o que fazer. Falava com temor sobre escândalo e publicidade. Sua aparência estava alterada. Psicologicamente, somente podemos explicar isso presumindo que seus primeiros sentimentos se aplicavam ao escândalo entre John Cavendish e sua mulher, sem em nenhum momento referir-se a ela mesma. Todavia, nessa segunda instância, o escândalo a atingia.

"Eis, então, a situação: às quatro horas ela discutiu com seu filho, ameaçando denunciá-lo à esposa, que escutou parte da conversa, embora ninguém tenha se dado conta disso. Às quatro e meia, em consequência de uma conversa ocorrida na hora do almoço a respeito de testamentos, mrs. Inglethorp redigiu um testamento em favor de seu marido, para o qual o jardineiro serviu como testemunha. Às cinco horas, Dorcas encontrou a patroa em péssimo estado emocional, segurando uma folha de papel. Foi quando ela ordenou que o fogo fosse aceso na lareira de seu quarto, para que pudesse incinerar o documento que redigira meia hora antes. Mais tarde, ela escreveu para mr. Wells, seu advogado, pedindo que ele viesse vê-la na manhã seguinte para tratarem de um negócio importante.

"Agora, o que aconteceu entre quatro e meia e cinco horas para causar tamanho transtorno sentimental? Até onde sabemos, ela esteve sozinha praticamente todo o tempo. Ninguém entrou nem saiu do toucador. Então, o que aconteceu? Podemos apenas deduzir, mas creio que minha dedução esteja suficientemente correta. Mais tarde, naquela noite, mrs. Inglethorp pediu a Dorcas alguns selos. Assim, creio que o que ocorreu foi o seguinte: notando que estava sem selos em sua escrivaninha, ela os procurou na escrivaninha do marido, que ficava do lado oposto do toucador. O móvel estava trancado, mas uma de suas chaves coube na fechadura. Ela abriu a escrivaninha e pôs-se a procurar por selos, vindo a encontrar, todavia, a folha de papel que causou tanta devastação! Por sua vez, mrs. Cavendish pensou que aquele pedaço de papel que sua sogra segurava com tanto nervosismo fosse uma prova escrita da infidelidade de seu marido John. Ela pediu para ler o conteúdo do papel. Esta foi a resposta de mrs. Inglethorp: "Não, isto está fora de cogitação". Sabemos que ela estava dizendo a verdade. Mrs. Cavendish, no entanto, pensou que a mulher estivesse simplesmente protegendo seu enteado. Sendo uma mulher muito resoluta e tomada por um ciúme devastador de seu marido, ela decidiu apossar-se daquele papel a qualquer custo e fez planos para consegui-lo. Acabou encontrando a chave da valise de documentos de sua sogra. A chave que estava desaparecida desde aquela manhã. Pensou em devolvê-la, mas deve ter se esquecido disso. Contudo, naquele momento, ela deliberadamente ficou com a chave em seu poder porque sabia que mrs. Inglethorp guardava todos os documentos importantes naquela valise específica. Portanto, levantando-se por volta das quatro da manhã e passou pelo quarto de miss Murdoch, cuja porta de comunicação com o quarto de mrs. Inglethorp ela mesma havia destrancado anteriormente.

— Mas miss Murdoch teria certamente despertado se alguém entrasse em seu quarto.

— Não se estivesse dopada.

— Dopada?

— Sim, porque é incrível que miss Murdoch tenha permanecido adormecida durante todo o tempo em que vários transtornos aconteciam no quarto bem ao lado do seu. Então havia duas possibilidades: ou ela estava mentindo (no que não acredito) ou seu sono não era natural. Com essa ideia em mente, examinei todas as xícaras de café com o máximo cuidado, recolhendo amostras de cada uma para análise. Mas, para minha frustração, esses exames não resultaram em nada. Seis pessoas haviam tomado café e seis xícaras foram encontradas. Acontece que cometi um grave deslize. Não valorizei o fato de que o dr. Bauerstein havia estado na mansão naquela noite. Isso alterava toda a história porque sete pessoas, e não seis, haviam tomado café. Havia, então, uma xícara faltando. Os criados não observariam isso porque Annie trouxera a bandeja com sete xícaras, sem se dar conta de que mr. Inglethorp nunca tomava café. Dorcas, que as retirou mais tarde, encontrou cinco xícaras e inferiu que a sexta era de mrs. Inglethorp. Uma xícara, então, desaparecera. E era a de *mademoiselle* Cynthia, eu sabia, porque ela não põe açúcar na bebida, ao contrário de todos os outros, e todas as xícaras que mandei analisar continham açúcar. Senti-me atraído pela história de Annie sobre haver "sal" na bandeja do chocolate que ela trazia todas as noites para o quarto de mrs. Inglethorp. Então mandei analisar também uma amostra daquele chocolate.

— Mas — objetou o juiz — isso já tinha sido feito pelo dr. Bauerstein, que obteve resultado negativo. A análise não encontrou nenhum sinal de estricnina.

— Não havia estricnina. Os químicos fizeram essa análise conforme lhes foi pedido. Mas eu pedi um exame contra um narcótico.

— Narcótico?

— Sim, *monsieur Le Juge*. O meritíssimo deve se recordar que o dr. Bauerstein não conseguiu explicar a demora na manifestação dos sintomas. Mas certos narcóticos, quando tomados junto da estricnina, retardam seu efeito por horas. Aqui está o relatório do químico provando, sem sombra de dúvida, que havia um narcótico no líquido.

O relatório foi passado ao juiz, que o leu com grande interesse e, em seguida, entregou o documento ao júri.

— O senhor merece cumprimentos por sua sagacidade. O caso está ficando muito mais claro. O chocolate com narcótico tomado após o café envenenado justifica o atraso no efeito do veneno que tanto confundiu o médico.

— Exatamente, *monsieur Le Juge*, embora o meritíssimo tenha cometido um pequeno erro: o café, até onde eu saiba, não estava envenenado.

— Que prova o senhor tem disso?

— Nenhuma. Mas posso provar que, envenenado ou não, mrs. Inglethorp nunca chegou a tomá-lo.

— Explique-se.

— O meritíssimo se recorda de que mencionei uma mancha marrom sobre o carpete próximo à janela? Isso permaneceu em minha mente, essa mancha, porque ela ainda estava úmida. Algo havia sido derramado ali e, portanto, não mais que doze horas antes. Além disso, havia um cheiro inequívoco de café no tapete, bem como duas lascas de porcelana quebrada. Mais tarde, reconstituí com perfeição o que se passou porque, logo depois de eu ter depositado minha pequena pasta sobre a mesa próxima à janela, cujo tampo estava solto, ela foi ao chão exatamente no mesmo lugar onde se encontrava a mancha. Então, foi isto o que se passou: mrs. Inglethorp, quando foi para seu quarto, pôs sua xícara de café ainda intocada sobre essa mesa. Com o tampo solto, a xícara precipitou-se para o chão, partindo-se e derramando o líquido no tapete. O que fez mrs. Inglethorp? Recolheu a xícara quebrada e pôs os cacos sobre a mesinha ao lado da cama. Sentindo necessidade de tomar algum estimulante, aqueceu o chocolate e o bebeu antes de se deitar. Aqui, achei-me num dilema. Não havia estricnina no chocolate. O café não foi bebido. Mesmo assim, mrs. Inglethorp tinha sido envenenada e o veneno fora ministrado em algum momento entre sete e nove horas da noite. Mas o que mais havia mrs. Inglethorp ingerido que pudesse ter efetivamente mascarado o gosto do veneno?

— Nada.

— Sim, *monsieur Le Juge*... Ela havia tomado seu tônico.

— O remédio dela... Mas...

— Um momento... o remédio, por coincidência, continha estricnina em sua fórmula e, por isso mesmo, um sabor amargo.

O veneno deve ter sido colocado dentro do frasco. Porém eu tinha meus motivos para acreditar que a coisa foi feita de outro modo. Reavivarei na memória de todos que também havia descoberto uma caixa contendo brometo em pó. Também, se o senhor permitir, lerei em voz alta um excerto, aqui realçado a lápis, de um livro de farmácia que encontrei no dispensário do Hospital da Cruz Vermelha em Tadminster. Assim diz o extrato:

Sal de estricnina	1 gr.
Brometo de potássio	3 vi
Aqua ad	3 vii
Realizar mistura	

Em algumas horas, esta solução deposita a maior parte do sal de estricnina como brometo insolúvel em cristais transparentes. Uma senhora inglesa perdeu a vida ao tomar uma mistura similar: a estricnina precipitada acumulou-se no fundo e, ao beber a última dose do frasco, ela ingeriu praticamente toda a substância!

— Mas, certamente, o brometo não foi prescrito junto do tônico?

— Não, *monsieur Le Juge*. Mas o meritíssimo se recorda de que eu mencionei a caixa vazia de brometo em pó. Quando colocado no frasco do medicamento, esse pó precipitaria a estricnina para o fundo, levando a pessoa a ingeri-la toda de uma vez na última dose. O meritíssimo poderá observar que o rótulo "agite antes de usar", normalmente encontrado em frascos com substâncias tóxicas, foi removido. Agora, a pessoa que servia o tônico a mrs. Inglethorp tomou todo o cuidado para deixar o sedimento devidamente depositado no fundo do frasco.

Um burburinho de excitação emergiu na audiência, que teve de ser silenciada pelo juiz.

— Posso apresentar uma prova muito importante para sustentar essa afirmação porque, ao rever o caso, concluí que o assassinato tinha sido planejado para ocorrer na noite anterior. Isso porque, no curso natural das coisas, mrs. Inglethorp teria tomado a última dose de seu medicamento na noite anterior, mas, apressada para comparecer ao desfile de modas que organizara, acabou se esquecendo de tomar o remédio. No dia seguinte ela saiu para almoçar e só tomou a última dose vinte e quatro horas depois do que o assassino havia previsto. Como prova de que a expectativa era a de que ela tomasse a substância na noite anterior, devo mencionar que a campainha do quarto de mrs. Inglethorp foi cortada na noite de segunda-feira, a mesma que miss Murdoch passaria fora com seus amigos. Consequentemente, mrs. Inglethorp teria ficado praticamente isolada do resto da casa, sendo-lhe impossível chamar a atenção de todos e de receber qualquer tipo de ajuda médica antes que fosse tarde demais.

— Uma teoria genial... Mas o senhor não tem provas?

Poirot sorriu com curiosidade.

— Sim, *monsieur Le Juge*... tenho uma prova. Admito que, até algumas horas atrás, eu apenas sabia de tudo o que estou dizendo sem ter nenhuma prova a apresentar. Contudo, nas últimas horas, obtive uma prova única e segura, o último elo da corrente, um elo que estava nas próprias mãos do assassino, fruto do único deslize que ele cometeu. Lembra-se da folha de papel que mrs. Inglethorp segurava? Eu a encontrei. Porque, na manhã da tragédia, o assassino entrou nos aposentos da morta e forçou a fechadura de sua valise de documentos. A importância desse papel pode ser inferida pelos riscos que o assassino correu ao fazer isso. Mas houve um risco que ele não correu: o de manter consigo a folha de papel, esse mesmo papel que ele acabou não tendo tempo nem oportunidade de destruir mais tarde. Somente restou uma coisa para ele fazer.

— E o que foi?

— Esconder essa folha de papel. E o fez de forma tão perspicaz que, embora eu a tenha procurado durante dois meses, somente logrei encontrá-la agora. *Voilà, ici le prize*.

Com um floreio, Poirot exibiu três longas tiras de papel.

— A folha foi rasgada, mas podem-se reunir as tiras de papel facilmente. É uma prova completa e definitiva. Se os termos empregados na redação estivessem um pouco mais claros, é possível que mrs. Inglethorp não estivesse morta. Mas ao lê-la do jeito que está, ela abriu seus olhos para quem, porém não conseguiu enxergar como a coisa aconteceria. Leia, *monsieur Le Juge*. Trata-se de uma carta não terminada escrita pelo assassino, Alfred Inglethorp, para sua amante e cúmplice, Evelyn Howard.*

---

* Assim termina o capítulo 12 original, não publicado. A história se completa com o capítulo 13, apresentado na página 237.

ESTE LIVRO, COMPOSTO NA FONTE FAIRFIELD,
FOI IMPRESSO EM PAPEL PÓLEN NATURAL 70G/M² NA BMF.
São Paulo, Brasil, em dezembro de 2023.